嘘つき転校生は
ごく普通のJKに
嫉妬されています。

CONTENTS

It's said that the liar transfer student controls
Ikasamacheat and a game.

liar liar

⑧

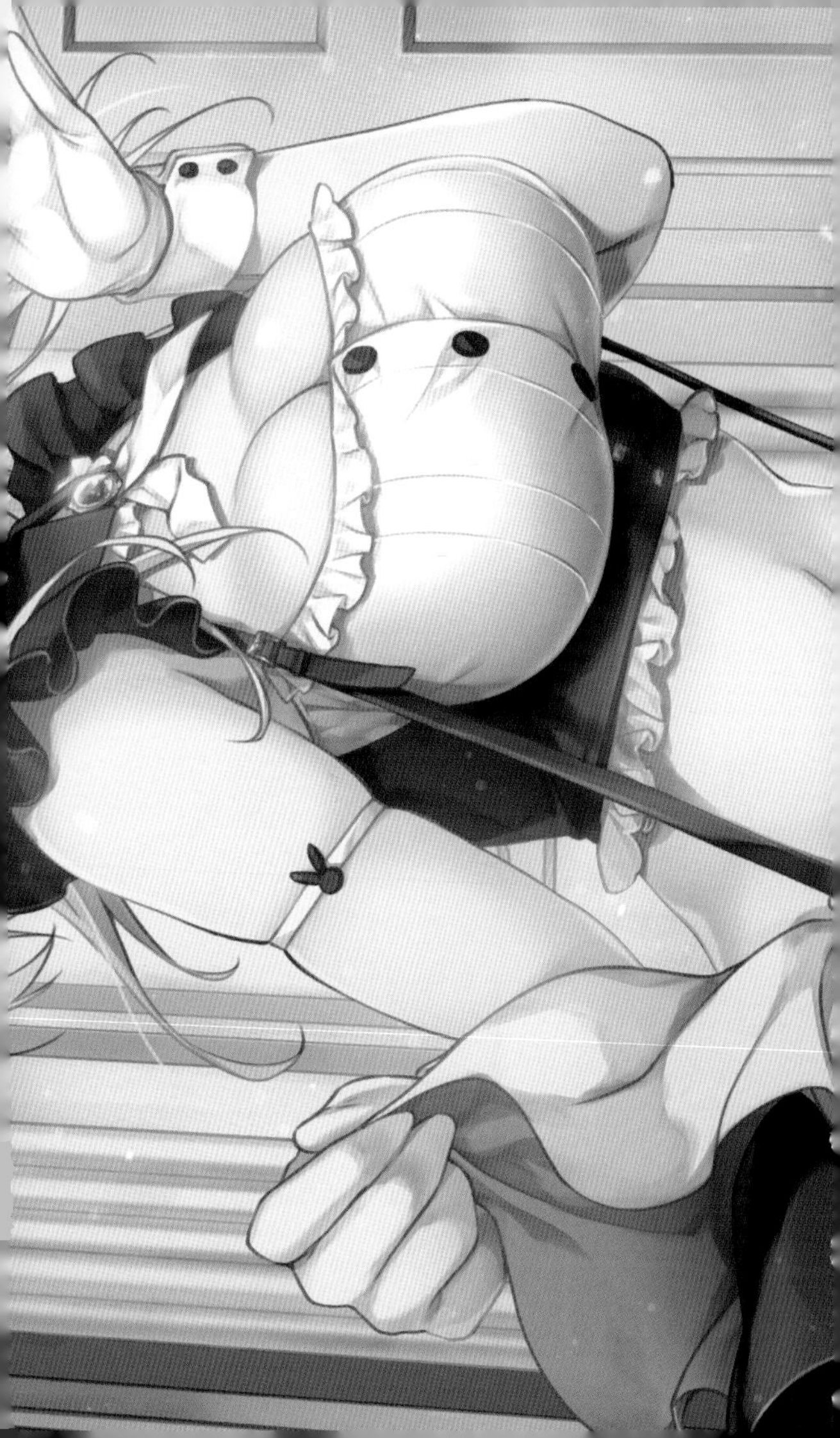

ライアー・ライアー 8
嘘つき転校生は ごく普通のJKに嫉妬されています。

久追遥希

篠原緋呂斗（しのはら・ひろと）　**7ツ星**
学園島最強の7ツ星（偽）となった英明学園の転校生。目的のため嘘を承知で頂点に君臨。

姫路白雪（ひめじ・しらゆき）　**5ツ星**
完全無欠のイカサマチートメイド。カンパニーを率いて緋呂斗を補佐する。

彩園寺更紗（さいおんじ・さらさ）　**6ツ星**
最強の偽お嬢様。本名は朱羽莉奈。《女帝》の異名を持ち緋呂斗とは共犯関係。桜花学園所属。

秋月乃愛（あきづき・のあ）**6ツ星**
英明の《小悪魔》。あざと可愛い見た目に反し戦い方は悪辣。緋呂斗を慕う。

榎本進司（えのもと・しんじ）**6ツ星**
英明学園の生徒会長。《千里眼》と呼ばれる実力者。七瀬とは幼馴染み。

浅宮七瀬（あさみや・ななせ）**6ツ星**
英明6ツ星トリオの一人。運動神経抜群な美人ギャル。進司と張り合う。

水上摩理（みなかみ・まり）**5ツ星**
まっすぐな性格で嘘が嫌いな英明学園1年生。姉は英明の隠れた実力者・真由。

藤代慶也（ふじしろ・けいや）**6ツ星**
三番区・桜花学園所属。とにかく強面だが、仲間想いな一面もある実力者。

不破深弦（ふわ・みつる）**5ツ星**
森羅高等学校所属。先輩の霧谷と同じ〈アルビオン〉に所属している。

不破すみれ（ふわ・すみれ）**5ツ星**
同じく〈アルビオン〉に所属する深弦の双子の妹。共感性が高い。

枢木千梨（くるるぎ・せんり）**6ツ星**
栗花落女子を率いる最強系女子。平時はスイーツ好きな乙女。

椎名紬（しいな・つむぎ）
天才的センスと純真さを併せ持つ中二系JC。学長の計らいでカンパニー所属に。

皆実雫（みなみ・しずく）**6ツ星**
聖ロザリア女学園所属のマイペース少女。実力を隠す元最強。

口絵・本文イラスト：konomi（きのこのみ）

第一章　修学旅行戦、開幕！

liar liar

＃

『――LNN二学期開始特集号』

『本記事では、学区対抗イベントに重点を置きながら今年度前半の激闘を振り返り、同時に星獲り《決闘》全般を盛り上げてきた有力プレイヤーの強さに迫りたい』

『昨年から引き続き学区代表の位置に君臨し続けているプレイヤー、秘めたる力を発揮させ始めたダークホース、入学から半年で早くも頭角を現している超新星……等々、どの学区にもエース級のプレイヤーは在籍している。けれど、少なくとも今年度に関しては、誰よりも先に〝彼〟の名前を挙げるべきだろう』

『突如として学園島に現れ、その日のうちに《女帝》を下した新たなる7ツ星――』

『あまりにも鮮烈なデビューに一時は疑いの目も向けられていた彼だが、続く五月期交流戦《アストラル》、及び夏期大規模イベント《SFIA》においても烈火の如き活躍を果たし、所属する四番区英明学園を勝利に導いた。その力はもはや疑うべくもない』

『腐敗した《正義の味方》を一刀両断した不遜の英雄――篠原緋呂斗を紹介しよう』

「ほう……なかなか気合いの入った写真だな、篠原」

——二学期初日。英明学園高等部特別棟・生徒会室にて。

朝から行われていた始業式を終え、久々に一堂に会した俺たち英明学園の選抜メンバーは、長方形のテーブルについてとあるネット記事を囲んでいた。

その記事というのは、学園島公認組織《ライブラ》によって綴られた〝これまでの振り返り〟のようなものだ。学期の開始に合わせて様々な学区のプレイヤーが紹介されているのだが、中でも最強の7ツ星こと篠原緋呂斗が群を抜いて好待遇を受けていた。

斜め前の席に座る生徒会長・榎本進司は仏頂面のまま腕を組む。

「まあ、7ツ星というからにはこのくらい目立ってもらわなければ困るがな……それに比べて七瀬ときたら、6ツ星の元モデルだというのにたった四カットしか写っていない。二十カット超えの篠原とは雲泥の差だ。由々しき事態だぞ、これは」

「うんうん……って、はぁっ!?」

そんな苦言に一瞬で噛み付いたのは彼のすぐ隣に座るギャルJK・浅宮七瀬だ。

「シノと比べたら負けるに決まってんじゃん！　ってか、そーゆー進司は何枚なわけ!?」

「僕は七カットだ」

「うそ!?　……って、それ英明の全体インタビューとかで写ってるだけじゃん！　生徒会長ボーナスじゃん！　変な小細工されなかったらウチの方が目立ってるし！」

「負け犬にいくら遠吠えされても僕は痛くも痒くもないな」

微かに口角を上げて勝ち誇る榎本と、言い返す余地がなくなったのかぐぬぬと下唇を噛む浅宮。いつものやり取りという感じだが、今回は榎本に軍配が上がったらしい。

「……えへへ、でもでも♡」

（!?）

と――そこで、俺の左隣からそっと耳打ちしてきたのはあざと可愛い小悪魔先輩こと秋月乃愛だ。彼女はちょんっと俺の腕を引きながら小さな顔を近付けてくる。

「みゃーちゃんの四枚目って、乃愛たちも一緒に写ってるやつなんだけど……メインは緋呂斗くんだから、ちゃんと見ないとみゃーちゃんだって気付けないと思うんだよね。それを即答できてるってことは……きゃっ♡」

そこまで言って、えへへと意味深に笑みを浮かべる秋月。……〝千里眼〟の異名を持つ我らが生徒会長なら誰が相手でもそのくらいやってのけそうではあるが、まあ相手が浅宮だから、というのは少なからずあるだろう。それ自体は間違いない。

俺がそんなことを考えていると、右側からそっと腕を引かれた。

「――秋月様。ご主人様に耳打ちするだけならまだしも、どさくさに紛れて身体を押し付けるのは看過できません。わたしにはご主人様を守る義務がありますので」

涼しげな声音にさらりと揺れる白銀の髪、そして両手を包む白の手袋。微かに腰を浮かして俺の身体を引き戻した彼女こそが、7ッ星の専属メイドこと姫路白雪だ。

「久しぶりの再会、ということなら分かりますが……秋月様とは、夏休みの間も何度かお会いしていたはずです。それほど過剰に反応することはないのでは？」

「ええ～、そんなことないよ。だって、学校がある時は毎日のように会えてたのに、それがたまにしか会えなくなっちゃったんだもん。充電させて欲しいな……えへへ♡」

「充電って……」

「……ふ、不純異性交遊ですか、先輩方⁉」

それを聞いて勢いよく立ち上がったのは浅宮の隣に座る一年生・水上摩理だ。真面目がウリで正義感の強い彼女は、あわあわと慌てながらテーブルに両手を突いている。

「そ、そそそ、そういうのは良くないと思いますっ！　何故なら不純なので‼」

「え～？　でもでも、乃愛は緋呂斗くん一筋だよ？　純粋で無垢で一途だよ？」

「それでも、えっ……ちなのはいけないと思います！　せめて卒業してからに！」

ぎゅっと目を瞑って大声を出す水上。その姿がツボだったのか、浅宮が「マリー可愛すぎ……」と頭を撫で始めている。出会った当初はあからさまに〝敵〟だった水上だが、今となってはすっかり英明陣営に馴染んだと言って差し支えないだろう。

「ん……」

そんなやり取りを内心微笑ましく眺めながら――俺は、改めて《ライブラ》の記事に目

を通してみることにした。一学期からの動向を《アストラル》及び《SFIA》という二つの大型イベントに焦点を当てて分析する、といった内容の記事。その後半で取り上げられているのは、当然ながら夏期交流戦《SFIA》の結末だ。

「夏期交流戦《SFIA》……色々あったけど、結局は《ヘキサグラム》の不正が公的に認められる形になったんだよな」

――そう。

七月末から行われていた真夏の祭典《SFIA》は、二番区彗星学園のエース・佐伯薫が率いる〝正義〟の組織《ヘキサグラム》によってその公平性を揺るがされた。最終的には彼らの不正を暴いて追放することが出来たものの、たとえば第4段階や最終決戦で敗北したプレイヤーたちが《ヘキサグラム》の不正による影響を何一つ受けていなかったのか、と問われれば、その答えは間違いなくノーだろう。故に、そんな連中から星を徴収するのはいかがなものか、という議論が持ち上がっていたわけだ。

「ああ、そうだな」

独り言に近かった俺の発言に対し、頷きと共に肯定を返してくれたのは榎本だ。

「当然の措置、といったところだろう。下手に高ランカーを降格させると人数上限の都合で再昇格が難しい場合が多いし、色付き星を持っていた者に関してはもはや手の打ちようがない。故に、あのイベントで星を失ったのは《ヘキサグラム》のメンバーのみ……報酬に不足する分の星は運営側が補填する、ということになったそうだ」

「うん。だから、結局《SFIA》で移動した色付き星は二つだけ……正規報酬の〝橙の星〟と、《ヘキサグラム》のトップが手放した〝錆色の星〟だけってコトだよね？」

「そうそう♪　で、その二つはどっちも英明学園に——緋呂斗くんと摩理ちゃんの手に渡ってるんだもんね♡　えへへ、《SFIA》は乃愛たちの大勝利！」

栗色のツインテールを揺らしながら顔の近くでダブルピースを決める秋月。

彼女の言う通り、《SFIA》で発生した二つの色付き星報酬は、いずれも英明陣営に渡っている。あの《決闘》の勝者は俺と水上と彩園寺と霧谷の四人……ということで冷静に考えればバランスが悪いのだが、そうなったのは佐伯薫の手放した色付き星がかなり特殊なものだったからだ。〝下狩り〟を可能とする極悪非道な錆色の星——持っているだけでマイナスの評価を受けかねない悪意に満ちた星。実際、議論になっていたのは橙の星の方だけで、錆色の星に関してはむしろ押し付け合いだったと聞いている。

それに終止符を打ったのが他でもない水上だ。彼女は、自ら錆色の星を所望した。

「……ちなみにさ、水上。お前は、どうして〝錆色〟を受け入れたんだ？」

「へ？　どうしてって……」

俺の問いにきょとんと首を傾げる水上。その拍子に艶やかな黒髪がさらりと揺れる。

「そんなの決まっています、先輩。だって、他の人に悪用されるくらいなら私が持っていた方がずっとマシですから。それに、他でもない《ヘキサグラム》の遺産ですし……ご安心ください。この星は、私が責任を持って墓場まで持っていきます！」

「おおー！　さっすがマリー、カッコいい！」

浅宮に褒められ、恐縮したように「それほどでも……」と口にする水上。過ぎるくらいに真面目な彼女らしい、決意に満ちた答えと言っていいだろう。そんな姿勢が真っ当に評価されたのか、水上の知名度やら注目度やらはこのところ急激に上昇している。

「実際、《SFIA》で一番昇格してるのは水上だからな……《ヘキサグラム》の関係者ってことで星を一つ徴収されてるけど、錆色の星を手に入れたのと英明の勝利報酬を優先的に注ぎ込まれたのとで一気に5ツ星までランクアップしてる」

「はい。5ツ星の色付き星所持者、となれば以前の久我崎晴嵐様と同格の学区代表レベルです。一年生でそこまでの実力を持つプレイヤーは学園島中を探してもなかなか見つからないでしょう。紛れもなくトップクラス、ですよ」

「し、白雪先輩まで……照れちゃいますよ、私」

「えへへ、女の子は照れてる方が可愛いから大丈夫♡　……でもでも、《SFIA》で強化されたのは乃愛たちだけじゃないよね？　確か、森羅が勝ってるから……」

「そうですね。桃色の色付き星を持つ不破深弦様とすみれ様が、二人揃って5ツ星に昇格しています。そして、佐伯薫を始めとする《ヘキサグラム》の6ツ星プレイヤーが複数名降格したことで、これまで5ツ星だったプレイヤーが何名か入れ替わりで昇格を果たしています。件の久我崎晴嵐様や、皆実雫様、枢木千梨様……」

「久我崎がついに6ツ星か……ま、面子としては妥当なとこだな」

「それから結川奏様」

「……あいつ、マジで凄いな」

夏期交流戦《SFIA》では最終決戦である《伝承の塔》のラストまで地味に生存していた——《ライブラ》の記事でも〝茨のゾンビ〟として取り上げられている——十五番区茨学園エースの名前を聞き、そのしぶとさに思わず苦笑を零す俺。

が……まあとにもかくにも、《SFIA》を経由したことで学区同士の勢力図にはまた少し更新が加えられたわけだ。ガラステーブル上に投影展開された記事の最後にも、今年度の〝中間ランキング〟という形で学区間の序列が示されている。

【学園島第二十三期学校ランキング（二学期開始時点）】

【一位／四番区英明。二位／三番区桜花。三位／七番区森羅。四位／八番区音羽。五位／十七番区天音坂。六位／十六番区栗花落。七位／十四番区聖ロザリア……】

「……まあ、当然の結果ですね」

それを見て微かに得意げな笑みを浮かべながら、姫路がさらりと白銀の髪を揺らす。

「7ツ星のご主人様を擁する英明学園が一位でないはずがありません。結局のところ《アストラル》も《SFIA》もわたしたちの独壇場でしたから」

「ふん……独壇場というには危うい場面が多かったような気もするが、確かに妥当な順位ではあるだろうな。《ヘキサグラム》の不正によるペナルティで彗星学園が圏外に落とされていることを除けば、五位以内の顔触れは昨年とまるで変わらない。むしろ、驚異的なのは六位と七位の並びだ。栗花落は昨年九位、聖ロザリアに至っては二桁順位からの猛追撃……全く、誰が〝眠れる獅子〟を起こしてくれたのかは知らないが」

嘆息交じりにそう言って首を振る榎本。……十四番区聖ロザリアと十六番区栗花落。どちらも絶対的なエースによってぐいぐいと引っ張られている学区だ。そして、確かに〝眠れる獅子〟――皆実雫に関しては、俺と彩園寺が起こしてしまった感もある。

（いや、それを言うなら柚姉が元々の仕掛け人なんだけど……まあ、今さらだよな）

経緯はともかく、《アストラル》の時は名もなき3ツ星だったはずの気怠げな少女が6ツ星のエース格として俺たちの前に立ち塞がっていることだけは間違いない。

「――ということを理解してもらったうえで、だ」

そこで、榎本があえて流れを断ち切るような声音でそんなことを言った。胸元で腕を組んだ彼はいつも通りの仏頂面で俺たちの顔を見渡すと、そのまま淡々と続ける。

「今日ここに集まってもらったのは、何も《ライブラ》の記事を肴に盛り上がるためというわけではない。ここまでは本題に入る前の軽い情報整理のようなものだ。先ほどの集会で学長からも話があったが……今月の後半に、とある大型イベントが控えている」

「はい。二学期初頭の大規模イベント……学年別対抗戦、ですね」

「その通りだ。まさしく学年単位の総力戦イベントだな。一年生編は《新人戦》、二年生編は《修学旅行戦》、三年生編は《習熟戦》……などと呼ばれることもある」

　姫路の言葉を肯定した榎本は、腕を組んだままゆっくりと補足を口にする。

　そう――二学期学年別対抗戦。夏期交流戦《ＳＦＩＡ》から約一ヶ月が経過し、次に俺たちを待ち構えているのはそんなイベントだ。一年生は一年生同士で、二年生は二年生同士で……というように、学年別で他学区のプレイヤーがぶつかる大規模な《決闘》。

「これらの対抗戦は中間ランキングの上位、中位、下位の三ブロックに分かれる形で、時期をずらして実施される。そして、英明は当然上位ブロック……見るからに強敵だらけのブロックだ。故に、僕たちも先輩として少しは助言が出来ればと思ってな」

「うんうん、だって乃愛たちは《新人戦》も《修学旅行戦》も経験済みだもん♪　的確なアドバイスで緋呂斗くんたちを手取り足取りサポートしちゃうから♡」

「あは……ウチら、去年までは大した結果残せてないけどね。《ヘキサグラム》のせいでエースが潰されてたっていうのもあるけど、主にウチと進司が喧嘩してたから……」

「いいえ、七瀬先輩。だとしても、先輩方の助言は私たち後輩にとって物凄く貴重なものです。なので、その……良かったら聞かせてください、先輩」

「！　ヤバ……マリーがいい子過ぎてウチどうにかなりそう……」

「それ以上どうにかなったらさすがの僕でも手に負えないぞ七瀬。……さて、水上妹」

身悶える浅宮にジト目を向けてから、榎本は嘆息と共に改めて水上へと向き直る。

「学年別対抗戦の一年生編、つまり《新人戦》に関するアドバイスだが、実のところこれに関しては〝特にない〟と言わざるを得ない」

「え……？　そ、それは……進司先輩が、実はとても意地悪だからですか？」

「断じて違う。詳しくはルールが開示されてから説明するが、《新人戦》はアドバイザーのような枠で三年生も数名参加できるんだ。大型《決闘》における立ち回りは実戦の中で教えられるし、何なら《新人戦》自体がそういう趣旨の《決闘》でもある」

「な、なるほど……そういうことでしたか」

「うん。ウチらがサポートに入れるし、そもそもマリーだってもう5ツ星だもんね。一年生の中なら無双できるハズだし、大丈夫大丈夫！」

　鮮やかな金髪を揺らしながら裏表のない笑顔でそんなことを言い放った浅宮に対し、水上も「が、頑張ります！」と小さく首を縦に振る。……各学区の一年生に加え、アドバイザーとして数名の三年生も参戦する《新人戦》。水上の強さは一線級だし、知識や経験の面は榎本たちが補ってくれる。特に心配することはなさそうだ。

「そして、次が二年生編だ」

榎本の視線が静かにこちらへ向けられる。

「学年別対抗戦《修学旅行戦》──その名の通り、二年生が参加するのは修学旅行だ。向かうは世界有数の観光地、ルナ島。学園島よりも遥かに発達しているとされる未来都市と世界遺産級の豊かな自然が共存し、世界中の娯楽が集まるとも謳われている天然島だ」

「そうそう！　一年かかっても楽しみ尽くせない島、って言われるくらい名物も名所もいっぱいあるんだよね♪　乃愛、いつか緋呂斗くんと二人で行きたいかも……♡」

「……妄想めいた誘惑もそこまでにしてください、秋月様」

　嘆息交じりにそう言って白銀の髪をさらりと揺らす姫路。そうして彼女は、小さく首を傾げながらこんな疑問を口にする。

「わたしの知る限り、《修学旅行戦》は学年別対抗戦の中でも一番の目玉……例年熾烈な争いが繰り広げられている印象なのですが、その舞台が観光地なのですか？」

「うん。ってか、まだ一番大事なトコを話してないんだよね」

　言いながら、俺たちの前でピンと人差し指を立ててみせる浅宮。そうして一言、

「カジノ島──それが、ルナ島の別名だよ。進司と乃愛ちが言ってたのも確かにルナ島の特徴なんだけど、一番有名なのはやっぱり〝島全体がカジノになってる〟こと！　島に住んでる人は全員ディーラーだから、上陸するとタキシードの渋いオジサンとかバニー服の女の子とかがウチらのこと出迎えてくれるの！　これ、超ヤバくない!?」

「……ヤバいのはそこではないだろう、七瀬」

一気にボルテージを上げた浅宮に嘆息を零し、隣の榎本がそっと説明を引き継ぐ。

「まあ、ただ大枠は七瀬の言った通りだ。ルナ島は別名〝カジノ島〟と呼ばれ、来島者は誰でもカジノゲームに挑戦できる。向こうの住人がそれぞれ何かしらのゲームを管理するディーラーでな、それに参加することで出来るだけ多くのチップを稼ぐ……というのが主な遊び方だ。稼いだチップに応じて入れるエリアが広がり、また様々な景品とも交換できるため、滞在期間ギリギリまでカジノに明け暮れる者も多いらしい」

「……へえ。カジノってことは、例えばルーレットとかポーカーとかってことだよな。運の要素がかなり強いような気もするけど、そこは〝そういうモン〟って感じか？」

「もちろん運が絡むのは確かだ。だが、それだけということはない——何故なら、ルナ島には【ブラックリング】と呼ばれるチート用アイテムが存在するからだ」

「……【ブラックリング】？」

姫路と全く同じタイミングで首を傾げてしまい、内心で密かに照れる俺。隣では姫路の方も頬を赤らめているのが窺える中、照れ隠しのためにも言葉を重ねる。

「チート用アイテムってのは……えっと、どういう意味だ？」

「そのままの意味だ。【ブラックリング】とは漆黒の装飾を施された指輪状の代物で、カジノゲーム中に使用することで様々な効果を発揮する。そういった意味では学園島でいうアビリティに近いが、異なるのはその移動性だな。ゲーム中にテーブルへ置かれた【ブラックリング】はチップと共に勝者の元へ移動する。つまり負ければ奪われてしまうし、アビリティのような所持数の制限もない……ということだ」

「ん……なるほど」

榎本の説明に小さく頷(うなず)く俺。……ルナ島全域で行われるカジノゲーム。大枠としては単にチップを増やせばいい、というものだが、そこに【ブラックリング】という戦略要素が加わっている。要はイカサマが公認されたカジノのようなものだ。

対面の榎本は、相変わらずの仏頂面で腕組みをしながら言葉を継ぐ。

「《修学旅行戦(フォルティッシモ)》は、このルナ島カジノをベースにしている。篠原(しのはら)たちが彼(か)の島に滞在するのは五泊六日だが、その最初の三日――カジノ参加から〝七十二時間〟を期限として、いかにチップを増やせるか競うんだ。持ち込めるアビリティは一つまでで、これは上陸のタイミングで【ブラックリング】の形式に変換される。つまり、数多くの【ブラックリング】を駆使して誰よりチップを稼ぐ《決闘(ゲーム)》……それが《修学旅行戦(フォルティッシモ)》、というわけだ」

「なるほど……ま、構造としては分かりやすいな」

「ああ。だが、問題はここからだ――《修学旅行戦(フォルティッシモ)》は同ブロックの二年生全員が参加する《決闘(ゲーム)》故に、稼いだチップの総量を比較するだけでは単純に在籍人数の多い学区が有利になってしまう。そういった不公平を避けるため、《修学旅行戦(フォルティッシモ)》には総合得点という特別な評価基準が設けられているんだ。【《上位五人のチップ所持数》×1＋《チップ所持数の学区平均》×5】という具合でな」

「上位五人のチップ所持数と学区平均の五倍……か。確かに平均を取るなら人数はあんまり関係ないし、その上で一人一人が努力する意義も薄れない。ついでに、学区代表クラスはいつも以上に気合いを入れる必要があるってわけだ」

「そうだな。故に、本来であればバランスの取れた良いルールなのだろう。が……はっきり言っておくぞ、篠原(しのはら)。この評価基準(ルール)は、今の英明(えいめい)にとって致命的だ。何しろ、英明学園の二年生には篠原緋呂斗と姫路白雪を除いて大規模《決闘》経験者が一人もいない――全く、去年から抱えていた問題がついに表面化してしまったな」

「……ああ、そのことか」

　榎本(えのもと)の発言で全てを悟り、神妙な顔で頷(うなず)く俺。対する榎本は腕を組んだまま微(かす)かに嘆息を零(こぼ)すと、緩やかに首を振ってから言葉を続ける。

「以前から言われていたことではあったんだ。英明学園には次世代の学区代表クラスが足りていないと……実際、去年の《新人戦(プレリュード)》では誰一人として目立った成績を残すことが出来なかった。篠原たちの転入で一気に状況は持ち直したが、それでも〝上位五人〟に〝学区平均〟というのはどちらも頭が痛くなる単語だろう」

「えへへ、大変だよね♪　なんたって賢くて可愛(かわい)い乃愛(のあ)ちゃんがいないんだもん♡」

「それ！　やっぱ、ここはウチらの煌めく頭脳がないと勝ち抜けないし！」

「……ふん。この二人はともかく、僕がいないと仕切れるものも仕切れまい。総じて《修学旅行戦》は今の英明学園にとって不利な要素が多いと言っている」

秋月と浅宮の〝頼れる先輩〟アピールを華麗に上書きしつつ、額に指の腹を押し当ててそっと溜め息を吐く榎本。そんな一連のやり取りを見てようやく気が付いた。

（ああ……そうか、みんなして心配してくれてるのか）

内心で静かに呟く。……多分、そういうことなのだろう。俺が〝7ツ星〟であることなんか当然知っていて、これまでの《決闘》で多少は力量も認めていて、それでもなお榎本たちは俺と姫路を心配してくれている。先輩として頼らせようとしてくれている。

それにどこかむず痒い感覚を抱きながら、俺は微かに口角を上げつつ言葉を継いだ。

「まあ、確かにな。桜花やら栗花落、聖ロザリアなんかは元々二年生が主力だし、森羅は霧谷が出られないけど5ツ星の色付き星所持者になった深弦とすみれがいる。6ツ星の先輩三人と5ツ星の後輩まで削られるのは英明くらいか」

「そうですね。元々が恵まれ過ぎていた、というだけの話かもしれませんが、少なくともこのルールで最も損をしているのは英明学園でしょう。ご主人様ほどの才覚があれば五人分の稼ぎを一人で実現することも可能かと思いますが……ただ、相手が相手ですので」

「………」

白銀の髪を揺らす姫路(ひめじ)の囁(ささや)きに無言の肯定を返す俺。……並のプレイヤー五人分、ならともかく、彩園寺(さいおんじ)や皆実(みなみ)といった連中を基準に〝五人分〟なんて言われたらいくらイカサマを駆使してもさすがに無理だと言う外ない。

「が——もちろん、逆転要素がないわけではないぞ？」

そんな俺の内心を読んだのか、対面の榎本(えのもと)が不意に口元を緩めてそう切り出した。

「先ほども話した通り、ルナ島カジノは来島者なら誰でも参加できる娯楽だ。故に《修学旅行戦(フォルテイツシモ)》の期間であっても学園島外のプレイヤーが山ほどゲームに興じている。そうしたプレイヤーたちの中でも特に〝学園島(アカデミー)の《決闘(ゲーム)》に関わることを許可〟している者のことをまとめて【ストレンジャー】と呼ぶんだ」

「……学園島(アカデミー)の《決闘(ゲーム)》に関わることを、許可？」

「うん！　よーするに、学園島(アカデミー)のプレイヤーと同じカジノゲームに参加してもいいよ、って設定にしてる人のこと♪　一般の人からしたら乃愛(のあ)たちは〝やたら強いけど勝てば珍しい【ブラックリング】が手に入るかもしれない〟相手だからね。その上、学園島(アカデミー)プレイヤーとのゲームではボーナスもあり！　熱烈歓迎な人もいっぱいいるんだよ♡」

「ああ、なるほど……」

秋月(あきづき)の補足でようやく得心する俺。確かに、一般の観光客にとって学園島(アカデミー)のプレイヤーとテーブルを囲むのはそれなりにリスクのある行為だ。【ブラックリング】の持ち込みもあるためそもそも公平じゃない。ただ、ゲームに勝った場合のリターンが大きいのであれば話は別だろう。それこそギャンブルの要領で首を突っ込むのも悪くない。

「……それで？　その【ストレンジャー】がどうかしたのかよ、榎本」

「敬語を使え、篠原。……まあいい。実を言えば、《修学旅行戦》のルールでは各学区一人までこの【ストレンジャー】を仲間にしていいことになっているんだ。勧誘自体は何人しても構わないし途中での入れ替えも可能だが、ともかく設定枠は一つだけ。そしてここに登録されている【ストレンジャー】は学区メンバーの一人としてカウントされる……つまり、《修学旅行戦》の期間中に稼いだチップが総合得点に反映される」

　この一人が鍵なんだ、と榎本は静かに告げる。

「学園島のプレイヤーが軒並み《修学旅行戦》初日からチップを稼ぎ始めるのに対し、元からルナ島にいた【ストレンジャー】は既に多少の経験を積んでいる場合が多い。もちろんデータとして採用されるのは〝七十二時間〟で稼いだチップのみ……それ以前から持っていたチップの量は考慮されないが、とはいえ【ブラックリング】の所持数はそのまま戦力に直結する。故に、出来るだけ長く島にいる者を仲間にするのがポイントだ」

「うんうん。ルナ島の滞在期間は最大一週間までなんだけど、チップを払うとちょっとだけ期限が延ばせるんだよね。で、その最たる例が……【ファントム】！」

「【ファントム】？　……あ、それって」

浅宮の振りに応じたのは、これまで真剣な表情で話を聞いていた水上だった。彼女は長い黒髪と共にゆっくりと顔を持ち上げて続ける。

「お姉ちゃんから聞いたことがあります。ルナ島の【ファントム】……数年前から毎年のように《修学旅行戦》に参加している最強の【ストレンジャー】、ですよね？」

「ああ。大量のチップと引き換えにルナ島の永久滞在権を取得し、千種類近い【ブラックリング】を持つとまで言われる文字通りの〝規格外〟だ。ただ……ヤツはこの三年、一度の例外もなく十七番区天音坂学園に加勢している。そして直近の《修学旅行戦》は三年連続で天音坂の圧勝だ。天音坂が学校ランキング上位にいる要因の一つだな」

「うん……でも、別に天音坂の完全な味方ってワケじゃないみたいなんだよね。契約っていうか、取引っていうか。多分、そこを崩せれば横から引き抜けるハズ。……っていっても、ウチらは去年失敗してるんだけど」

「そうだな。だが、学校ランキングで五位以内に残れるかどうかも危うかった去年とは違い、今年の英明は中間一位だ。先ほどの記事を見ても分かる通り、良い意味でも悪い意味でも注目されている。期待されている。故に、負けるわけにはいかないんだ」

篠原には言うまでもないだろうがな、という榎本の声に俺は小さく頷きを返す。

そう……今回の《決闘》は、実を言えば星が一切懸かっていない。ただただ学区の名誉とランキングのためだけの戦いだ。ただ、だからといって俺が――否、英明が負けていいはずもないだろう。もしも俺がここで無様に負ければ、期待は一瞬で失望に変わる。

だから、

（確かに英明の二年生は頼りないかもしれない……俺の〝7ツ星〟が嘘なんだから、一番強いのが5ツ星の姫路だ。他の学区に比べたら見劣りするかもしれない。けど、だったらこの《決闘》でそんな悪評をまとめて吹っ飛ばしてやる……！）

俺は、内心で決意を固めながら静かに右の拳を握り締めた。

＃

「では、こちらの詳細は後ほど連絡する。悪いがアテにしているぞ、後輩」

「ああ。任せとけって、先輩」

——諸々の打ち合わせが終わり、解散の段となった頃。

榎本に呼び止められた俺は、しばし密談を交わしてから姫路のもとに合流していた。

「お疲れ様です、ご主人様」

肩を並べて歩き出す傍ら、隣の姫路が白銀の髪をさらりと揺らして訊いてくる。

「随分と話し込まれていましたね。何か重要なご相談だったのですか？」

「まあな。さっきの作戦会議の続き、っていうか何ていうか……ざっくり言えば学年別対抗戦の三年生編《習熟戦》の話だ。細かいところは帰ってから話すよ」

「ありがとうございます、ご主人様。……それにしても、《習熟戦》ですか」

律儀に頭を下げてから白手袋に包まれた右手をそっと口元へ遣る姫路。

「確かに、三年生は三年生で頭を悩ませるポイントが多くありそうですね。何せ、榎本様たちからすれば今回は〝最強の７ツ星が不在の《決闘》〟になるわけですから」

「……ま、表向きにはそうなるな」

実際には俺の等級なんて偽りのそれでしかないのだが、榎本たちからすれば非常事態に違いないだろう。限られたメンバーでどう戦っていくかを全力で練っておかないと他学区から集中砲火を受けかねない。……が、そちらに関してはそれこそ榎本たちの領分だ。不甲斐ないような気もするが、今の俺に出来ることなど何もない。

「《新人戦》と《習熟戦》はあいつらに任せて、俺たちも作戦を立てなきゃなぁ……」

「ふふっ。はい、そうですね。学年別対抗戦《修学旅行戦》まであと二週間——加賀谷さんや紬さんと一緒に出来る限りの準備をしておきましょう。それに、楓花さんや辻様も交えてクラスとしての方針も決めておく必要がありますね」

「だな。……って」

隣を歩く姫路の声と表情がいつもと少し違うことに気付き、微かに首を捻る俺。些細な変化ではあるが、どこか楽しげというか、何やら弾んでいるような感じがする。

「何ていうか……姫路は、そんなに深刻そうじゃないんだな？」

「？　ええと、そうでしょうか？」

「ああ。いやまあ、俺の気のせいかもしれないけど……何か、嬉(うれ)しそうっていうか」

「ん……」

俺の指摘に対し、姫路はほんの一瞬考え込むように目を瞑(つぶ)った。けれど次の瞬間、彼女は白銀の髪をさらりと揺らすようにして再び俺に澄んだ碧眼(へきがん)を向ける。その口元が少しだけ緩んでいるように見えるのは、やはり気のせいなんかじゃなさそうだ。

彼女は透明な声音で告げる。

「深刻じゃない、ということはありませんよ。星を失うことがないとはいえ学園の名を背負った《決闘(ゲーム)》であるからにはご主人様を負けさせるわけにはいきませんし、そのためにも《カンパニー》として全力で補佐させていただきます。ただ、その上で――」

「……その上で？」

「その上でわたしの機嫌が良いように見えるのだとしたら、それは偏(ひとえ)に修学旅行が楽しみだからです。クラスメイトの皆さんと夜遅くまでお喋(しゃべ)りするのも憧れでしたし、一年かけても味わい尽くせないというルナ島の魅力を出来る限り堪能(たんのう)したいですし……何より、ご主人様との初めての旅行ですから。その、少し舞い上がってしまって」

「――――」

そう言って、ほんの少しだけ照れたようにすっと俺から視線を逸(そ)らす姫路。

……ああ、もう、全く。

この従者(メイド)は、時々可愛(かわい)すぎて目が眩(くら)みそうになる。

♯

それから、およそ二週間――。

二学期の初頭に関しては、これと言って大きなイベントも起こらなかった。

もちろん《SFIA(スフィア)》を経て五色持ちとなった俺が引き続き全方位から狙われまくったり、急激に知名度を上げた水上(みなかみ)が何故(なぜ)か用もなく俺の教室を訪れるようになったり、皆実(みなみ)監修の〝高ランカー女子特集〟がLNNに定期連載されるようになったり、結川(ゆいかわ)のSTOCアカウントが炎上したり……と、ネタになりそうな出来事ならたくさんあった。けれどそんなことを全て詳細に語っていたら時間がいくらあっても足りないため、色々あったの一言で済まさせてもらうことにしよう。

そして現在、九月十九日月曜日午後二時十七分。

俺たちは、数時間の空旅(フライト)の後にフェリーを乗り継いで、件(くだん)のルナ島に上陸していた。

「わ〰〰〰〰〰〰〰〰！　すっご〰〰〰〰〰〰〰〰〰〰〰〰〰〰〰〰いっ！！！」

――世界有数の観光地・ルナ島西部港区画。

入島手続きを終えるなり真っ白な砂浜を見てはしゃいだ声を上げたのは、我らが2－Aのクラス委員長こと多々良楓花だ。背中で跳ねるポニーテールと天真爛漫な笑顔が魅力的な元気っ娘。さっそく駆け出した彼女は砂浜の真ん中で俺たちの方を振り返る。

「白雪ちゃん！　白雪ちゃんこっちこっち！　この辺まで来ると海がどーんって見えてすっごく綺麗だよ！　ほら、篠原くんも早く～！」

「……ふふっ」

普段より明らかにテンションが上がっている友人の姿に柔らかな笑みを零しつつ、頭に乗せた麦わら帽子を片手で押さえてゆっくりと歩を進める姫路。彼女は慎重に砂を踏み固めながら多々良の隣に並び立つと、しばし心地よさげに目を細める。

「はい、確かに素晴らしい景観ですね。……ですが、楓花さん。砂浜に出るなら楓花さんも帽子くらい被った方が良いのではないですか？　日に焼けてしまいますよ」

「わたしは日焼け止め塗ってるから大丈夫！　科学の力って凄いんだよ、うん！」

えっへん、と大きく胸を張る多々良。確かに、陸上部に所属している彼女は普段から直射日光を浴びまくっているはずだが、健康的に輝く素肌は依然として真っ白だ。日焼け止めの仕組みなんかさっぱり分からないものの、科学の力はとにかく凄い。

「はぁ……」

と――俺が砂浜の手前でそんなことを考えていると、後ろから微かな溜め息が聞こえてきた。釣られて振り返ってみれば、そこにいたのは辻友紀だ。多々良と同じく2－Aのクラスメイト。男子用制服を着ていなければ美少女にしか見えないくらい中性的で整った容姿を持つ彼は、覚束ない足取りで近くに設置されていたベンチに座り込む。

「元気でいいよね、多々良さんは……ボクなんか、さっきから船酔いが酷くてちっとも頭が回らないっていうのにさ。フェリーってあんなに揺れるんだ……」

「ん……まあ、体力が違うからな。陸上部だぞ、あいつ」

「そうだけどさ……って、うわっ!?」

そこで、不意に素っ頓狂な悲鳴を上げる辻――が、まあ無理もないだろう。何せ、ベンチの後ろからこっそり回り込むような形で近付いてきていた多々良が、よく冷えたジュースの缶をぴとっと辻の首筋に押し当てたんだから。

「っ……えっと、多々良さん？」

「あげる。辻くん、船の中でもずーっと青い顔してたから、これは委員長として何か差し入れしてあげなきゃって思ってそこの自販機で買っておいたの。船酔いが治るかどうかは分かんないけど、きっとリフレッシュくらい出来るはず！」

「え……あ、そうなんだ。……って、多々良さん。これさ、今までどこに持ってたの？」

「ほえ？　そんなのバッグの中に決まってるよ。ほらここ」

「うん……それって、さっき『わ～～～～！』の時に思いっきりはしゃいで振り回してたやつだよね。で、多々良さんがくれたのは炭酸オレンジ、なんだよね。……ねえ、多々良さん。多々良さんは、ボクが今これを開けたらどうなると思う？」

「ぁ……ぷしゅーってなると思う。辻くんとわたし、大惨事」

「正解」

そんな悲劇を回避するべくプルタブには触らずに、小声で「でもありがと」とだけ呟いてからジュースの缶を自ら首筋へ持っていく辻。それを見た多々良はほっとしたように胸を撫で下ろし、ポニーテールを跳ねさせながら辻の隣にちょこんと腰掛ける。

そして、

「じゃじゃーん！」

楽しげな効果音と共に彼女がバッグから取り出したのは一冊の旅行誌だ。表紙に記されているのは当然ながら〝ルナ島〟の文字。書き込みを入れるためにわざわざ紙で買ったのだろう、貼り付けられた大量の付箋で本の厚みは倍増している。

「随分読み込んでいるのですね。さすがです、楓花さん」

「うん！　だって、すっごく楽しみだったし……それに、ただ遊びに来たってわけじゃないからね。A組の委員長として誰よりも詳しくなきゃ！」

「……気負い過ぎでしょ、多々良さん。もっとほどほどでいいのにさ」

「いいのいいの、こっちの方が性に合ってるんだもん」

呆れたような声で呟く辻だが、多々良の方はどこ吹く風といった様子だ。そうして彼女は、ワクワクとした表情のまま膝に乗せた旅行誌のページを捲る。

「世界有数の観光地、ルナ島——秘境に近い大自然と未来都市みたいに開発された区画が両方楽しめる夢の島。絶景も、娯楽も、食事も、体験も、どこから手を付けても味わい尽くせないくらい膨大なんだって。行ってみたい観光地ランキング、十年連続第一位！　数万人に一人しか辿り着けない幻の湖、とかもあるんだよ！」

「……まあ、話題には事欠かない島だよね。けど、それを堪能するのは後からでも遅くないでしょ。今のボクたちが気にするべきは学年別対抗戦……《修学旅行戦》の方だ」

「うん！　もちろん、それもバッチリ調べてあるよ！」

言って、多々良は慣れた手付きでパラパラとページを進めると、とある章が始まる辺りで手を止めた。そこに載っているのはルナ島最大の特徴、カジノ島としての側面だ。

（えっと……？）

復習の意味も込めて俺もガイドブックに視線を落とす。

ルナ島では、来島者の誰もがカジノゲームに参加できる——島民全員がディーラーとして何かしらのゲームを管理しており、来島者が客になるようなイメージだ。プレイヤーはゲームを通じてチップを稼ぎ、その所持数によって立ち入れるエリアが広がったり最終的に珍しい景品と交換できたりするのだという。

そして学年別対抗戦の二年生編《修学旅行戦》は、そんなルナ島カジノをベースにしたものだ。各学区のプレイヤーは1000枚のチップを持った状態からゲームを開始し、三日間でいかにチップを稼げるか競う。学区の総合得点は【《上位五人のチップ所持数》×1＋《チップ所持数の学区平均》×5】となるため、誰にとっても気は抜けない。

多々良たちと一緒にそこまで振り返った辺りで、俺は小さく顔を持ち上げた。

「ちなみに……これさ、《決闘》開始はどのタイミングになるんだ？　ルナ島への到着時間は学区によって違うはずだし、条件が揃わないような気がするけど」

「あ、うん！　普通ならそうなんだけど、今回は〝個人別〟で時間がカウントされるんだって。その人がルナ島カジノへの参加意思を示してからちょうど三日後、七十二時間後に計測終了！　その時点で参加途中だったゲームは〝次の清算タイミング〟までのチップを記録に入れてくれるみたいだよ。で、肝心の参加意思を示すには——これ！　ルナ島上陸から三十分以内に何かしらの仮面を付けること！」

「……仮面？」

「そうっ！　ルナ島カジノに挑戦するためには、参加者の証である〝仮面〟を付けてなきゃいけないの。例えばサングラスとか、眼帯とか、マスクとか……拡張現実機能で投影するからどんなデザインでもいいんだって。しかも、自分で作れちゃうんだよ⁉」

「ふぅん？　要するに仮面舞踏会、みたいなイメージなのかな。それはそれでちょっと面白そうだけど……でも、単なる演出用ってだけのルールじゃなさそうだね？」

「辻(つじ)くん大正解！　さっきも言った通り仮面は〝参加者の証(あかし)〟だから、もし壊れちゃったらそこでお終(しま)い、なんだよ。滞在期間があと何日残っててもルナ島カジノには参加させてもらえなくなっちゃうってこと。……だよね、白雪(しらゆき)ちゃん？」

「はい、そのようですね」

　熱弁を振るう多々良(たたら)に対し、静かな頷(うなず)きと共に同意を示す姫路(ひめじ)。

「ちなみに、ルナ島で仮面を失うパターンというのは一つしかありません。カジノゲームの敗北により所持チップが０枚以下になってしまった場合……致命的敗北(クリティカルロス)、と呼ばれる状況ですね。これが発生すると、ペナルティとして該当プレイヤーの仮面が消失します」

「なるほど……そうなった時点でカジノゲームは続行不可、ってことか」

「そういうことです。もちろん、カジノに参加できないだけで観光は続けられますが」

　白銀の髪を揺らしながら姫路はそんな補足を口にする。

　そう――ルナ島における〝仮面〟は、カジノゲームへの参加に必須となる重要なアイテムだ。拡張現実(AR)機能を用いて任意に設定できるが、所持チップが０枚以下になると〝致命的敗北(クリティカルロス)〟となり壊れてしまう。そして、致命的敗北(クリティカルロス)とはすなわちゲームオーバーを示す言葉だ。《修学旅行戦(フォルティツシモ)》からの脱落……それだけは、何が何でも避けなきゃいけない。

「――ちなみに、ご主人様」

俺が思考を巡らせていると、隣に立っていた姫路がふわりとこちらに身体(からだ)を寄せて、囁(ささや)くような声音でそっと耳打ちをしてきた。ベンチに座る辻と多々良は既に仮面(デザイン)の作成に取り掛かっているようで、俺たちの会話を聞いている様子はない。

透明な声が鼓膜を撫(な)でる。

「ご主人様は、付けてみたい仮面の候補などありますか？」

「？　いや、特にないけど……何で？」

「はい。実はですね、ルナ島カジノの仕様(ルール)を知ってから紬(つむぎ)さんと加賀谷(かがや)さんが大張り切りでご主人様の仮面をデザインしてくださいまして……こちらなのですが」

微(かす)かに口元を緩めながらそう言って、姫路は自身の端末をそっと俺の目の前に差し出してきた——画面に映し出されていたのは、３Ｄモデルで本格的にデザインされた漆黒の仮面(マスク)だ。サイズとしては目の周りが完全に覆われるタイプのもので、フォルムは鴉(からす)や豹(ひょう)なんかを想起させる獰猛(どうもう)かつスタイリッシュな流線形。喩(たと)えるなら、悪の四天王かデスゲームの支配人なんかが付けていそうな例のアレだ。

（め、めちゃくちゃ格好(かっこう)いい……椎名(しいな)の中二センスがいい感じに炸裂(さくれつ)してるな）

「ふふっ、気に入っていただけましたか？」

「ん……ああ、悪くない。悪くはないけど、ちょっと格好良すぎないか……？」

「そこが良いのです。過ぎるくらいに洗練されたデザインの〝仮面〟でなければ、他でもない7ツ星のご主人様を装飾するのに相応しくありませんので」

まるで俺の背中を押すかのように、冗談っぽい色も織り交ぜながらそんなことを言ってくる姫路。……まあ確かに、LNNでもしょっちゅう取り上げられている篠原緋呂斗のイメージを抽象化すれば大体こんな感じになるのかもしれないが。

「ちなみに、姫路はどんなやつにするんだ？」

「はい。わたしは、カチューシャ型の猫耳を――」

「!?!?」

「――付けるよう加賀谷さんに提案されたのですが、さすがに猫耳のまま五日も六日も過ごすのは恥ずかしいので、もう少し大人しいものにしてもらいました」

少しだけ照れたような声音でそう零した姫路は、端末の画面をすっと撫でて手早く自身の〝仮面〟を設定してみせた。すると次の瞬間、真正面から俺を見つめる彼女の頬にちょんちょんっと可愛らしい猫ひげのようなラインが浮かび上がる。色は薄っすらとした桜色で、どこか子供の落書きにも似た柔らかさと味のあるデザインだ。

「おお……いいな、それ。サッカーの試合なんかでサポーターが頬に入れてるやつか」

「お褒めいただきありがとうございます。まさにそれ、ですね。フェイスペイントなどと呼ばれる、頬や額にワンポイントで入れるタイプのメイクです。加賀谷さんによれば、わたしの感情に応じて色や動きが変化する仕掛けが入っているんだとか」

「へえ？　じゃあ、ピンクの猫ひげが軽く揺れてる場合は……」

「おそらく平常時か、あるいは喜怒哀楽の喜の方に寄った状態かと。にゃん」

満更でもない、といった表情（当社比）であざとい語尾を繰り出す姫路。

感情に応じて変化する拡張現実技術の凄まじさはもはやよく分からない……が、両頬に猫ひげのペイントを入れた姫路白雪が尋常じゃない可愛さを発揮していることだけは紛れもない事実だ。内心を悟らせない澄ました表情と感情豊かに揺れる可愛らしい猫ひげとのギャップが更なる魅力を錬成している。端的に言って、とても可愛い。

と——俺たちがそんな会話に興じていた、その時だった。

「……あら？」

背後から投げ掛けられた聞き覚えのありすぎる不敵な声音。

一瞬で表情を引き締めながら声の方向へと身体を向ける——と、そこに立っていたのは案の定、三番区桜花の制服に身を包んだ彩園寺更紗その人だった。燃えるように豪奢な赤い髪。胸の下辺りで優雅に腕を組みつつ、彼女は紅玉の瞳をこちらへ向ける。

「奇遇ね、篠原。こんなところで会うなんて……もしかして、私が来るのを待ってたのかしら？　ふふっ、サインくらいなら書いてあげてもいいわよ」

「……はっ。誰がお前のサインなんか欲しがるんだよ、誰が」

「違うの？　じゃあ、私とお喋りしたかったのね。意外と可愛いところあるじゃない」

ふふん、と得意げな顔で決め付けながら右手で髪を払う彩園寺。いつもより論理が乱暴になっている辺り、修学旅行ということで彼女もテンションが上がっているのかもしれない。そんな彼女の後ろを見遣れば、続々と桜花の連中が歩いてくるのが分かった。おそらく、英明から少し遅れてフェリーが到着したところなんだろう。

とにもかくにも、彩園寺は不敵な笑顔を浮かべたまま挑発めいた〝挨拶〟を口にする。

「学年別対抗戦・二年生編《修学旅行戦》——貴方には悪いけど、今回は私たち桜花が勝たせてもらうわ。どこよりも先に【ファントム】とコンタクトを取って、問答無用で叩きのめす。今からでも負けた時の言い訳を考えておいた方が良いんじゃないかしら？」

「大口叩いてる割に他人頼みなのかよ。自力で勝たなくていいのか、《女帝》？」

「あら。そんなこと言って、どうせ貴方も狙っているんでしょう？　ルナ島最強の【ストレンジャー】……過去三年の《修学旅行戦》で天音坂学園を勝利に導き続けたプレイヤー名【ファントム】。……要するに、この《決闘》って一種の〝宝探し〟なんだから。【ファントム】を勧誘することは数ある勝利条件の一つだわ」

「……ま、そうなんだけどな」

静かに首を振りながら同意する。

榎本たちから聞いている通り、【ストレンジャー】というのは各学区が一人まで設定できる〝協力者枠〟のようなものだ。俺たちよりも長く島にいる分【ブラックリング】を数多く持っている場合が多く、それだけでも相当な戦力になる。中でも【ファントム】は格別だ。彼を勧誘することが《修学旅行戦》を制する鍵……そして、俺たちも桜花も同じ考えということは、おそらくどの学区も【ファントム】を狙っているのだろう。

「フフン！　そして、お宝探しなら《ライブラ》であるワタシの得意分野なのにゃ！」

……と。

その瞬間、特徴的な語尾と共に割り込んできたのは《ライブラ》所属の二年生、風見鈴蘭だ。トレードマークの野球帽をくいっと持ち上げた彼女は、覗き込むような格好で俺を見上げながら楽しげな横ピースを決めてみせる。

「お久しぶりだにゃ、篠原くん！　いつもは《ライブラ》の一員として公平中立なワタシだけど、今回は敵同士にゃ！　でも後で記事は書くから活躍も期待してるのにゃ！」

「へえ？　今回は桜花のメンバーとして参加するのか、風見」

「そうにゃ。ルナ島だとどうしても一般の人が映っちゃうから撮影が出来なくて……だから、毎年この《決闘》だけは《ライブラ》が《ライブラ》でなくなるにゃ！」

敏腕記者と書かれた腕章をするすると外しながら告げる風見。……《ライブラ》の撮影がない、というのは俺にとって朗報かもしれない。何せ、警戒すべきことが一つ減る。

……そして、

俺がそんなことを考えたのとほぼ同時、風見の後ろから姿を現したのは――

「よォ、篠原」

――藤代慶也。桜花の裏エース、との呼び声も高い6ツ星ランカーだ。その後ろには怯えた様子の真野優香（いつかの《虹色パティスリー》で藤代に告白していたあいつだ）の姿も見えるが、藤代はそんな彼女を庇うように立ちながらドスの利いた声音で続ける。

「《SFIA》じゃ世話んなったな。桜花のエースが勝てたのは半分くらいテメェのおかげだ。が……それはそれ、だ。《修学旅行戦》のルールなら圧倒的に桜花の方が強ェ」

「ん……そうか？　何を根拠にそんなことを言ってるんだよ」

「分かってンだろうが。オレは確かにテメェの力は認めてる。ただ、それだけだ。英明の二年でテメェ以外に脅威を感じる相手はいねェ……ワンマンじゃ勝てねェんだよ」

　ちらり、と俺の背後に視線を遣りながらそんな言葉を紡ぐ藤代。……彼の性格を考えれば、おそらく喧嘩を売っているわけじゃなく冷静な評価として述べているんだろう。危惧していた通り、他の学区からしても英明の二年生は層が薄く見えるらしい。

「……ともかく！」

と――その時、藤代の発言で空気が重くなりかけたのを察知したのか、彩園寺が豪奢な赤髪を払うようにしながら強引に話を切り替えた。

「挨拶はこのくらいにしておいてあげるわ、篠原。繰り返すようだけど【ファントム】は桜花が手に入れる。《修学旅行戦》の勝者は私たちよ――ふふっ、覚悟しておくことね！」

　そう言って、彼女は口元を笑みの形に緩めながらざっと俺たちに背を向けた。それが合図になったんだろう、風見や藤代を始めとする桜花の面子も思い思いに去っていく。

　残された俺は、彩園寺の姿が見えなくなってから静かに後ろを振り返る——と、

「……ちょっとムカつくね、ああいうの」

「うぅ……確かに、篠原くんに頼りっきりなのは本当だけど……」

　そこでは、既に仮面を装着した辻と多々良が不満げな表情を浮かべていた。片眼鏡を掛けた辻は透明なレンズ越しの目をすっと細め、可愛らしいうさ耳のカチューシャを付けた多々良はぷくっと頬を膨らませている。……そして、

「……うん、そうだよね。みんな、言われっぱなしじゃ嫌だよね——よぉしっ！」

　クラスメイトの表情が微かに暗くなっているのを見て、多々良はこくっと頷いた。

　そうして彼女は、不意にポニーテールを翻しながらたたたっと砂浜へ駆けていく——そこで自身の端末を取り出した多々良は、指先でとある操作を実行した。グループ通話の開始、招待されたのは英明学園高等部２－Ａの全員だ。通知が飛んでから間もなく、既に港を去っている連中も含めてクラスメイトたちが続々と通話に参加してくる。たった十秒足らずで全ての名前が集まったのは、間違いなく発信者が多々良だからだろう。

「わ……ありがとう、みんな」

　そのことを確認した多々良は、クラスメイト全員と繋がった端末を胸元で大切そうに抱

えると……すぅ、っと息を吸い込んで、堂々とした態度でこう切り出した。

『聞いて、みんな！　わたしはみんなの頼れる委員長こと多々良楓花(ふうか)だよ！　ついさっきわたしたちはルナ島に到着して、これから修学旅行が始まるの——わたし、すっごく楽しみにしてた！　みんなでいっぱい色んなところ回ろうね。観光もして、買い物もして、食べ歩きもしたい！　色々チェックしてあるから、案内は委員長にお任せあれ！』

『でも、最初のメインは《決闘(ゲーム)》だよ——わたしたちは、勝ちに来たんだ。去年は学校ランキング五位だった英明学園が、今年は中間ランキングでトップにいる。もちろんそれは篠原くんが《アストラル》も《SFIA(スフィア)》も勝ってくれたおかげだけど、今回はそうも言ってられない。《修学旅行戦(フォルティッシモ)》は一人じゃ勝てないルールだから、学区全員が頑張らなきゃいけないルールだから……だから、わたしたちが引っ張らなきゃいけないんだよ』

『……みんな。わたしたちが何で2-Aにいるのか、知ってるよね？』

『それは、強いからだよ。何千人もいる生徒の中でわたしたちが一番強いから。期待されてるんだよ。嘱望されてるんだよ。わたしたちなら頑張れるって思われてるんだよ』

『だから、良かったらみんなついてきて欲しいな——』

『この三日間！　わたしたち英明学園はいっぱいいっぱい《決闘(ゲーム)》して、学園島(アカデミー)のみんなが驚くような大勝利を掴(つか)むんだ。だって、篠原くんが一番チップを稼いでくれたのに学区全体の平均値が低くて負け、ってなったらショックじゃない!?　あいつら篠原だけじゃんって、他は大したことないじゃんって……そんなこと言われたら、言われても反論できないような結果になったら、多分悔しくて泣いちゃうよ。泣き喚いちゃうよ。そしたらきっと、残りの修学旅行だって思いっきり楽しめない』

『わたしは英明学園が大好きだから──みんなのことが大好きだから、証明したいの。英明は強いんだって。わたしたちが最強なんだって。篠原くんだけじゃないんだって！』

「……ここが勝負だよ、みんな』

『頼れる委員長が最後まで引っ張っていってあげるから、全速力でついてきて!!』

振り絞るような大声で言い切る多々良。

『『『…………』』』

突然の演説、それも普段の彼女からは想像できないくらい熱の籠もった鼓舞に意表を突かれたのか、あるいは呆気に取られたのか、2－Aのグループ通話は一瞬だけ不気味に静まり返る──が、それは本当に、本当に一瞬だけのことで。

『『『ッオオオオオオオオオオオオオオオオオオオオオオオオオ！！！！！』』』

すぐにボルテージ最大の熱狂が回線を埋め尽くし、2－A全体を一気に奮い立たせる。

「……ふぅ……」

そんな光景を眺めながら……俺もまた、椎名お手製の仮面を装着することにした。

LNN -Librarian Net News-

学園島（アカデミー）学年別対抗戦・
修学旅行戦（フォルティッシモ）注目ポイント

各学年に分かれて実施される学園島２学期の学区対抗戦——。２年生編・修学旅行戦の舞台は毎年恒例ルナ島の“カジノゲーム”だにゃ！　ここで、上位ブロックに属する７校の注目ポイントを一挙大紹介しちゃうにゃ！

四番区・英明学園（中間ランキング１位）
大旋風を巻き起こす7ツ星・篠原緋呂斗の活躍で一気にランキング１位に躍り出た英明学園。しかし今年度の大規模《決闘》で活躍を見せているのは彼とその従者である姫路白雪（5ツ星）のみ。戦力の薄さが課題になるか。

三番区・桜花学園（中間ランキング２位）
篠原緋呂斗に7ツ星の座を明け渡したもののカリスマ性は健在の《女帝》彩園寺更紗（6ツ星）と、同じく6ツ星の藤代慶也がツートップ。元より現2年生が主力となって大規模《決闘》に参加していたこともあり、総合力は群を抜いている。

五番区・森羅高等学校（中間ランキング３位）
夏期交流戦《ＳＦＩＡ》の最終決戦で篠原緋呂斗を追い詰めた不破深弦&不破すみれ（5ツ星）の双子兄妹が再び参戦。エースである3年の霧谷凍夜（6ツ星）は不在だが、修学旅行戦でも果たしてダークホースとなり得るか。

七番区・音羽学園（中間ランキング４位）
不死鳥の異名を持つ絶対的カリスマ・久我崎晴嵐（6ツ星）は3年生のため不在。2年生には目立つプレイヤーが少ない学園だが、だからこそイベントを通した飛躍が期待される。

十九番区・天音坂学園（中間ランキング５位）
修学旅行戦3年連続トップである天音坂学園。最強の【ストレンジャー】は今年も彼らに微笑むか。１学期から夏期にかけて学区内で行われていた序列争いには一段落がついた模様。

十六番区・栗花落女子学園（中間ランキング６位）
6ツ星に昇格した《鬼神の巫女》こと枢木千梨の活躍で瞬く間に順位を上げている栗花落女子。英明と同じくプレイヤー層に不安のある学区だが、秘策はあるか。

十四番区・聖ロザリア女学園（中間ランキング７位）
《凪の蒼炎》皆実雫（6ツ星）の覚醒により話題に上ることが多い学園。上品で大人しい校風の中で、常にトリッキーな動きを見せる彼女に大きな注目が集まっている。

＃

——世界有数の観光地、ルナ島。

港を抜けて本格的な上陸を果たした俺たちを迎えたのは、圧倒的な非日常感だった。

いや、何も異国情緒に溢れているとか、その手の感慨とは少し違う。何しろ周りにいるのは英明の同級生や他学区の生徒ばかりだ。それでも非日常の気配を感じるのは、やはり仮面のせいだろう。俺たちだけじゃなく行き交う誰もが仮面を被っている。

そして、一度端末の画面を《ルナ島モード》なるそれに切り替えれば、彼ら全員のプレイヤー名や所持チップ数なんかの情報がずらりと視界に映るのだ。ここから見える範囲だけでも既にいくつかのカジノゲームが開催されている。

（すっげ……）

強制的に胸を躍らせてくる光景に軽く身震いしてしまう。

ちなみに、俺たちが今いるのはルナ島の東西南北にそれぞれ位置する港区画から十分ほど歩いた辺りだ。ここから内陸部に向かうと商業区画や森林区画、さらには遊戯区画に未来区画……と、ルナ島の誇る無数の観光区画に分岐する。

「――とりあえず、どうしよっか」

俺がマップを眺めているど、横合いからそんな声が投げ掛けられた。見れば、そこにいたのは辻友紀だ。仮面である片眼鏡を光らせた彼は端末を取り出しながら続ける。

「《決闘》も始まったことだし、方針くらい決めておきたいよね。一応は班行動ってことでボクたちが組むことになってるけど、別に手分けして探索を進めてもいいし、逆にもっと大所帯になってもいいと思う。せっかくの修学旅行だしね」

「ん……まあ、その辺は状況に合わせてって感じだな。というか、せっかくの修学旅行だって話をするならもっと優先すべきことがあるだろ」

「優先すべきこと？」

「ああ。……なあ多々良、お前の行きたいところってのはこの近くにあるのか？」

そう言って、俺は多々良――港で切った大見得とは裏腹に目をキラッキラ輝かせてルナ島の雰囲気に浸っているクラス委員長に身体を向けることにした。憧れの島に上陸していきなり《決闘》、というのは、多々良じゃなくても切り替えが難しいところだ。ついでに立ち寄れそうな目的地があるなら無理にスルーする理由はなかった。

「え、いいの？」

案の定、ぴょこんとうさ耳を揺らしながら嬉しそうに問い返してくる多々良。それに小さく頷きを返してやると、彼女は例の旅行誌を取り出して満面の笑みでこう言った。

「それじゃあわたし、商業区画のサニーストリートってところに行きたい！　ルナ島で大人気のハンバーガー屋さんがあってね、食べると運気が上がるんだって。それに、ほらこ！『サニーストリートはカジノゲーム初心者にもお勧めのエリアです。レートが低めのゲームはチュートリアルにぴったり！』って書いてある！」

「なるほど……一石二鳥、というわけですね」

さすがは楓花さん、と白銀の髪を揺らして称賛の言葉を口にする姫路。俺の方も全くもって同感だ——そんなわけで、最初の目的地が決定した。

（えっと……？）

サニーストリートとやらに向かって歩く傍らで、俺は端末画面を視界の端に投影展開しながら改めてこの島の仕様を確認してみることにする。

まず、この辺り一帯は全てCランクエリアと呼ばれる場所だ。ルナ島には〝一定以上のチップを持っていなければ入ることすら出来ないエリア〟というものが存在し、そちらへ足を踏み入れればより高いレートのカジノゲームに挑戦できることになる。

そしてCランクエリアというのはそういった縛りの全くない、初心者歓迎のエリア全般を指す言葉だ。俺たちのスタートチップは一律で1000枚だが、これが10万枚以上になればBランクエリアに、1000万枚以上になればAランクエリアに、1000万枚以上になればルナ島の最奥に当たるSランクエリアに進入できるようになるらしい。

（上位のエリアほど高レートのゲームが開催されてるんだから、少なくとも俺と姫路はさっさとBランクエリアの進入権利（ライセンス）を手に入れなきゃいけないってことだよな……）

ひとまずの指針としてはそんなところだろう。……が、それはもう少し先の話だ。まずは、ルナ島カジノそのものに早い段階で慣れておく必要がある。

と、いうわけで――

「――さて。それでは、そろそろ最初に挑戦するゲームの選定に移りましょうか」

商業区画・サニーストリートにて。

この区画の名物だというハンバーガー（感動するほど美味（うま）かった）を平らげてから、俺たちはマップを開いて周辺のカジノゲームを検索してみることにした。

俺のすぐ隣から端末を覗（のぞ）き込みつつ、白銀の髪を揺らした姫路が静かに囁（ささや）く。

「近くにいるディーラーがシルクハットのアイコンとして表示されるようですね。このアイコンを長押しすると、該当のディーラーが管理するゲームの詳細が確認できます」

「ああ。今すぐ参加できるゲームだけが優先的に表示されるみたいだな」

「ですね。そして、マップ上で確認できるのはゲームの名称とルール概要、リスク評価に口コミ……この中で、特に重要なのはリスク評価という項目です。ゲーム自体の難易度や駆け引きの煩雑さ、移動しうるチップの枚数。それらが大きいほど〝リスクが高い〟という評価になるようなので、ゲームを選ぶ際には真っ先に確認すべきかと」

「なるほど！　じゃあつまり、ルナ島カジノのチュートリアルがしたい場合は【☆1】のゲームを探せばいい、ってことでいいのかな？」

「そうなりますね。……もちろん、そんな消極的な行動を取れるのは今だけですが」

多々良の問いに涼しげな声で肯定を返した直後、姫路は白手袋に包まれた指先をそっと俺の端末上で滑らせる――と、検索条件に当てはまらない【☆2以上】のゲームが一斉に暗転表示へと切り替わった。ただ、さすがは旅行誌上で〝初心者お勧め〟と紹介されるような区画だ。【☆1】のゲームだけでもかなりの数が残っている。

それを見て、辻が小さく頷いた。

「いいね、これだけあれば選び放題だ。そこの角を曲がったところにもあるし、こっちのディーラーも近い。……っていうか、あれ？　このアイコン、なんか近付いてきて――」

「――お！　もしかしてキミタチもゲームを探してるのカナ？　違うカナ!?」

と。

俺たちが端末を覗き込みながら何やかんやと相談していたところ、不意に背後から声を掛けられた。姫路の頬に描かれた猫ひげチークが驚きで跳ねるのを間近で眺めつつ、俺はそちらへ身体を向ける――すると、そこに立っていたのは一人の見知らぬ女性だ。身長はすらりと高く、服装はマジシャンか執事みたいなタキシード。そして、腰の辺りまで伸びる鮮やかな金髪の上に被せているのは洒落た黒のシルクハットだ。

そいつを優雅に片手で持ち上げると、彼女はにこやかに礼をしてみせた。

「初めまして、ワタシは新米ディーラーのお姉さん！　今向こうでカジノゲームのプレイヤーを募集してて、あと二人でイイカンジの人数になるんだケド……どうカナ⁉」

「……ゲームの打診はともかく、何がいい感じなんだ？　こっちは見ての通り四人だぞ」

「ああ、それなら――」

「――失敬、私だよ」

金髪ディーラーの声を途中で遮るようにして、横合いからもう一つの渋い声が耳朶(じだ)を打った。同時、人混みの中からするりと姿を現したのは初老の男性だ。服装は最初の女性と同じようなタキシードだが、年齢のせいかこちらは非常に貫禄(かんろく)がある。

「同じく、ルナ島でディーラーをしている者だ。私の方でもあと二人、カジノゲームの参加者を募集していてね。合わせて四人になるのだが……どうかね？」

「……そういうことか」

ようやく得心して、俺はそっと右手を口元へ遣(や)りつつ静かに思考を巡らせる。……先ほどマップ上で確認した通り、彼らの管理するカジノゲームはいずれも【☆1】に属するものだ。難易度的にも危険度的にも、チュートリアルには悪くない。

（でも、ここで二手に分かれたら辻と多々良とは基本的に別行動ってことになる……向こうが終わるまで待ってる、なんてのは非効率すぎるしな。で、そうなったら――）

「――大丈夫だよ、篠原くん」

と、そこで俺の思考を読んだかのようにくすっと笑みを浮かべたのは辻友紀だ。彼は自身の端末をポケットに突っ込みながら悪戯っぽい声音で告げる。

「多々良さんの演説、聞いてたでしょ？　ボクたちだって弱くない。心配しなくてもちゃんとチップは稼いでおくよ。ワンマンとか何とか、言われっぱなしじゃ悔しいしね」

「いや、あれは……」

「別に根に持ってるわけじゃないって。でもまあ、ここは二手に分かれた方が得策だ。効率的に動いた方が良い――だって、ボクたちは勝ちに来たんだから」

多々良の言葉を借りる形でそんなことを言ってのける辻。その隣では可愛らしいうさ耳を装着した多々良が〝任せて！〟とばかりに右手を胸に添えている。

……そんなわけで。

「ＯＫ、だ――それじゃディーラー、二人で頼む」

「こっちもね。お手柔らかにお願いするよ、ディーラーさん」

俺たちは、二人のディーラーに対して同時に参加申請を行った。

――彼女に連れられていった場所には、既に八人ほどの参加者が待機していた。

俺と姫路が姿を現した瞬間、そのうちの数人がさっと顔色を変える。八番区音羽の生徒が二人、十四番区聖ロザリアの生徒が三人、十七番区天音坂の生徒が一人……そして、残る二人は【ストレンジャー】なのだろう。ラフな私服姿で歓談している。

そんな参加者たちの中央で、タキシード姿のディーラーはぐるりとターンを決めた。

「さて！　ワタシの熱心な勧誘のおかげでプレイヤーも集まったことだし、早速ゲームを始めちゃおっか。まずは、舞台のセッティングから――【起動】！」

懐から取り出した端末――学園島のそれとは微妙に形状が異なる――を掲げながら彼女がそんな文言を口にした瞬間、強烈な光が辺り一帯を埋め尽くした。

それは、一言で説明するなら〝拡張現実世界の展開〟だ。何もなかった空間がほんの一瞬で塗り替えられていく。参加者たちの真ん中にはいつの間にか円形のカジノテーブルが鎮座しており、煌びやかな照明やら装飾なんかが上下左右を覆っている。そうしてディーラーはといえば、すらりと長い足を伸ばして優雅にテーブルへと腰掛けていた。

彼女は得意げな笑みを浮かべて続ける。

「展開完了、だヨ。……学園島から来てるプレイヤーは知ってると思うケド、実はみんなの持ってる端末には拡張現実の機能が搭載されてて、そこにディーラー権限で強制アクセスすることでいつでもどこでもカジノゲームが出来るってワケ。ちなみに、この空間では全言語が自動翻訳！　世界中の誰とでも対戦できちゃう超スグレモノ！」

言いながらトンっとテーブルを降りる金髪ディーラー。彼女は再び黒のシルクハットを手に取ると、そいつを裏向きにしてテーブルの上で軽く振った。するとその瞬間、まるで手品か何かのように帽子の中からコロンと三つのダイスが飛び出してくる。

「ア、さて――それじゃ早速ルール説明！　ワタシが管理してる、そしてみんなに挑戦してもらうカジノゲームの名前（タイトル）は【ダイスマカブル】っていうの！　先にマップから概要を確認してる優秀な人もいるカモだけど、改めて正式ルールをご案内っ！」

「まず！　結論から言うと、【ダイスマカブル】は〝ディーラーが出すダイスの目を予想してそれより高い数字をコールする〟だけの簡単なゲームだヨ」

「ディーラー……つまりワタシは、見ての通り六面ダイスを三つ持ってるノ。そして、ゲームが始まったら、ワタシはこのダイスを三つとも振るって操作を合計で四回やる。要は四セットでゲーム終了ってコト」

「そしてみんなは、ワタシが出す目の合計より大きな数字をコールするの――でも、百万とか一億とか、ただ大きい数字を言えばいいってワケじゃないヨ？　何故（なぜ）かといえば、ここでコールした数字がみんなの賭けるチップの枚数になるカラ！　さらにさらに、賭けられるチップの総額は四戦合計で最大50枚！　つまり、コールする四つの数字の合計が必ず50以下にならなきゃダメってこと！」

「もしコールした数字がワタシの目よりも大きければプレイヤー側の勝利！　ワタシの出目と同額のチップをプレゼントしマス。逆に、出目と同じかそれ以下だったらディーラーちゃんの大勝利！　コールされた数字分のチップをみんなから貰っちゃうヨ。あ、ちなみに清算は最後にまとめてやるからネ。通算で一枚でもプラスになれば〝勝利〟扱い……ゲーム中に使った【ブラックリング】は返ってくるから、その辺はご安心アレ！」

「ここで、細かい仕様をいくつか紹介！　ディーラーことワタシはダイスを三つ同時に振るんじゃなくて、最初に二つ振った後で残りの一つを振ることにしマス。で、みんながコールする数字を選ぶのは最後の一つを振るチョクゼン！　大体のアタリを付けてから費やすチップの量を選べるシステム、ってことだネ」

「ケド、さすがにこれだと参加者側が有利すぎて退屈しちゃうと思うから、もう一つだけ追加ルール！　ワタシの出した目がゾロ目――つまり三つのダイスが全部同じ目だった場合、合計数の計算は足し算じゃなくて掛け算になりマス！　例えば【3・4・5】なら足し算して【12】だけど、【4・4・4】だったら掛け算で【64】になるってワケ」

「これで、ルール説明は一通り終了だヨ。……どうカナ？　大体分かった？」

　空になったシルクハットを被り直し、屈託のない笑みを浮かべるディーラー。

【ダイスマカブル】――俺と姫路にとって初戦となるカジノゲーム。プレイヤーは最大50枚のチップを元手とし、計四回のコールを行う。コールした数字がディーラーの出したダイスの目より大きければプレイヤー側の勝利、そうでなければ敗北だ。コールできる数字は四戦合計で50までだから、何よりも数字の配分が鍵になる。

「ん……」

　俺の隣では、姫路(ひめじ)が微(かす)かな吐息を零(こぼ)しながら丁寧にルールを検証している。

「1から6の目が出るダイスを何万回も振った時、その平均値は目の合計値を6で割った数である【3・5】に近付いていきます。期待値と呼ばれる考え方ですね。今回は6面ダイスが三つ、ということで、ディーラーが出す目の期待値は【10・5】となります。つまり、常に【11】以上をコールしていれば勝率は五割以上になる……と」

「だな。で、ゲームは四セットまでしかやらないんだから、仮に毎回【11】をコールしたとしても合計が50を超えることはないってわけだ」

「確かに、そう考えればかなり良心的な設計ですね。負けた場合に失うチップも最大で50枚と決まっていますので、致命的敗北(クリティカルロス)に陥る心配も全くありません。その代わり、50枚以上稼ぐこともほとんど不可能なルールですが……」

　そう言って、ほんの少しだけ不満げに唇を尖(とが)らせる姫路。……リターンが少ない、というのはその通りだが、まあこの一戦に関してはルナ島カジノのチュートリアルだと割り切ってしまった方が良いだろう。学園島(アカデミー)の《決闘(ゲーム)》と違って〝負けたら終わり〟でこそないものの、チップという継続的な資産を積み上げていく形式はこれまでに参加したどのイベントとも異なるものだ。心してかかる必要がある。

「――じゃあ、そろそろミンナもテーブルについてみよっか？」

ディーラーから指示が入ると同時、参加者たちは円形テーブルの外周に沿うような形で等間隔に自身のスペースを確保し始めた。そうして全員が所定の位置についた瞬間——おそらくディーラー権限の拡張現実機能とやらが再び作動したんだろう——ブゥン、と微かな起動音と共に目の前の現実が更新される。

【プレイヤー名：篠原緋呂斗。所持チップ数：1000枚→950枚】

【カジノゲーム〝ダイスマカブル〟開始】

（……へえ）

あっという間に切り替わった光景に、思わず感心の息を吐いてしまう。テーブルの上に堆く積まれた銀色のチップ。ぐるりと半円状に並ぶ仮面を被ったプレイヤーたち。雰囲気重視というだけあって、確かにワクワクする空間だ。

「うんっ、オッケー！　それじゃ、早速一セット目のダイスロールだヨ！」

そんな俺たちの盛り上がりを鋭敏に感じ取ったんだろう、シルクハットの鍔を引き下げた金髪ディーラーがこれまで以上に楽しそうな口調でそんな言葉を言い放つ。次いで、第一投目のダイスロール——カジノゲーム【ダイスマカブル】の始まりだ。

（けど……多分、俺が動くべきタイミングは今じゃないんだよな）

周りのプレイヤーたちがごくりと息を呑む中、俺は冷静に思考を巡らせる。……おそらくだが、この中の誰か一人くらいは早い段階で〝動く〟だろう。【ダイスマカブル】は比較的シンプルなルールだし、それ故に仕掛けがしやすい。だとすれば、俺が初手から動くのはリスキーだ。他の参加者の出方を見てから戦略を固めた方が良い。

（初戦だし、ちょっと緊張するけど……）

「……大丈夫ですよ、ご主人様」

と――俺の脳裏に微かな不安が過ぎったその瞬間、隣の姫路が俺にだけ聞こえるくらいの声量でポツリと囁いた。訊き返す代わりにそちらへ視線を向ければ、澄んだ碧眼と共にくるんと丸まった桜色の猫ひげチークが目に入る。

そうして彼女は、微かに口元を緩めながら――一言、

「この手の形式であれば、きっとご主人様の独壇場ですから」

何やら確信に満ちた声音でそう言った。


「――三つ目のダイスの出目は、1！　というコトで、第二セットは【3・3・1】の合計7！　7より大きい数字をコールしていたプレイヤーの勝利だヨ！」

カジノゲーム【ダイスマカブル】中盤。

想定通りと言えば想定通りだが、ゲームはやや不自然な展開を見せ始めていた。

いや、そうは言ってもおかしいのはたった一点だけで、その他の諸々は順当な範囲に収まっている。ディーラーの出目は一セット目が【4・5・4】の合計13で、二セット目は

【3・3・1】の合計7。俺と姫路は一セット目を最大値――【4・5】が先に見えていたためこの場合は【16】で必勝だ――のコールで仕留め、逆に二セット目は【3】がゾロ目となる危険を考慮して【0】のコールとした。……これも不思議な戦略というわけじゃないだろう。【0】で負けてもチップは失わないし、他の三戦が楽になる。

だから、それはいい。

問題は、ここまでの二セットを【14】からの【8】という完璧なコールで切り抜けているプレイヤーが一人だけいるということだ――この【ダイスマカブル】に唯一単身で乗り込んできた、十七番区天音坂の制服を纏う男子生徒。青っぽく染めた髪にギラギラのピアス、オレンジ系統の派手なサングラス……という、何ともチャラい格好の彼だ。かなりの豪運にも思えるが、ルナ島には〝偶然〟を〝必然〟に変える仕様がある。

（……【ブラックリング】、か……）

彼の目の前に置かれた漆黒の指輪に視線を遣りつつ、俺は榎本の解説を思い出す。

【ブラックリング】――それは、ルナ島全土に流通している〝チート用アイテム〟のことだ。学園島で言うところのアビリティのようなもので、カジノテーブルにセットすることで様々な効果を発揮してくれる。ただし、アビリティと違うのは基本的に〝移動型〟だという点だろう。【ダイスマカブル】のルールにもあるが、使用した【ブラックリング】はゲームに負けると奪われてしまう。逆にディーラーや他のプレイヤーから奪える機会も頻繁にあるため、初心者はまずこれを集めるのが一つの王道になるらしい。

ちなみに、例の旅行誌に〝定番〟として挙げられていた指輪はこんなところだ。

【ナンバービルド】――カードに書かれた数字を最大3まで変化させる。

【ハイリスクハイリターン】――一度に賭けられるチップの額を最大10倍にする。

【ダブルアクション】――ターン中に〝一度〟だけの行動を〝二度〟まで行える。

……などなど、確かに運ゲー要素を覆すには充分な効果が並んでいる。

（多分、だけど……天音坂のあいつが使ってるのは〝ディーラーの出す目を予測する〟類の【ブラックリング】なんだろうな。それなら確実に勝てるから指輪を失うこともない）

テーブルを見つめながら内心で静かに呟く俺。全てのセットで勝つには同じ【ブラックリング】が四つ必要ということになるが、どうせ清算時に返ってくるのだから使用を躊躇う理由はない。あからさまに分が良い賭けと言えるだろう。

「じゃあ、このまま三セット目に突入しちゃうネ――！」

俺がそんなことを考えている間に、いつしかゲームは三セット目に到達していた。金髪ディーラーが投じた二つのダイスはランダムに弾き合いながら回転し、やがてピタリと静止する。現時点での出目は【2・4】の合計6だ。三つ目のダイスが最大値だったとしても【13】のコールで確実に勝利を掴める数字。

故に、大して迷うこともなく俺がコールを確定させようとした――その瞬間、

「……チッ」

微かな舌打ちの音が聞こえた気がして、俺はそっと顔を持ち上げた。

音の出所は俺の左斜め前、すなわち天音坂のチャラ男だ。相変わらず陽気な見た目の彼だが、その表情には若干の苛立ちが混ざっているようにも見える。そして、彼の前に置かれたチップの山は微動だにしていない――まだコールを確定できていないんだ。三つ目の指輪は確かにセットされているのに、このタイミングで唐突に立ち止まった。

（何で今さら迷うんだ……？　【ブラックリング】を使ってるんだから、あいつにはディーラーの出す目が見えてるはずだ。もし何かしらの妨害を受けてるんだとしても、今回の出目は最大で12。とりあえず【13】をコールしておけばいい）

チャラ男のコールは一セット目が【14】、二セット目が【8】だから、賭けられるチップはまだ28枚も残っている。舌打ちをする要素なんて見当たらないが――

（……いや）

そこで、不意に微かな悪寒に襲われて、俺はもう一度【ダイスマカブル】のルールを振り返ってみることにした。……もしかして、そういうことか？　ディーラーの出す目を事前に読めるプレイヤーがこのタイミングで〝迷う〟理由。もし俺の読みが正しいなら、彼が舌打ちをしたくなる気持ちもよく分かる。

（でも……でも、だとしたら）

――だとしたら、利用できるかもしれない。

そんなことを考えた俺は、隣の姫路にとある合図を出すことにした。右手の指先でトントンっと軽くテーブルの端を叩き、そのまま何を言うこともなくコールを終える。

数瞬後、テーブル上に表示されたデータはこのような状況になった。

【プレイヤー名：篠原緋呂斗――コール枚数：22枚】

【コール枚数：22枚（1人）／13枚（6人）／0枚（3人）】

……予想通り、というか何というか、最も多かったのは確実に勝利を掴める【13】をコールしたプレイヤーだ。【0】に関しても、先ほどの理屈で言えば理解できない話じゃない。異質なのは期待値の倍となる【22】をコールしている俺だけだ。そして、

「オッケー！　色々企んでる人もいるみたいだケド、ここで運命の結果発表――！」

楽しげな口調で言いながら、ディーラーがテーブルに置いたのは漆黒の装飾が施された指輪だった。唐突な【ブラックリング】の登場に、参加者たちが微かにざわつく。

それから彼女は、特に【ブラックリング】には触れないまま三つ目のダイスを手に取ると、先ほどまでとは少し違ったやり方でそいつを放った――人差し指と中指の間でぎゅっと挟み、捻りを入れることで高速の回転を掛けるような投げ方だ。ぎゅんぎゅんと回りながらテーブルに落ちたダイスは不規則な軌道で跳ね回り、勢いを殺さないまま既に転がっていた二つのダイスに衝突する。それも、ただぶつかっただけじゃない。横合いから跳ね

飛ばされた二つのダイスは、再びテーブルの上を転がり始める。

「!?　ちょ、ちょっとちょっと、ディーラーさん!?」

それを見て真っ先に声を上げたのは、【ストレンジャー】ペアの片割れだ。大学生くらいに見える彼女は、ぶんぶんと腕を振りながらディーラーに抗議の意思を突き付ける。

「見てたよね!?　今、ダイスの目が変わっちゃったっていうか、今もまさに変わってる最中だヨ！」

「うん！　変わっちゃったんだけど！」

「うん、って……いやいや、ダメじゃない？　二つの出目が確定した後に三つ目を投げるってルールなんだから……これ、無効試合じゃないの!?」

「え、そんなコトないよ？　ワタシは『ダイス二つを先に投げてみんなのコールが終わったらもう一つ投げる』って言っただけで、投げた時点で数字が確定するなんて保証してナイ。ディーラーの出目は、とにかく〝最終的に〟上を向いてた三つの数字！」

「なっ――！」

にひ、っと悪戯な笑みを浮かべて抗議を退けるディーラー。……彼女の言う通りだ。俺たちが勝手に勘違いしていただけで、ルールにもそう書かれている。コールの段階で見えている二つの数字はあくまで目安であって、確定した値などでは全くない。

そして……それから数秒後、テーブル上での乱舞を終えた三つ目のダイスが示していた数字は【6】。弾かれた二つのダイスもまた、【6】の面を上に向けていて。

「【6・6・6】——ゾロ目のクリティカル。ってワケで、ワタシの出目は【216】！」

「「「っ……」」」

「……あ、ちなみにコレ、もちろんワタシの【ブラックリング】の効果だヨ？【オートパイロット】って指輪(リング)で、ダイスの出目を自由に設定できるのでシタ！」

このゲームにおける最大の出目を叩(たた)き出した金髪ディーラーに対し、何も言えずに静まり返る参加者たち。チート用アイテムで状況を覆(くつがえ)されたんだ、と理解は出来ても、不意打ちだったせいもあって目の前の現象になかなか頭が付いていかない。

そんな俺たちの表情をぐるりと見渡して、ディーラーは満足そうな声音で続けた。

「確か、みんなのコールは最大でも【22】だったよネ。だから、比べるまでもなくワタシの圧倒的大勝利！　三セット目は全員敗北で——」

「——ちょっと待ってくれ」

けれど。

その瞬間、俺は微(かす)かに口元を緩めると、あえてディーラーの発言を遮るような形で声を上げた。ゲームの進行を強制的に中断する行動。ディーラーばかりでなく参加者全員の視線がこちらへ向く中、俺はトンっ……と指先でテーブルを叩いてみせる。

そこに置かれているのは、他でもない。漆黒の装飾が施された一つの指輪だ。

「確かに俺のコールは【22】だ。アンタの【216】には遠く及ばない。だけど、忘れてもらっちゃ困るぜ？　俺たちにだって【ブラックリング】は使えるんだから」

「【ブラックリング】？　……え、このタイミングで使ってたの⁉　な、何デ⁉」

「何でって、そりゃアンタがここで仕掛けてくるのが分かってたからだよ。最終セットの一つ前、プレイヤーのコールが一番適当になる瞬間を狙ってめちゃくちゃ大きい数字を出してくるのが目に見えてた。それこそ【ブラックリング】でも何でも使ってな」

「っ……」

「だから、こっちも張り合うことにしたんだ。一度に賭けられるチップの枚数を最大10倍にする指輪（リング）、【ハイリスクハイリターン】――こいつをマックスで適用させたから、俺のコールは【22】じゃなくて【220】だ。アンタがクリティカルを出そうが勝てやしねぇよ。ま、正確には俺じゃなくて、姫路（ひめじ）に指輪（リング）を使ってもらったんだけどな」

「はい。微力ながら、わたしもお手伝いさせていただきました」

……そう、そうだ。

数分前、天音坂（あまねざか）のチャラ男が見せた逡巡（しゅんじゅん）から〝ディーラーが何かしらの【ブラックリング】を使って勝ち目のない数字を出してくる〟ことに気付いた俺は、合図を出すことで姫路に指輪（リング）を使ってもらっていた。その名も【ハイリスクハイリターン】、賭け額の上限を引き上げることで疑似的に高レートゲームを実現するチート用アイテムである。

というのは――もちろん、全て嘘だ。

（ったく……こっちは初戦だぞ？　そんな都合のいい指輪があるわけないだろ）

表面上は不敵な笑みを浮かべながら、内心でそっと胸を撫で下ろす俺。

そう──俺のコールが【220】になっているのは、端的に言ってイカサマだった。チャラ男の言動からディーラーの狙いに気付いたのは確かだが、【216】なんて数字を出されたら普通に勝ち目はない。ただ、本来なら最大でも50枚の稼ぎしか生まれない【ダイスマカブル】で200枚以上のチップを一気に稼ぎ、さらに【オートパイロット】の指輪まで手に入る大チャンスだ。【0】をコールしてやり過ごすのは少し惜しい。

だから俺は、姫路を介して《カンパニー》とこっそり連絡を取っていたんだ。そうしてこのゲームに存在する〝上限50枚〟という制限を取り払ってもらった。ちなみに、俺の手元に置かれた漆黒の指輪は単なる演出だ。手を翳すだけですぐに消える。

蓋を開けてみれば単純なイカサマ。

けれど、ルナ島には【ブラックリング】が存在するから──〝チート用アイテム〟の使用が前提になっているから、逆に本物のイカサマが見抜かれにくい。

「あ……あぅあぅあ」

華麗に決めるつもりだったのだろうセットを取られ、目を白黒とさせるディーラー。

そんな彼女を見つめながら、さらりと髪を揺らした姫路が囁くように繰り返した。

「だから言ったのです──イカサマを前提とした形式であれば、ご主人様の独壇場だと」

結局、【ダイスマカブル】はそれ以上の波乱を見せることなく終結した。

ディーラー側は【オートパイロット】以外の指輪（リング）を用意していなかったようだし、俺の方もこれだけ稼げれば四セット目はどうなったって構わない。真なる運ゲーとなった最終セットでディーラーのダイスは【3・2・4】の合計9を示し、俺を含めたほとんどのプレイヤーが無難な勝利を得ることとなった。

カジノゲーム全体の結果、すなわちチップの収支を表してみるとこんな感じだ。

【〝ダイスマカブル〟全体収支――＋238枚（累計1238枚）】

【獲得指輪（リング）：オートパイロット】

「……ま、初戦にしちゃ悪くないか」

端末で自身の情報を確認しつつ、小さく首を横に振る俺。すると、隣から覗（のぞ）き込むような形で同じ画面を見ていた姫路が透明な声音で同意する。

「はい。というか、これだけチップの移動が発生しにくいゲームで200枚も稼げたのですから上等すぎるくらいかと思います。ディーラーの女性も驚かれていましたよ」

「確かに。まあ、この三日で稼がなきゃいけない枚数に比べたら微々たるものだけど」

「それは、そうですね……記録（データ）によれば、昨年の《修学旅行戦（フォルティッシモ）》で学区一位だった天音坂（あまねざか）学園は総合得点が1800万枚ほど。個人トップの【ファントム】様に至っては、三日間で1000万枚近いチップを稼いでいらっしゃいますので」

「……とんでもないな、やっぱ」

小さく頬(ほお)を引き攣(つ)らせながら呟(つぶや)く俺。……三日で1000万枚、だ。それだけでSランクエリアの進入権利(ライセンス)を獲得できるような枚数。200枚なんて端数にもならない。

と、その時、隣の姫路(ひめじ)が思い出したように白銀の髪をさらりと揺らした。

「そういえば……あちらの【ストレンジャー】の方々はいかがだったのでしょうか？」

言いながら、白手袋に包まれた右手をそっと耳の辺りへ持っていく姫路。

【ストレンジャー】の勧誘――もちろん本命は【ファントム】だが、《修学旅行戦(フォルティッシモ)》のルール上、【ストレンジャー】は何人勧誘しても構わないことになっている。他学区への牽制(けんせい)としても、仮に【ファントム】が靡(なび)かなかった場合のケアとしても、強力な【ストレンジャー】を見つけておくことは非常に重要なポイントだ。彩園寺(さいおんじ)も言っていた通り《修学旅行戦(フォルティッシモ)》は一種の宝探しゲー。故に、加賀谷(かがや)さんにはその辺りの調査も頼んでいる。

けれど、耳元から聞こえてくるのは浮かない声だ。

『うーん……あの二人はダメだねん。指輪(リング)はほとんど持ってないし、明日でルナ島を離れちゃうよ。っていうか、【ファントム】レベルの参加者(プレイヤー)なんてそうそういないって』

「ま、そうですよね……」

静かに肩を落としながらも同意を返す俺。【ファントム】か、それに匹敵する【ストレンジャー】。確かに、そんな激レア人物が易々と見つかるはずはないのだが。

「って……」

そこまで考えた辺りで、俺はふと思考を止めた。……そういえば、【ファントム】の協力を受けて三年連続で《修学旅行戦》の頂点に立っているのは天音坂学園だ。あの夢野美咲を擁する学園。そして、今この場にも、天音坂の制服を着た男が一人残っている。

「――なあ、お前。今少し時間いいか？」

そんなわけで、俺は軽く探りを入れるつもりで彼に話し掛けてみることにした。当のチャラ男は、意外にも素直にこちらを振り返る。派手なサングラス越しに目が合った。

「おー？　何か用かよ……って、誰かと思えば学園島最強サマじゃねえか。さっきは無双おめでとな。ありゃ誰がどう見てもアンタの勝ちだ。マジパネェわ」

「ん……そうか？　お前が使った【ブラックリング】に便乗しただけだぞ、あれ」

「や、だからその対応が神ってる、って言ってるワケよ。正直、オレは〝ディーラーの出す目を読む〟のが【ダイスマカブル】の最適解だと思ってた。けど、それが〝絶対負けない数字を出す〟って力技でディーラー側に捲られた。そんでやべーこいつすげーって思ってたら、今度はそんなオレの反応を踏み台にしてディーラーの上を行くヤツが出てくるんだもんよ。こりゃ完敗ですわ。ったく、次はどの指輪を試すかね……」

端末に表示させた【ブラックリング】の一覧に視線を落とし、右手でくしゃっと青の髪を掻き上げながらそんな言葉を零す彼。……口調や態度は軽いものの、厄介な実力者だと思わせるだけの何かがあった。今の敗北を冷静に分析し、とっくに〝次〟へと思考を移している。見た目に反して正統派のプレイヤーと言っていいだろう。

ちなみに、拡張現実の視界に映し出されたプレイヤー名には……グ、ラ、サ、ン、とある。

「……そのサングラス、もしかして普段から掛けてるのか？」

「ロック過ぎて草。こいつはルナ島の仮面だよ。ほら、アンタもしてるだろ？」

「ん……そうなのか。じゃあ、何でプレイヤー名まで〝グラサン〟になってるんだよ？」

「オレ、矢倉隆次っつーんだわ。あだ名は倉サン、天音坂二年の5ツ星な。認知よろ」

くいっと指先でサングラスの位置を引き下げ、素顔を覗かせながらニィっと笑うグラサン、もとい矢倉。……まさか呼び名の方が普段から、とは思わなかったが。

まあ、とにもかくにも。

「じゃあさ、矢倉。一つ訊きたいんだけど……【ファントム】って知ってるよな？」

「……【ファントム】？」

俺がその単語を口にした瞬間、矢倉はサングラスの上から覗く眉をぴくっと小さく跳ねさせた。そうして、人差し指をグリグリとこめかみに押し付けながら続ける。

「さすがにナメ過ぎだっての。【ファントム】って言ったらアレだろ、英語だ」

「正解です。……ではなく、【ストレンジャー】の【ファントム】様のことです」

　矢倉のボケを的確に処理した姫路は、ほんの一瞬——おそらく相手が初対面の異性だからだろう——警戒に猫ひげを唸らせたものの、やがて丁寧な口調で言葉を紡ぐ。

「例年、天音坂学園に力を貸しているという話だったはずですが……今年は、まだコンタクトを取っていないのですか？　それとも、伏せているだけで実は既に……？」

「なーるほど？　要は、アンタらもワンチャンあいつを仲間に出来ねえかって企んでるわけだ。《修学旅行戦》勝利のために……おーおー、超絶名推理キタコレ」

「はい、その通りです。有用なヒントが得られるとは思っていませんが、ダメ元で」

「正直かよ。あー、つか【ファントム】ねえ……オレも直接会ったことはないけど、そりゃ知ってはいるぜ？　この島の連続滞在記録を絶賛更新中のヤベェ最強カジノ師で、累計の所持チップ数は3億オーバー。《修学旅行戦》くらいなら一人でも勝てるレベルだっていうじゃねーか。んで、それが天音坂に手を貸してくれるっつー話だったんだが……」

「……だが？」

「応答がねーんだわ。……一個上の先輩が寄越してきた【ファントム】の連絡先ってのがあってな？　何時間か前から、それこそ天音坂がルナ島に到着する前から何度も連絡してんだけど、全く反応がないわけよ。他のヤツがどう考えてるのかは知らないけど、少なくともオレはこう睨んでるね——どうせ逃げたんだろ、ってさ」

「逃げた？　逃げたって……いや、何からだよ？」

「お？　さすがのアンタもそこまでは知らない感じか？　あーあー、ならこれ以上言うわけにはいかねえな。戦犯扱いされて炎上したらたまんねー」

よっ、と軽やかな掛け声を発しながら小さくジャンプして立ち上がる矢倉。彼はもう一度サングラスに指を掛けると、こちらを向いてニィっと笑みを深くする。

「ま、とにかくそういうこった。【ファントム】のヤツは今のところ天音坂との共闘を拒んでる。っつーことは、逆に今が最大の勧誘チャンスなんじゃねえか？　この島のヌシはまだ釣られてねえ。餌の一つでもありゃ食いついてくれるだろうよ」

「餌、ね……っていうか、そんなことまで話しちまって良いのかよ？　【ファントム】の協力が取り付けられなくなったら天音坂だって困るだろ」

「いやあ、別に困りゃしないねえ。そういうヤツがいるなら楽できるってだけで、そもそもオレらは〝他人の活躍〟を喜ぶようなタイプじゃねえ。目立ちてーのよ、単純に。学区内の代表決定戦が無駄に長引いたせいで《アストラル》にも《SFIA》にもまともに参加できなかったから、こっからはバチバチに挽回してーのよ」

「…………」

「で、そのためにはむしろ【ファントム】なんかいない方が好都合だろ？　良いことを教えてやるよ、学園島最強――アンタらみたいな、、、、、ワンマンチームと違って、天音坂は全員強い。ひょっとしたら、アンタの牙城もここまでかもな？」

「……はっ、上等だ」

至近距離で啖呵を切ってきた矢倉に対し、不敵な笑みで挑発を返す俺。……【ファントム】が一体何から〝逃げている〟のか、そもそも彼は何者なのか。疑問はむしろ増えてしまったが、少なくとも彼が天音坂と連絡を取り合っていないというのは朗報だろう。

（ようやく一歩前進、ってとこか……）

去っていく矢倉の背中を見つめながら、俺は静かに息を吐き出した。

♯

『――うん、そうだね』

『【ファントム】さんを見つけた、って話はまだ誰からも出てないよ。それに、指輪をたくさん持ってる【ストレンジャー】さんに会った、って人もまだいないみたい』

『委員長の名に懸けてっ！』

「……うーん……」

ルナ島での初戦【ダイスマカブル】を終えてからしばし後。

感覚を慣らすためにも二つほどのカジノゲームに参加して多少なりともチップを増やした俺は、端末に視線を落としながら浮かない声を上げていた。

眺めているのは多々良とのチャット画面だ。２－Ａの委員長にして他人の世話を焼くのが大好きな彼女は、《修学旅行戦》攻略のための情報収集と称していくつものチャットグループを管理している。その場を借りて、既に【ファントム】と接触できているプレイヤーが英明内にいないか尋ねてみたのだが……見ての通り、結果は芳しくないようだ。

「多々良がこう言ってるんだから、多分英明の誰も当たってないんだろうな。まあ、上手く正体を隠されてるだけ、って可能性もあるにはあるけど……」

「そうですね。ただ、今回は【ファントム】様だけでなく、指輪を大量に持っている【ストレンジャー】がいたら要報告、としていたはずです。その条件で見つかっていないのですから、本当にどこのゲームにも参加していないのかもしれません」

「だな。……ちなみに、加賀谷さんの方はどうですか？」

姫路の補足に頷きを返しつつ、右耳のイヤホンをトントンと叩いてそんな問い掛けを口にする俺。微かなノイズと共に聞き慣れた声が返ってくる——が、

『ん～……ダメだね、これ。さっきから学園島製以外の端末に絞って広範囲で検索してるんだけど、【ファントム】くんっぽい【ストレンジャー】は全然引っ掛からないよん。もしかしたら端末の電源も切られてるのかも。そうなったらお手上げだねん』

「なるほど……じゃあ、カメラとかは？」

『監視カメラ？　ん、昨日ツムツムと一緒にセキュリティ突破してルナ島のカメラは大体掌握してるけど、そもそも外見が分からないから探しようがないっていうか……』

ごめんねヒロきゅん、と申し訳なさそうに零す加賀谷さん。それに対して小さく首を横に振りながら、俺はそっと右手を口元へ遣る。

（まあ……【ファントム】が本当に今年の《修学旅行戦》に出ないつもりなら、それはそれで構わないんだよな。天音坂の一強状態は崩れるし、別の【ストレンジャー】を探すってことなら一気に《カンパニー》の補佐が活きてくる。もう一つの保険も動き始めてくれてるし、条件としては悪くないはずだ。もちろん、それは最後まで【ファントム】が見つからないなら、って前提の話だけど……）

と――俺がそこまで思考を巡らせた、瞬間だった。

「……ん？」

不意に手元の端末が振動し、俺は微かに眉を顰めた。ポップアップしたのは通話着信のウインドウ。発信者欄に刻まれているのは不破深弦の名前だ。七番区森羅高等学校の二年生で、双子の妹である不破すみれと共に〝二人で一つ〟の色付き星を所有する5ツ星。加えて彼は、あの霧谷凍夜も所属している裏組織《アルビオン》の一員でもある。《SFIA》では協力するような一幕もあったが、基本的にはもちろん敵だ。

が、無視したらそれはそれで面倒だろう――というわけで、俺は深呼吸を挟んでから端末画面をタップした。隣の姫路にも聞こえるよう、スピーカーモードで通話を始める。

「もしもし、俺だ。篠原だ。そっちは……深弦で間違いないか？」

『うん、そうだよ篠原くん。ボクは七番区森羅高等学校の不破深弦だ。《SFIA》の最終決戦以来かな？　あっさり忘れ去られてないみたいで安心したよ』

　開幕から皮肉の混じった挨拶を飛ばしてくる深弦。

　そうして彼は、普段通りの穏やかな口調でこう切り出した。

『ねえ、篠原くん。実はキミに見せたいものがあるんだけど、今からちょっと遊戯区画の方に来れないかな？　多分、距離はそんなに離れてないからさ』

「ん……罠にしちゃ随分安直な誘い文句だな。それで引っ掛かるとでも思ってるのか？」

『あはは。何、もしかしてボクらのこと警戒してるの？　《修学旅行戦》に参加できるのは二年生だけだから、森羅の凍夜さんも当然来てないんだけど』

「お前たちだけでも普通に要警戒だっての。面倒な相手だってのは分かってるからな」

『……そっか』

　俺の返答に何故か少しだけ嬉しそうな声音でそんな言葉を零す深弦。そして、

『まあ……とにかく、言いたいことはそれだけだ。来たくないならそれでもいいけど、いつか後悔することになると思うよ。だってほら、ボクは善意で言ってるだけだから』

「善意で……？　いや、それはないだろ。もしそうだとしたら、お前は《修学旅行戦》の真っ最中だってのに何のメリットもなく敵に情報を与えたってことになる」

『ああいや、そういうわけでもないんだよね。メリット自体はちゃんとある』

そこまで言って一旦小さく息を吸い込み、端末の向こうの深弦は静かに言葉を継ぐ。

『なんたって、ボクらは今度こそ篠原くんに勝ちたいって思ってるからね。最強の7ツ星に勝って凍夜さんに認められたいし、もっと言えば悔しがらせたい。凍夜さんがあんなに倒したがってた篠原くんをボクらが先に攻略しちゃったよ、って』

「………」

『だから、キミに手の内を隠すような真似(まね)はあんまりしたくないんだ。どうせ後になったらバレることだし……それなら自分から主張した方がずっとマシだよ。《修学旅行戦(フォルティッシモ)》で優位に立ったのは森羅だって。秘密兵器を探し当てたのはボクらの方だって』

「っ……秘密兵器？　それって、まさか――」

『――あははっ。それじゃ、こっちで待ってるね？　篠原くん』

俺が話に食いついたその瞬間、深弦は煽(あお)り立(た)てるような声音でそう言って直ちに通話を終わらせた。もはや俺が彼らのもとを訪れると確信しているかのような口振り――その根拠となっているのは、やはり〝秘密兵器〟なる単語だろう。《修学旅行戦(フォルティッシモ)》において、そしてルナ島において、その形容が相応しい人物なんて【ファントム】しかいない。

そんなことを考えながら、俺は深弦から送られてきた座標データをマップ上に嵌(は)め込んでみる。彼の言っていた通り、そう遠い場所というわけでもなさそうだ。そして――通話の中では疑ってみせたものの――これが〝罠〟である可能性はあまり考えなくていいだろう。もし不意打ちなら、彼らはもっと上手くやる。

「……仕方ない。それじゃあ、ちょっと行ってみるか」

「はい。お供いたします、ご主人様」

誘いに乗らない理由がなくなったのを確認した俺たちは、渋々ながら移動を開始した。

──ルナ島西部、遊戯区画ディリングサイト。

見慣れない機種ばかりが並ぶゲームセンターやちょっとした図書館くらいの広さを誇るボードゲームカフェ、お洒落なダーツバーなんかの娯楽施設が並ぶ華やかな区画だ。楽しげな喧騒に散々足を止められつつ俺と姫路がどうにか指定された地点まで辿り着くと、そこでは一つのカジノゲームが開催されていた。

「ゲーム名【クアドラプル】……」

人集りを遠巻きに見つめながら、姫路が白銀の髪をさらりと揺らして小さく呟く。

「あちらで行われているカジノゲームについて、加賀谷さんに概要だけ調べていただきました。細かいルールは省きますが、要はブラックジャックの亜種ですね」

「ブラックジャック……配られたカードの合計が【21】に近い方が勝ち、ってやつか」

「はい、そのブラックジャックです。【クアドラプル】はその拡張版で、各プレイヤーには二枚のカードが、ディーラーには四枚のカードが配られます。そしてプレイヤーは、他のプレイヤーとの二人組を作ることで手札の合計を【33】に近付けるのです。ブラックジャックの場合は追加でカードを引くことで手元の数字を大きくするわけですが、【クアドラプル】ではこの〝ペアの作成〟と、その後に〝追加ベット（バースト）〟を行うことで数字を嵩（かさ）増ししていくようですね。もちろん、【33】を超えてしまうと即失格ですが」

涼やかな声音でざっくりとしたルール説明を終える姫路。

カジノゲーム【クアドラプル】――自身と、それからペアであるもう一人が持つカードの合計値を【33】に近付けることを目的とするゲーム。元になっているブラックジャックのゲーム性に加え、ペアの選択とチップによる数字の変動というかなり複雑な要素が盛り込まれている。当然のようにリスク評価は【☆4（やや高め）】だ。

が、だからこそ少し違和感がある。

「うーん……深弦（みつる）が言ってたのは【ファントム】のことだと思ったんだけどな。もし〝圧倒的な強さを見せつけたい〟ってことなら、このゲームはちょっと向いてない」

「そう、ですね。本家のブラックジャックなら、同じ数字が被（かぶ）った際のダブルダウンやAのカードを【1】または【11】として扱える特殊ルールによって自然と戦略の幅が生まれますし、上級者になればカウンティング――既に捲（めく）られたカードを記憶しておくことで次に引く可能性の高いカードを推測する、といった手法も可能です。ですが……」

「ああ。【クアドラプル】ではその辺が全部削られてるし、しかもこれ、ペアを組んでる相手の手札は最後まで分からないんだよな？　ってことは、迂闊に数字を吊り上げるとすぐに【33】を超える。指輪で対処するのも難しそうだ」

「はい……失礼な言い方になってしまうかもしれませんが、こちらはあまり参加すべきでない類のゲームですね。少なくとも、わたしには全く勝ち筋が見えません」

頬の猫ひげをふにゃりと垂れさせて力なく首を横に振る姫路。

……まあ、総じて彼女の言う通りだ。他人が絡む以上どうしても運ゲーの要素が残ってしまうし、プレイヤー同士が足を引っ張り合うような展開にも陥りやすい。このルールで圧勝するなんて人間業では不可能だ。

（秘密兵器ってのは【ファントム】のことじゃなかったのか……？）

どこか腑に落ちない気持ちを抱えながらも、俺と姫路はもう少しだけ人集りに近付いてみることにした。遠目にはオープンカフェのように見えていたのだが、ある程度近付いたところでブゥンと視界が切り替わる。派手な装飾に囲まれた拡張現実のカジノ空間……どうやら、ディーラー権限とやらは観客すらも引き摺り込むことが出来るらしい。

そんな事実に俺が一瞬だけ気を取られた――瞬間、

『ッ……十五戦目、終了。勝者は以下の通りです……！』

ディーラーが発したのであろう震える声が辺りに響く。……それと同時、テーブルの中央にここまでのチップの移動状況が投影展開された。計二十人のうち十人がプラス、残る十人がマイナス、という一見すれば綺麗な構図。ただ、よく見れば負けている側のプレイヤーが軒並み1000枚単位でチップを失っているのに対し、プラスの方はせいぜい100枚やら200枚程度にしかなっていない。明確に〝稼いでいる〟のはたった一人だ。失われた全てのチップが、たった一人に集まっている。

【累計一位――プレイヤー名〝ファントム〟／+6408枚（十五戦十五勝）】

（は……？）

そんな表示を見て、俺は内心でポカンと口を開けた。……十五戦十五勝？　こんな運ゲーで？　もはや参加者全員がグルだと言われた方が納得できるくらいの勝率だが、テーブルを見渡してみればどの参加者も悔しげに、あるいはどこか恐ろしげに一人のプレイヤーを睨み付けている。どう見ても共犯の類ではなさそうだ。

「――ね、凄いでしょ？」

俺が黙って思考を巡らせていると、不意に囁くような問い掛けが耳朶を打った。それとほぼ同時、俺たちの目の前に姿を現したのは一組の男女だ。線の細い美少年と、いかにもお嬢様然としたふわふわロングの儚げな美少女。縁日のお面のような被り物を左右対称にちょこんと乗せた彼らこそ、七番区森羅の5ツ星・不破深弦と不破すみれである。

そんな彼らは、俺と姫路の前に立ってそれぞれ笑みを浮かべてみせる。

「久しぶり、篠原くんに姫路さん。それと、わざわざ来てくれてありがとう。あの流れで無視されたら凹むなぁ、って思ってちょっとドキドキしてたんだ」

「そうね、そうね！　わたくしもとってもドキドキしていたわ！　ヒロトと魔女メイドさんにまた会えるなんて、今日はとっても素敵な日だもの！」

「……そうかよ、そいつは光栄だ」

相変わらず調子が狂うすみれの応対に内心で戸惑いつつも、俺は微かに嘆息を零しながらそんな返事を口にする。そして、隣の姫路が丁寧に頭を下げるのを待ってから、改めて視線をゲームの方へ――具体的には〝彼〟へと向けて言葉を継いだ。

「それで？　お前が見せたかったものってのは、あいつのことでいいんだよな」

「うん。篠原くんも探してるだろうと思って、ちょっとした親切心ってやつでね」

そんなことを言う深弦の表情は含み笑いにも似た曖昧なものだ。彼は俺に倣う形でテーブルの方へと身体を向け直すと、そのままどこか誇らしげな口調で告げる。

「もう分かったと思うけど、彼こそがプレイヤー名【ファントム】――ルナ島最強の【ストレンジャー】だよ。圧倒的な【ブラックリング】の数を誇り、所持チップは累計で3億オーバー。天音坂学園を三年連続で《修学旅行戦》の勝者に仕立てあげた特異点だ」

「そうよ、そうよ！　毎年色んな学区がお誘いの声を掛けていて、ことごとく玉砕することで有名なあの方よ！　わたくし知っているわ、あまりにも靡かないのとあまりにも強いのとで、ルナ島では〝不可侵領域の【ファントム】〟って呼ばれているって！」

「不可侵領域、ですか。なるほど、それは大層な二つ名ですが……ただ、すみれ様」

そこで、白銀の髪をさらりと揺らした姫路が、真剣な顔で改めてすみれに向き直る。

「もしも【ファントム】様が本当に〝不可侵〟なら——天音坂学園以外の勧誘を決して受けないというのなら、お二人がご主人様を呼びつける理由などないはずです。見せつけるべき秘密兵器などないはずです。ということは、まさか……」

「——うん、そうだよ。そういうこと」

そんな姫路の問いを遮るように呟(つぶや)いて、深弦が静かに笑みを深くした。

「驚いてくれたかな？　姫路さんの言う通り、彼は——【ファントム】は今、ボクら森羅に力を貸してくれている。《修学旅行戦(フォルティッシモ)》の【ストレンジャー】枠としてね」

「ッ……」

「あは……さすがに篠原くんだって狙ってたんじゃない？《修学旅行戦(フォルティッシモ)》における最強の秘密兵器(ジョーカー)。それを掴(つか)んだのは英明(えいめい)でも天音坂でもなく、ボクら森羅(しんら)だったってわけ」

「ええ。大勝利だわ、大勝利だわ！　わたくしたちの勝利は間違いなしね！」

勝利宣言の如(ごと)く告げてくる二人。対する俺は、内心で小さく顔をしかめる。

「……へえ？　それが本当なら大した偉業だな。一体どんな裏技を使ったんだよ？」

「裏技ってほど特別なことはしてないよ。すみれは、相手の表情や仕草からその感情を読み解くことが出来る。もちろん〝何となく〟程度のものではあるけど、動揺さえしてくれればいくらでも詰めようはあるからね。そうやって、ボクらは彼の〝正体〟を突き止めたんだ。今年に限って《修学旅行戦》から逃げようとしていた理由も一緒にね」

「《修学旅行戦》から、逃げようと……？」

深弦の話に少し引っ掛かる部分があり、そっと右手を口元へ持っていく俺。……先ほど会った天音坂のチャラ男も、確かに〝【ファントム】は逃げた〟と言っていた。つまり彼には今年の《修学旅行戦》に参加したくない何かしらの事情があって、それを深弦とすみれが早々に覆したということか？　対価を用意できたということか？

（だとしたら……マズいな、先を越された）

目の前の二人を見つめながらぎゅっと拳を握る。相手の感情を鋭敏に読み取れるすみれと、そこから得た情報を使って最適な手を打ってくる深弦——《SFIA》でも曲者だった彼らは、今回もまた大きな壁として立ち塞がってくるつもりらしい。それもあろうことか、全学区が狙っていた最強の【ストレンジャー】を掠め取るという形でだ。

と、その瞬間。

『……ゲームセット！』

カジノテーブルの方から大きなざわめきが伝わってきた。弾かれるようにそちらを見れば、真っ青になったディーラーが恐々と右手を掲げているのが目に入る。

『に、二十戦終了……です。既定のラウンド数が経過したので、皆さんに……その、一応ですが、このゲームの継続意思を確認しようと思います。続行を希望する方は端末の〝コール〟ボタンを、退席を希望する方は〝フォールド〟ボタンを――』

「っ……や、やめだやめ！　付き合ってられるか！」

「誰が続行するんだよこんなゲーム！　チップ返せばーか！」

「ほんと、サイアク……Cランクエリアにこんな強い人がいるなんて、聞いてないし」

『――で、ですよねー！　分かってました！　それでは、退席希望者多数につき【クアドラプル】は終了とさせていただきます！　皆さん、お疲れ様でした!!』

　破れかぶれの口調でそんなことを言ったディーラーが自らのシルクハットを空中に投げ上げたその瞬間、周囲に展開されていた〝カジノ空間〟が幻のように解除された。ルナ島の街並みが視界に戻り、観客（ギャラリー）は興奮気味に感想を語り合いながら去っていく……が、それとは対照的に、【クアドラプル】の参加者たちはなかなか動けずにいる。

「「…………」」

　彼らが見つめる先にいるのは、当然ながら一人の少年――目元全てを隠すような純白の仮面（マスク）を被（かぶ）ったプレイヤー【ファントム】だ。ゲームは既に終わっているが、端末を開けば彼の残した圧倒的な記録（ログ）が目に入る。十勝できれば上等、2000枚以上のプラスが出れば超優秀……というくらいのルールで、彼は意味の分からない結果を叩（たた）き出した。

【累計一位――プレイヤー名〝ファントム〟／＋14098枚（二十戦二十勝）】

【最高連勝記録更新／最大チップ数更新／最短終了記録更新……】

「……規格外、ですね」

そんなデータを見て小さく呟いたのは姫路白雪だ。彼女は頬の猫ひげがなくても分かるくらいには素直に驚愕の色を露わにしながら、こくりと息を呑んで続ける。

「【クアドラプル】はリスク評価【☆4】のゲームです。これまでわたしたちが参加してきたカジノゲームよりも多少レートは上がっていますが、それでも一戦あたりの賭け額はせいぜい数百枚。その中で一万枚以上のチップを稼ぐなんて……」

「ん……確かに、な」

姫路の動揺ももっともだ。例えば初戦の【ダイスマカブル】で俺が稼いだチップは200枚強。それだってあの場ではベストに近い報酬だったはずだが、【ファントム】はその七十倍近い額のチップをあっという間に稼いでしまった。

「わぁ……素晴らしいわ、素晴らしいわ！」

「……うん。さすがの実力だね、【ファントム】」

衝撃やら何やらで押し黙る俺と姫路とは対照的に、称賛の言葉を口にしながら【ファントム】の元へと向かう不破兄妹。深弦は満足げな表情で何度か頷き、すみれに至っては満面の笑みで【ファントム】の手を取っては上下にぶんぶんと振っている。

「感動したわ！　あなた、本当に強いのね？　さすがはミツルが見込んだだけあるわ！」

「……別に。これくらい、普通だ」

「いいえ、普通じゃないわ、普通じゃないわ！　あなたはとっても特別よ？」

「やめてくれ……こんなのは才能でも努力でもない、ただのくだらないチートだよ」

その辺りで一旦言葉を切って、ちらりと俺たちの方に視線を向ける【ファントム】。部外者の存在が少し気になったようだが、彼はやがて淡々と首を振って言葉を継ぐ。

「俺は、この島に長くいるから……だから、ルナ島に存在する【ブラックリング】なら大抵は持ってる。これだけ指輪があれば、別に俺じゃなくたって〝最強〟になれるよ」

「そんなに!?　凄いわ、凄いわ！　どんな効果の指輪があるの？」

「え？　……そりゃまあ、色々だよ。自分の手札を任意に入れ替える、ディーラーの手札を任意に入れ替える、全プレイヤーの手札を覗く、レートを自由に操作する、ゲームのルールを一時的に変える……とか、状況に応じて選択肢は無限にある。さっきのルールならどんな手札が配られてても勝てたはずだ。だから、俺の手柄なんかじゃない」

そう言って静かに首を横に振る【ファントム】。白亜の仮面を被っているため表情を窺うのは難しいが、少なくとも自身の活躍を誇っているような声ではない。否定的というか何というか、どことなく強張っているようにも感じられる。

ともかく――すみれの称賛を振り切った彼は、静かに隣の深弦へ身体を向けた。

「とりあえず、俺の戦い方はこんな感じだ……文句があるならさっきの約束は反故にしてもらって構わないけど、どうする？」

「いやいや、反故にするなんてとんでもないよ。ぜひボクらに力を貸して欲しいな、【ファントム】。キミの協力さえあれば、森羅はもう誰にも負けない」

「……本当に？　本当に俺でいいんだな？　去年と今年じゃ状況が違う。さっきも言った通り、俺はあいつが――〝彩園寺更紗〟が参加するゲームからは全力で逃げるぞ？」

（え……彩園寺更紗？）

「うん、その条件で構わないよ。ボクだって《女帝》と相対するのは怖いしね」

深弦と【ファントム】の会話を傍で聞きつつ、静かに眉を顰める俺。

〝彩園寺更紗〟――俺にとって非常に重要な意味を持つその名は、学園島現理事長の孫娘にあたる少女のものだ。燃えるような赤の長髪に意思の強い紅玉の瞳を併せ持ち、常勝無敗の《女帝》とも囁かれる6ツ星の超VIP。ただし彼女はとある重大な〝嘘〟を抱えており、その関係で〝偽りの7ツ星〟である俺とは一種の共犯関係にある。

そして……【ファントム】は、そんな彩園寺から〝逃げて〟いるのだという。

（待て……何だよそれ、どういうことだ？【ファントム】と彩園寺には何かしら接点がある？　でも、【ファントム】は少なくとも三年前からこの島にいるはずだ。三年前ってことは、彩園寺の〝替え玉〟が始まるよりもずっと前……接触できるわけがない）

一瞬にして様々な推測が脳裏を駆け巡る――が、そうか。もしかしたら、俺は一つ勘違いをしていたのかもしれない。【ストレンジャー】なんだから当然【ファントム】も学園島（アカデミー）とは無関係のプレイヤーだと思っていたが、必ずしもそうとは言い切れない。かつて学園島に籍を置いていた【ストレンジャー】、という可能性が頭から抜けていた。

が——まあとにもかくにも、当初の目的としていた〝【ファントム】の勧誘（スカウト）〟が早くも失敗に終わったことは認めざるを得ないようだ。ルナ島最強の【ストレンジャー】は森羅に奪われた。そうなってしまった以上、早々に別の手を打つ必要がある。

「……ご主人様」

「ああ……最悪の場合の保険は用意してあるけど、とにかく【ファントム】以外の【ストレンジャー】を徹底的に探すしかないな。で、強力な【ストレンジャー】を見つけるためにはさっさとBランク以上のエリアに行かなきゃいけない——ってわけで、だ」

「はい。……形振り（なりふ）構わ（かま）ず、全力で稼ぎましょう」

退路を断たれた俺と姫路（ひめじ）は、神妙な表情でこくりと頷き（うなず）合うことにした。

＃

ルナ島には、ジャックポットタイムという概念がある。

イメージとしては〝一日一回限定の高レート戦〟のようなものだ。通常、所持チップ10万枚以下のプレイヤーはBランク以上のエリアに入る権限（ライセンス）を持たない——つまり比較的低レートのゲームにしか参加できない仕様だが、このジャックポットタイムだけはいわば例外。B~Aランク相当のカジノゲームがCランクエリアで開催される。

もちろん、レートが上がるのだからそれだけ致命的敗北に陥る可能性は高くなる。ただ三日間という限られた時間で大量のチップを稼ぐためには、そして強力な【ストレンジャー】と出会うためには、出来るだけ早くBランクエリアに辿り着くのが最低条件だ。であれば、多少リスクが高かったとしてもジャックポットタイムは避けて通れない。

「ちなみに……」

隣を歩く姫路が右手を耳の辺りに添えながらそっと透明な声を零す。

「ルナ島は様々な統計データを公表しているようですが、それによれば来島者の中で最終的にBランクエリアまで到達できた方は20%以下だそうです。滞在三日目以内で、という条件を入れるなら3%以下……かなりの低確率ですね」

「だな……これって、去年の榎本とか秋月はどのくらいの枚数になったんだ?」

「はい。榎本様が１１２万枚、浅宮様が１０３万枚、秋月様が１２５万枚、という結果ですね。Aランクエリアの進入権利を獲得できる〝１００万枚〟が上位プレイヤーの一つの目標基準になっていたようです」

「なるほど、１００万枚か……」

姫路の答えに小さく頷く俺。そう考えると、昨年トップの【ファントム】が残した〝１

000万枚〟なる記録がいかに飛び抜けているかよく分かるというものだが。

ともかく——九月十九日、午後六時五十分。

俺と姫路は、端末上に示されたジャックポットタイムの開催場所を訪れていた。

Cランクエリアの一角、海辺に程近い砂浜区画。涼しい風が肌を撫でる中、辺りには既に大勢の参加希望者が集っている。といっても、もちろん学区のメンバー数千人が押し寄せているというわけじゃない。大量のチップが動くジャックポットタイムはルナ島側できっちり管理されていて、一団体あたり四人までしか参加できないようになっている。

そんな事情もあり、顔を見せているのはどこの学区も高ランカーばかりだ。

「む……ストーカーさん、発見。遭遇率が、高すぎ……せめて女の子になって欲しい」

まず一人、眠たげな瞳を持ち上げながらそんなことを言ったのは、青色のショートヘアに狼耳のフード——おそらく〝仮面〟だろう——を被った皆実雫だ。十四番区聖ロザリア女学院のエースで、長らく実力を隠していた《凪の蒼炎》。夏期交流戦《SFIA》を通してついに6ツ星への昇格を果たしている。

「おお！　確かに、誰かと思えばスイーツ少年ではないか。以前と変わらず壮健なようで何よりだ。再び《決闘》の場で相見えることが出来て嬉しく思うぞ、うむ！」

そして、そんな皆実の隣で腰の木刀をちらつかせているのは枢木千梨だ。十六番区栗花落女子学園の圧倒的エースにして《鬼神の巫女》の二つ名も学園島中に知れ渡っている少女。戦場では〝会ったら逃げろ〟が合言葉とされ、特に一対多の《決闘》では右に出る者がいない。仮面は口元を覆う黒い布……いわゆる忍者のようなそれだ。

瞬間、俺の警戒交じりの視線に気付いたのか皆実が微かに青髪を揺らした。

「ん……枢木ちゃん、枢木ちゃん。さっきから、ストーカーさんが枢木ちゃんのことじっと見てる……多分、欲情。枢木ちゃんの色香に惑わされて、大ピンチ……」

「むむ？　そ、そうなのか？　だとしたらそれは光栄なことだが……しかし、私はあくまで栗花落の女だ。せめて卒業までは貞淑なままでいなければなるまい」

「そう……だから、枢木ちゃんはストーカーさんなんかに落とされちゃダメ。その点わたしは、安心安全……女の子だから、ノーカウント。仲良くなっても、大丈夫……」

「……？　ああ。もちろん、雫殿とは既に友人のつもりだが……」

「ん……枢木ちゃんは、純粋でいい子……」

真面目な顔でそんなことを言う枢木に対し、満足そうな顔でこくこくと頷く皆実。そのやり取りがやたらと親密なことに微かな違和感を覚え、俺は小さく首を傾げる。

「お前ら、敵同士だよな……？　いつの間にそんな仲良くなったんだよ」

「ふふん……ストーカーさんは、意外に情弱。気になるなら、端末を見ればいい……」

「……端末？」

淡々とした煽りに若干イラっとしつつも、言われた通りに画面を覗き込む俺。思いつくままにアクセスしたのはプレイヤー名【皆実雫】の行動履歴だ。情報をいくらか遡ってみると、そこには確かに衝撃的な事実が刻まれていた。

【九月十九日午後五時十一分――連合締結】

【今回の学年別対抗戦《修学旅行戦》において、十四番区聖ロザリア女学院及び十六番区栗花落女子学園の二学園は〝連合学区〟として扱われる】

【学区平均の算出は両校の生徒を合計して行い、上位五名の選出も同じく二学区を統合したデータで行うものとする。ただし動員できる〝ストレンジャー〟は一名のみとし、勝利した場合の報酬配分は生徒数や貢献度合いに関わらず二等分になる】

（！　……マジかよ、これ⁉）

一通りの記述に目を通し終わるより早く内心で悲鳴を上げる俺。

連合学区――それは、最終的な報酬が半分になる代わり、《修学旅行戦》の総合得点における〝上位五人〟を二学区の上位プレイヤーだけで占められるという大胆な手段だ。英明に許される行為ではないため知る由もなかったが、確かに聖ロザリアと栗花落はどちらも絶対的なエース一人に引っ張られている学区。選択肢としては充分ありだろう。

黒のポニーテールを揺らしながら、こちらを向いた枢木が真面目な口調で続ける。

「誘われた当初は栗花落の名誉のためにも突っ撥ねるつもりだったのだがな……雫殿に利点を説かれているうちにすっかり懐柔されてしまったよ。実際、今の栗花落が上位ブロックで単独勝利を掴(つか)むのは難しい。ならば、連合を組んででも私は実利を取りに行く」

「ふふん……これで、枢木(くるるぎ)ちゃんはわたしのもの。栗花落(つゆり)の女の子も、いっぱい紹介してもらう……どう見ても、優勝。ストーカーさんの歯軋(はぎし)りが聞こえる……」

「幻聴だよ」

「強がっても、無駄……あと、今回は本気で勝ちに行く、から」

気怠(けだる)げな中に揺らめく炎を窺(うかが)わせる皆実(みなみ)と対峙(たいじ)しつつ、俺は密(ひそ)かに拳を握る。……経緯はともかく、聖(せい)ロザリアと栗花落の連合は既に成立してしまっている。ということはつまり、この《修学旅行戦(フォルティッシモ)》に皆実雫と枢木千梨という凶悪すぎる6ツ星コンビが爆誕してしまったということだ。6ツ星二人となれば、もはや桜花(おうか)と比べても遜色ない。

俺がそこまで思考を巡らせた……瞬間だった。

「——やっぱり来てたのね、篠原(しのはら)」

皆実たちとの会話を終えた俺の元に、背後からそんな声が投げ掛けられた。視線を向けるまでもなく声の主は分かったが、気を引き締め直して振り返る——そこにいたのは、他でもない桜花のメンバーだ。彩園寺(さいおんじ)と藤代(ふじしろ)を始めとする精鋭揃(ぞろ)いの男女四人。

「ふふっ……」

そんな連中を代表するように豪奢(ごうしゃ)な赤髪を払ってから、彩園寺はすっと右手を顔の辺りに添えてみせた。釣られて視線を上げてみれば、彼女が普段と違って赤いフレームの眼鏡(めがね)

を掛けているのが見て取れる。おそらくルナ島カジノの仮面だろう。いつも以上に頭が良さそうに見えるのと同時、どこか〝背伸びしてお洒落している〟感もあり、何というかめちゃくちゃ可愛いしよく似合っている。

ともかく、そんな彩園寺はいつも通りに胸元で腕を組んで続けた。

「まずはご愁傷様、とでも言っておくべきかしら。それもお互いにね」

「……何の話だ？」

「何の、って、そんなの決まってるじゃない。アレよ、アレ」

言いながら紅玉の瞳をちらりと脇へ流す彩園寺。それを追ってみれば、少し離れたところに一人の少年が佇んでいるのが分かった。白亜の仮面を被った【ストレンジャー】、言うまでもなく【ファントム】だ。既に森羅の協力者として登録されているはずだが、近くに深弦やすみれの姿はない。彼一人で充分だ、という自信の表れだろうか。

微かな嘆息を零しながら彩園寺はそっと肩を竦める。

「まさか、こんなに早く他学区に取られるなんて思ってもみなかったわ。せっかく鈴蘭に足取りを追ってもらっていたのに、色々と無駄になっちゃったじゃない」

「ま、それに関しては同意だな。けど、お前のことだからもう切り替えてるんだろ？」

「当然ね。【ファントム】が勧誘できれば楽に勝てた、っていうだけで、別に彼がいなきゃ勝てないって決まっているわけじゃないんだから。むしろ、同じゲームに参加してくれるなら望むところよ。勝ったらどんな指輪(リング)が手に入るか楽しみね」

くすっ、と余裕の笑みを湛(たた)えながらそんな言葉を口にする彩園寺(さいおんじ)。

(っていうか……あれ?)

そこで、俺はふと微(かす)かな疑問に思い至って右手をそっと口元へ遣(や)った。……傍(はた)で聞いていただけの話だが、確か【ファントム】は彩園寺に怯えているのではなかったか？　彼女と同じゲームに参加することになったらすぐにでも逃げる、と言っていたはずだが。

とはいえ情報が足りな過ぎて推測も何も出来ず、結局は静かに首を振る俺。

「……あ！　篠原(しのはら)くんに白雪(しらゆき)ちゃん、こっちこっち！」

とにもかくにも、俺たちはようやく英明(えいめい)陣営との合流を果たすことにした。案の定と言えば案の定、そこにいたのは辻(つじ)と多々良(たたら)だ。辻は微かに疲れの窺(うかが)える表情を笑みの形に緩めながら、多々良は夕方にも関わらず元気よくぴょんぴょんと跳ねながら——色んな所が揺れているがあえてうさ耳に注目したい——こちらに身体(からだ)を向けている。

「待たせたな、二人とも。前のゲームが長引いた……のと、色んなやつに絡まれた」

「ううん、全然大丈夫だよ！　わたしたちが早く来ちゃっただけで、まだディーラーさんも来てないもん。みんなに見られるからちょっとだけ緊張しちゃったけど……」

「いやいや、ほとんどボクの後ろに隠れてたでしょ多々良さん。まあ、あれだけ注目されたら避けたくなる気持ちも分かるけど……あんなのよく耐えられるね、篠原くん」

「ん……耐えるも何も、慣れてるからな」

　注目されることそのものへの抵抗なら、転校初日に学園島全体へかました〝最強〟宣言の段階でとっくに振り切っている。というか、俺の立場を考えれば注目なんてされなきゃいけないものだ。多分、ほとんどの連中とは前提からして異なっている。

「あ、えと……それでね、篠原くん」

　俺がそんなことを考えていると、目の前の多々良がうさ耳をぴょこんと揺らした。

「【ファントム】さん以外の【ストレンジャー】……チップとか【ブラックリング】をいっぱい持ってるプレイヤーさんのことなんだけど」

「？　誰か見つかったのか？」

「うん。あ、まだちゃんとした情報じゃないんだけど……ほら、これ」

　言いながら、両手で支えるようにして端末の画面をこちらへ向けてくる多々良。表示されているのは英明の情報収集用チャットだ。俺が【ストレンジャー】の情報を募っていたグループ……そこに、少しばかり気になる投稿が寄せられている。

『――多々良ちゃん多々良ちゃん、報告！』

『【ファントム】とかって名前じゃなかったけど、変なヤツいた！』

『なんかね、とにかく超強いの！　先読みも凄いし【ブラックリング】も遠慮なく使ってくるし、もはや王者の風格って感じ！　プレイヤー名は、確か【バイオレット】とか何とか……声とか仕草的に、多分めちゃ可愛い女の子な気がする』

『しかも凄いのが、別に何日も前からルナ島にいるってわけじゃないんだよね。カジノ参加が昨日の夕方……だから、たった一日で何十個も何百個も指輪を集めたみたい。ヤバいよね。さっきウチも当たったんだけど、もう手も足も出せないっていうか』

『あとは、何か【漆黒の魔王】？　って名前の【ストレンジャー】もちょっと目立ってるみたいだけど、こっちはまだ詳細不明。とにかく、要注目は【バイオレット】!!』

『どうどう!?　めっっっっちゃ気になるくない!?!?』

「……ね？」

俺が一連のメッセージに目を通し終えた辺りで多々良が吐息交じりに言葉を継いだ。

「【ファントム】さんには及ばないかもしれないけど、この人も【ブラックリング】はいっぱい持ってるみたいだし、それにちゃんと強そうだし……どうかな、って」

「ああ、いいな。勧誘するだけなら何人でもアリだから、他の学区が気付いてないうちに引き入れておきたい。手の空いてるやつ……はいないかもしれないけど、例えばもう致命的敗北で脱落してるやつなんかを派遣して――」

「うん！　そう言われると思って、もう追いかけてもらってるよ」

こくん、と頷く多々良に「さすがだな」と返して微かに口角を上げる俺。最強の【ストレンジャー】である【ファントム】が森羅に引き抜かれてしまった今、指輪を大量に持っているプレイヤーというのはそれだけで仲間候補に挙がるだろう。

（プレイヤー名【バイオレット】ね……）

【ファントム】の対抗馬になるかもしれない【ストレンジャー】の情報を頭の片隅に刻み込みつつ、俺は小さく首を振った。捕らぬ狸の何とやらだ、今はゲームに集中しよう。

と、いうわけで——九月十九日、午後七時ジャスト。

『お集りの皆さま、大変お待たせいたしました——』

どこからともなく現れたディーラーの宣言により、ジャックポットタイムが始まった。


——【独占ルーレット】。

紳士的な容姿のディーラーが告げたゲームの名称は、そんなシンプルなものだった。

ルーレットというギャンブルがある——等間隔に色と数字が振られた円盤にディーラーが球を投げ入れ、プレイヤー側はその球がどこに落ちるか予想してチップを賭ける、というゲームだ。プレイヤーの賭け方は様々で、赤に落ちる、黒に落ちる……と色を指定する方法もあれば、特定の数字を複数あるいはピンポイントで選ぶことも出来る。当然、成功する確率の低い賭け方ほど倍率は高めに設定されており、堅実に稼ぐことも一発逆転の夢を見ることも可能だ。ただし、円盤上には赤でも黒でもない〝0〟という数字が存在しているため、色指定の賭けでも的中率が50％を超えることはない。

誰でも気軽に参加でき、極めれば極めるほどに奥深い〝カジノの女王〟――。

今回のゲームは、そんなルーレットのルールに大胆なアレンジが加わったものだ。

『【独占ルーレット】――まず、このゲームで使用するルーレット盤は非常にシンプルな造りをしています。数字は0から10までの十一種類。色については奇数が黒、偶数が赤という具合です。ただし、本家のルーレットと同様に0だけは緑色ですね。緑の0、黒の1、赤の2……赤の10、と等間隔にポケットが並びます』

『最初のセットではディーラーである私が〝親〟となり、ルーレット盤に球を投げ入れます。それまでに、参加者――〝子〟の皆さまは必ず賭け(ベット)を終えてください。色でも数字でも、【独占ルーレット】ではあらゆる賭け方を許容します』

『そして、仮にどのような賭け方を選んだとしても、子の皆さまに設定される倍率(レート)は【10÷ゲーム開始時点での当たりポケット数】となります。例えば【黒】にチップを賭けた場合、的中となるポケットは開始時点で〝五つ〟ですから倍率(レート)は〝二倍〟。また、賭けられるチップの枚数は一セットにつき1000枚までとしておきましょう』

『【独占ルーレット】では、各セットが終了する度に一旦の〝清算〟を行います。外れた枠に賭けられていたチップは全て親へ渡り、逆に的中した枠のチップは倍率(レート)の分だけ掛け算をした上で子の皆さまへお返しします。もちろん、支払うのは親ですね』

『そして、ここからが特筆すべき点なのですが……各セットで最も大きく稼いだプレイヤー、つまり所持チップの枚数を最も伸ばしたプレイヤーには、いずれかのポケットに刻まれた数字あるいは色を変更する権利が与えられます。例えば【黒の1】を【赤の1】に変更したり、【黒の3】を【黒の8】に変更したり、といった要領ですね』

『さらにその上で、当該のプレイヤーは〝次の親〟を指名することが出来ます。……そうです。実はこのゲーム、私が〝親〟としてゲームに参加するのは最初の一セットだけ。その後はゲームが進むごとに〝親〟の役目が移り変わっていくのです。もし同額で勝利したプレイヤーがいた場合は、恐縮ですがランダムで一人選ばせていただきましょうか』

『ゲームは全十セットで終了。元々のレートがかなり高いので、使用できる【ブラックリング】は一人一つまでとしておきましょう。使われた指輪は場にキープし、ゲーム終了時に収支がプラスだった方へはそのままお返しします。マイナスだった方の指輪は没収となり、プラスが多かったプレイヤーから順番に選択形式で獲得できるものとします』

『それでは——ルールと盤面を上手く活かして、ゲームを〝支配〟してください』

……そう言って、紳士なディーラーは静かに説明を切り上げた。

【独占ルーレット】——各ゲームで最も稼いだプレイヤーに〝次の親〟を指名する権利が与えられ、ついでに盤面も弄れるという一風変わったルーレットゲーム。ディーラーは二セット目から完全に姿を消し、その後はプレイヤー同士の駆け引きのみとなる。

「ううんと、えっと……えっと」

端末の画面と睨めっこしながら困ったような声を上げたのは多々良楓花だ。

「盤面の数字と色が変わるから当たる確率もだんだん変わっていって、親も変わるからみんなで順番にシルクハットを被らなきゃいけなくて……むむ？」

「一旦落ち着こうか、多々良さん。シルクハットは関係ないよ。それに、確かにちょっと複雑そうに見えるけど、多々良さん自身が親に選ばれない限りは無難に【赤】か【黒】にでもチップを置いておけばいいと思う。それだけでも結構稼げるはずだから」

「え、そうなの？」

「うん。だって、例えば多々良さんが【黒】に賭けた場合、倍率は【10÷ゲーム開始時点での当たりポケット数】だから二倍になる。で、最初の盤面だと球が黒のポケットに落ちる確率は【5／11】でちょっとだけ損なんだけど、ゲームが進むにつれて仮に黒のポケットが六つ、七つ……って増えていったら、倍率はそのままで当たる確率だけ上がっていくってことだ。もちろん、百発百中ってわけにはいかないと思うけどさ」

「あ、そっか！　って……あれ？　じゃあ、このゲームって意外と簡単？」

「ボクたちはね。多分、大変なのは――」

そこで静かに言葉を切って、辻は苦笑交じりに片眼鏡の奥の視線をこちらへ向ける。

それとほぼ同時、横合いの桜花の一団からもからかうような声が飛んできた。

「ふふっ……人気者は大変ね、篠原？　分かっているとは思うけれど……ここにいる参加者のうち、少なくとも学園島のプレイヤーはみんな貴方を狙うと思うわ。いきなり致命的(クリティカル)敗北(ロス)に陥ったりしないよう、せいぜい気を付けることね」

「……放っとけよ」

口元を緩めて挑発してくる彩園寺(さいおんじ)に悪態を吐(つ)きつつ、小さく肩を竦(すく)める俺。

が、まあ基本的には彼女の言う通りだ――【独占ルーレット】では、親というのが最も不利な立場になる。であればつまり、一番多く稼いだプレイヤーが次の親を選べるというのは、言い換えれば特定のプレイヤーを狙い撃ちに出来るシステムということだ。例えば盤面全てが〝黒〟で埋まった状態で親に指名されたりしたらどうしようもない。

（絶対に親を避けようと思ったら、各セットで一番多くチップを稼がなきゃいけない。だけど、使える指輪(リング)は一つだけだ。イカサマで勝つにも限度がある……）

ルールや指輪(リング)、参加者の顔触れなど、様々な状況を踏まえて戦略を練る俺。……と、そうこうしているうちにゲームの準備が整ってしまったようだ。ディーラーが黒のシルクハットで横薙(よこな)ぎに空を切った瞬間、辺り一帯の砂浜が巨大なカジノへと様変わりする。そして、楕円(だえん)型のテーブルと共に現れたのはシックなデザインのルーレット盤だ。

『さあ、それでは始めましょうか――子の皆さま、まずは最初の賭け(ベット)をお願いします』

落ち着き払った声と仕草で一セット目の開始を宣言するディーラー。

それを受けて、俺は銀色のチップを一枚だけ【黒】にベットすることにした。このセットは色や数字の変更がされていないため、球が落ちる先は通常の確率通りとなる。戦略も何もない単なる〝運ゲー〟だ。ここで仕掛ける理由は一つもない。

（多分、他の連中が仕掛けてくるのも盤面がある程度偏ってからになるはずだ。指輪が一つしか使えないんだから、今から動いて十セットも戦い切れるわけがない。……一応、可能性だけならとんでもない戦略もあるんだけど、さすがに実現できないだろうしな）

静かに首を振って荒唐無稽な考えを振り払う俺。

それとほぼ同時、全員分の賭けが確定したらしく、拡張現実の視界に各プレイヤーの選択がずらりと表示された。彩園寺や皆実は俺と似たような思考に至ったのか、最初の賭けは【赤】に一枚だけという控えめなもの。他のプレイヤーも、額こそ異なるが多くは〝二倍賭け〟――色や奇遇の指定といった低倍率の賭けに留まっている。

けれど、最下部に表示されたプレイヤー名と賭け方を見て、俺は思わず目を見開いた。

【プレイヤー名：〝ファントム〟】
【〝緑0〟一点賭け／倍率10倍――賭け額：1、0、0、0、枚】

「「「……っ⁉」」」

同じくその異様な選択に気付いたのか、途端にざわつき始めるプレイヤーたち。

チップ1000枚の一点賭け――それはこの【独占ルーレット】というゲームの中で最もハイリスクハイリターンとなる賭け方だ。的中した場合は一瞬で＋9500枚もの稼ぎが得られる代わり、その確率は10％を下回る。

ただそれは、あくまでも通常のカジノであればの話だ。既に体感している通りルナ島カジノは【ブラックリング】の存在を前提としており、手持ちの指輪によっては確率なんて無視して強引に勝つことだって出来てしまう。が……後半になればなるほど〝親〟の弱点が増えていくこのゲームにおいて、序盤で大きく稼ぐのは明確な悪手だろう。ここで誰かの恨みを買って後半で親を押し付けられれば、桁違いのチップを失う恐れがある。

それでも、【ファントム】の手元には確かに漆黒の装飾を施された指輪が置かれていて。端末機能で確認してみれば、その名称は【マグネット】――〝ディーラーが投じた球を任意のポケットに落とす〟という、強力だが当然一セット限りのもので。

「……どういう、ことでしょうか」

直後、思わずといった口調で疑問を零したのは姫路だった。彼女はそっと背伸びをするような形で俺の耳元に顔を寄せつつ、俺にだけ聞こえる声音で囁いてくる。

「【ファントム】様は、もしかしてこのゲームのルールを知らないのですか？【独占ルーレット】で使用できる指輪は一つだけです。倍率10倍の賭けとはいえ、こんな序盤で切ってしまうのはあまりにも無防備な気がしますが……」

「……そう、だよな」

そんな彼女と同様に疑問と混乱を抱えながらも、俺は改めてディーラーへと視線を向ける。とにもかくにも、今注目すべきは一セット目の結末だ。相変わらず紳士的な佇まいのディーラーは、【ファントム】の高額賭けにも一切動揺することなく洗練された所作で球を投じる。銀色の球は勢いよく円盤上を回転し、やがて緩やかに減速していく。

そして――球は、導かれるような軌道で【緑の0】に落下した。

『一セット目、終了……的中は【5以下】の賭けを行った六名の皆さまと、それから【緑の0】に一点賭けを行った【ファントム】様の計七名です』

俺が微かに息を呑む中、ディーラーは静かにそんな結果を口にする。……一セット目終了。的中者は何名かいたようだが、最も大きく稼いだのは当然【ファントム】だ。

が……まあ、ここまでは良い。確かに劇的な勝利には違いないが、適切な指輪さえ持っていれば誰にでも真似できる方法だ。ディーラーの球を導く【マグネット】、ポケットの色や数字を上書きする【ペイントペイン】、あるいは宣言した数字を変更できる【ナンバービルド】……他にも候補はあるだろう。ただ、姫路も言っている通りそれをやるべきは今じゃない。たった一つの可能性を除いてそのやり方は悪手でしかない。

（けど、もし【ファントム】がその勝ち筋を狙ってるなら……）

ほんの少しだけ背筋が寒くなってきたのを感じつつ、ぎゅっと拳を握り締める俺。

ともかく……一セット目の圧倒的勝者となった【ファントム】が希望したポケットの変更は〝【緑の0】を【赤の0】に変える〟というものだった。これにより【独占ルーレット】の盤面から緑が完全に消え失せ、赤の割合が五割を超える。つまり、子の優位が絶対的に保障されたような形だ。ここから先は親の押し付け合いになる。

『では、【ファントム】様……どなたを第二セットの親に指名しますか？』

ああ。

もちろん、それは――普通なら、の話だが。

「――指名するのは、俺だ。次の〝親〟は俺がやる」

（……くそ、やっぱりそっちか！）

想像しうる限りで最も嫌な予感が当たってしまい、密かに頬を歪める俺。……全く想定していなかったわけではないが、あまりにも実現性が低いために選択肢から外していた攻略法だ。俺には、というか、おそらくここにいる誰にとっても不可能な戦略。けれど【ファントム】は、平然と〝それ〟を選択してきた。

「……おい。何を考えているんだ、貴様？」

そこで、不意に低い声を発したのは枢木だ。忍者のような黒布で口元が隠されているためいつも以上に鋭く見える眼光を【ファントム】へ向けつつ、彼女は静かに続ける。

「不利な立場である親を押し付け合いながら進めていくこのゲーム……ヘイト管理が重要なルールで初手から【ブラックリング】を使ったかと思えば、あろうことか自らを親に指定するだと？　それは、一体どのような意図で……」

「ん……簡単な、こと」

瞬間、枢木の問いに答えを返したのは【ファントム】ではなく、隣に立っていた皆実雫だった。彼女はいつも通りの眠たげな声音で淡々と告げる。

「あの人の……【ファントム】の目的は、とにかく一旦親になること。それが、絶望の始まり……でしょ？　ストーカーさん」

「……何で俺に振るんだよ」

「む……意外にも、生意気。せっかく女の子に声を掛けられてるんだから、照れてないで素直に乗るべき……その返答は、ばっどこみゅにけーしょん」

「お前の好感度を稼ごうと思ったことなんか一度もねえよ」

呆れた顔で嘆息を零す俺。それでも、一応は説明を引き継いでやることにする。

「まあ、確かに皆実の言う通りだ。【ファントム】は、一セット目から指輪を使って親を獲りに来た。んで……このゲームって、実は一セット目と二セット目で全然ルールが違うんだよ。いや、ルールそのものは同じでも、捉え方が変わる部分がある」

「……？　ルールが違うというのは、もしや親がディーラーでなくなるという点か？」

「そうだ、枢木。一セット目だけはディーラーが親を務めて、二セット目以降はその役目がプレイヤーに預けられる。そして、この【独占ルーレット】の鍵になる〝ポケットの数字か色を変える権利〟と〝次の親を指名する権利〟は、どっちもそのセットで一番稼いだプレイヤーに与えられるんだ。それが子じゃなきゃいけない理由はない」

「！　……では、まさか」

微かに目を見開きながら、枢木が動揺と驚愕の窺える声でゆっくりと推測を零す。

「もしも一度のセットで予想を外したプレイヤーが大多数になれば、最も稼いだプレイヤーというのは他でもなく〝親〟になる……？　そして、その者が次の親として再び自分自身を選び続ける限り、ポケットの情報を変更する権利も、〝狙い撃ち〟を行う権利も永遠に自分で持ち続けていられる、ということか？」

「……そういうことになる」

無言のままの【ファントム】にちらりと視線を遣りつつ枢木の問いを肯定する俺。

そう——そうだ、一見不利なようにしか思えない〝親〟という立場だが、一度に稼げるチップ枚数の最大値は当然ながら子よりも遥かに高くなる。ゲームが進んで盤面が動けば子の賭け方も徐々に偏っていくはずだから、そこで〝誰も賭けていないポケット〟に球が落ちたりすれば親の儲けは相当なものになるだろう。

「だ、だが……」

枢木のポニーテールが緩やかに揺れる。

「それは、そういう可能性があるというだけだろう？　【ファントム】殿が親の時に皆が揃って予想を外し続ければそうなるかもしれないが、そのようなことは——」

「――起こるはずがねェ。あァ、普通ならそうだろォよ」

そこで言葉を継いだのは、桜花の一団に属する藤代慶也だ。ルナ島カジノの〝仮面〟として首筋に派手なタトゥーを入れた彼は、相変わらずドスの利いた低い声で続ける。

「だが、聞いたことがある――手練れのカジノディーラーは、ルーレットの球を狙ったポケットに入れられるってな。もちろん百発百中ってわけにはいかねェだろうが、少なくとも狙いを絞ること自体は不可能じゃねェんだ。なら、たったの十一個しか穴がねェ【独占ルーレット】で狙いの場所に球を落とすくらい楽勝なのかもしれねェぞ？」

「な……そんな、ことが」

藤代の解説に衝撃を受けたらしく、枢木は呆然と言葉を漏らす。

が――実際、それこそが例の勝ち筋の〝前提〟となるものだ。もしも【ファントム】にそれだけの技術があるなら、狙った場所に球を落とせるというのなら、確かに一セット目の正解は〝形振り構わず親を獲ること〟に違いない。だって、それだけで彼は支配者の側に立つことが出来る。それだけで、このゲームの主導権を握ることが出来る。

『では――皆さま、二セット目の賭けを行ってください』

進行役に回ったディーラーが恭しく告げる中、俺は静かに思考を回し始めた。

……それから、およそ三十分後。

【独占ルーレット】は、【ファントム】によるワンサイドゲームのまま進行していた。

現在は、ちょうど八セット目が終了したところだ。このゲームにおける既定のセット数は十であるため、残すはあと二セットばかりとなっている。そして驚くべきことに、各セットの勝者はこれまで全て【ファントム】だ。初手で半ば強引に〝親〟の座を奪い取ってから、一度たりともその席を譲っていない。

盤面の状況、及び各学区主要メンバーのチップ状況はこんな感じだ。

【赤0／赤1／赤2／赤2／赤2／赤5／赤6／赤7／赤8／黒9／赤10】

【〝ファントム〟――チップ増減：＋5４800枚（元手：3億5728万2938枚）】

【〝篠原緋呂斗（しのはらひろと）〟――チップ増減：－1700枚（元手：3430枚）】

【〝彩園寺更紗（さいおんじさらさ）〟――チップ増減：－2200枚（元手：4409枚）】

【〝藤代慶也〟――チップ増減：－1400枚（元手：4938枚）】

【〝皆実雫（みなみしずく）〟――チップ増減：＋700枚（元手：6832枚）】

【〝枢木千梨（せんり）〟――チップ増減：－1500枚（元手：5401枚）】

……真っ赤に染まった盤面と、圧倒的にプラスを積み上げている【ファントム】。

彼は最初の五連勝で【黒の9】以外のポケットを全て〝赤〟に染め上げると、それから数字の方も【赤の2】に統一し始めた。この時点で、確率的にはどう考えても【赤】に賭けるのが正解だ。何しろ九割以上の確率で的中するのに賭けたチップが二倍になって返ってくる。あるいは、一点賭け（ピンポイント）で【赤の2】とするのも悪くないだろう。

けれど――六、七、八セット目。その全てで、球は【黒の9】へと吸い込まれた。

「びっくり、仰天……ちょっと、凄（すご）すぎ」

狼耳（おおかみ）のフードを被（かぶ）った皆実（みなみ）がポツリと呟（つぶや）いているが、まさにそれという感じだ。

（笑えるくらい完璧に百発百中……ここまで来たら、【ファントム】が狙った場所に球を落とせるってのは確定だ。けど、だからって【黒の9】に大量のチップを突っ込むのは無謀すぎる。子の賭け（ベット）が一通り終わってから親は球を弾（はじ）くんだから、みんなが【黒の9】に賭け始めたらあいつ（あいつ）は〝赤〟に球を落とすだけでいい。どっちにしても一人勝ちだ）

ぎゅっと拳を握る俺。

一人勝ち。……これまでのゲーム展開を振り返る限り、そう表現する外ないだろう。俺だけでなく、彩園寺（さいおんじ）や枢木（くるるぎ）といった学園島（アカデミー）のトッププレイヤーたちですら翻弄されてしまっている。もちろんカジノに対する経験値や指輪（リング）の選択肢といった点で【ファントム】に圧倒的なアドバンテージがあるのは確かだが、それにしたって一方的な展開だ。

が……それでも俺は、たった一つだけ逆転の道が存在することに気付いていた。

「――なあ、お前ら」

ザッ、と。

拡張現実（AR）技術で煌（きら）びやかなフロアに偽装された砂浜に足跡を刻みつつ、俺は小さく一歩前に出た。進行役のディーラーが九セット目の開始を告げる直前。気取った仕草で漆黒の仮面（マスク）に片手を添えつつ、ぐるりと参加者たちを見渡して微（かす）かに口角を持ち上げる。

　そうして一言、

「分かってると思うけど、このゲームは現状【ファントム】の圧勝だ。あと二セットでこの差を埋めるのはかなり難しい……けど、現時点で相当大きい負債を抱えちまってるやつも少なくないはずだ。それこそ、このままゲームが終わって清算フェイズに入ったら致命的敗北（クリティカルロス）で《修学旅行戦（フォルティッシモ）》から脱落しちまうくらいの、な」

「……それが何？」

　瞬間、俺の煽（あお）りに真っ向から食って掛かってきたのは彩園寺だ。彼女は豪奢（ごうしゃ）な赤髪を風に靡（なび）かせつつ、むすっと不満げに腕を組んでは紅玉（ルビー）の瞳をこちらへ向ける。

「確かに貴方（あなた）の言う通り、私の仲間――桜花（おうか）のチームメイトにも致命的敗北（クリティカルロス）寸前の子はいるわ。だけど、【独占ルーレット】はあと二セットも残っているじゃない。【ブラックリング】だってまだ使ってないし、逆転の可能性は充分あると思うのだけど？」

「ま、それはそうだな。お前じゃなくても、指輪（リング）で逆転を狙ってるやつは多いと思う。けど、俺に一つ考えがあるんだ。乗ってくれればお前ら全員――【ファントム】以外の全プレイヤーに最終セットで大勝ちさせてやる。少なくとも致命的敗北（クリティカルロス）は免（まぬが）れるはずだ」

「……ふぅん？　適当なことを言っている風には見えないけれど……でも、証拠は？　確かに私たちは【ファントム】の敵だけど、だからって別に貴方の味方じゃないわ。自分たちの計画を我慢してまで貴方の作戦に乗るメリットはあるのかしら?」

紅玉の瞳をこちらへ向けながら、どこか試すような声音で訊いてくる彩園寺。

……おそらくだが、これは彼女なりの援護射撃なのだろう。俺が単に演説をかましたところで、【独占ルーレット】の参加者たちが素直に話を聞いてくれるとは思えない。けれど、真っ向から対立する人間がいて、そいつを納得させるという構図を見せられれば話は別だ。安直な手法ではあるものの、それだけで説得力は飛躍的に増加する。

と、いうわけで。

「ハッ……俺の策を否定したいのは分かるけどな、彩園寺。俺が力を貸して欲しいのは最終セットじゃなくて九セット目だ。失敗するつもりなんかないけど、もし不満な結果に終わったんなら十セット目で改めて【ブラックリング】でも何でも使えばいいだろ」

「それは、そうかもしれないけれど……でも、ここにいるほとんどのプレイヤーは現時点で相当な枚数のチップを失ってるのよ? 実際、私も貴方も負け越してるじゃない。何百枚もチップが必要、みたいな作戦だったら乗りたくても乗れないわ」

「いや、そんな心配は要らねえよ。何せこいつは超お手軽な必勝法だ——いいか?」

ニヤリと露骨な笑みを口端に浮かべながら、俺は不敵な態度で言葉を紡ぐ。

「このゲームに参加してるプレイヤーは四十三人——ってことは、親の【ファントム】を除けば四十二人で偶数だ。じゃあ、もし次のセットで二十一人が【赤】に1枚、残りの二十一人が【黒】に1枚チップを賭けたらどうなると思う？」

「どうって……そんなの、盤面を見ればすぐ分かるじゃない。普通のルーレットなら【緑の0】があるけれど、今の【独占ルーレット】には赤と黒しかポケットがないわ。もし篠原が言った通りの状況になったとしたら、球がどこに落ちようが二十一人が勝って二十一人が負け。だから――――って、あ」

そこまで言った辺りで微かに目を見開き、言葉を止める彩園寺。……どうやら彼女も気付いたようだ。狙った場所に球を落とせる以上このゲームは【ファントム】の独壇場に思えたが、それには一つだけ例外があるということに。

胸の下でそっと腕を組み、赤の眼鏡を掛けた彩園寺がこくりと首を縦に振る。

「そっか……そういうことね。勝った人数と負けた人数が全く同じで、しかもその全員が同じ額を賭けていたなら、当然だけど親に入るチップは0枚になる。逆に賭けが成功した二十一人は1枚の儲けになるんだから、九セット目の勝者はその人たちになるわ」

「ああ。同額の場合はランダムで勝者が選ばれるから、正確にはそのうちの誰かだな。けど、とにかく【ファントム】以外の誰かが勝てばいいんだ。そいつには〝ポケットの数字か色を変更する権利〟と〝十セット目の親を指定する権利〟が与えられる」

「ええ。それで【黒の9】を【赤の9】に変えればいいってことね。そうすれば盤面全部が赤になる。その上で、最後の親を【ファントム】に指定すれば――」

「――完璧、だ。黒のポケットが一つもなくなればもう技術なんて関係ない。あとは指輪の効果で倍率やら賭け額やらを操作して、可能な限り稼ぐだけだ」

ふっと口元を緩めている彩園寺とテーブル越しに視線を交わしつつ、俺は余裕に満ちた態度を崩さないまま作戦の説明を切り上げる。

もちろん、本来ならこんな繊細な計画が成立するはずはなかった。何しろカジノゲームの参加者は基本的に全員が敵同士で、常に裏切りの機会を窺っている。ただ、今回は例外的に、ここにいる全員が【ファントム】にやり込められているんだ。そんな彼に確実な復讐が出来るとなれば、乗らない理由はどこにもない。

「ってわけで――返してもらうぜ、【ファントム】？」

「…………」

ニヤリと笑みを浮かべて言い放つ俺に対し、【ファントム】は無言でそっと息を吐いた。

#

【独占ルーレット】のその後は、ほとんど俺が企んだ通りの展開となった。

九セット目は全員で示し合わせた賭けによって親に一切の稼ぎを生ませず、そこで勝者となった皆実（豪運）がドヤ顔で【黒の9】を赤に反転させ、その上で【ファントム】を最終セットの親に指定……という流れだ。ここまで【ブラックリング】を温存していたプレイヤーたちがこぞって倍率を吊り上げたこともあり、最終セットだけを見れば【ファントム】が40000枚近いチップを吐き出す大惨事となっている。

「……それでもプラス収支で終わってる、っていうのが少し癪だけれどね」

「ん？」

ジャックポットタイム終了後、俺と姫路が——多々良たちに関しては他のクラスメイトに呼ばれて一足先にこの場を去っている——獲得したチップと指輪を確認していると、横合いから不意にそんな声が投げ掛けられた。どこか不満げというか、不機嫌な色が感じ取れる声。見れば、優雅にこちらへ歩み寄ってくるのは豪奢な赤髪を揺らす彩園寺だ。

彼女は俺の正面で立ち止まると、右手を腰の辺りに添えながら続ける。

「一応、貴方にはお礼を言っておいてあげるわ篠原。九セット目の協調ベット……あれがなければ、私の仲間が致命的敗北に陥るところだったもの。ついでに私も藤代くんもプラス収支まで戻せたし、さすがは学園島最強ってところかしら」

「いや……さすがも何も、お前だって元々何かしら用意してたんだろ？　俺の策に不都合がなかったから乗ったってだけで、別にあれがなきゃ詰んでたわけじゃない」

「あら、分かる？　まあそうね。桜花のエースとして、6ツ星の高ランカーとして、あれくらいの仕掛けに対応できないようじゃメンツが立たないもの」

ふふん、と得意げに豪奢な髪を払う彩園寺。……単なる強がり、というわけではないだろう。今回はたまたま俺が最初に動いたというだけで、あの場で【ファントム】を止める手段はいくらかあった。皆実も枢木も藤代も、きっと何かしら企んでいたはずだ。

ただ――【独占ルーレット】の結果はいいとして、一つ気になることがある。

「なあ、彩園寺。お前さ、【ファントム】のやつとどこかで会ったことでもあるのか？」

……そう。

白亜の仮面の【ファントム】――彼は、彩園寺更紗という存在を酷く恐れていた。何なら深弦たちには『〝彩園寺更紗〟の出るゲームには参加しない』と念押しまでしていたはずだ。それなのに、彼は【独占ルーレット】から逃げる素振りも見せなかった。

そんな俺の疑問に対し、彩園寺は怪訝な表情で赤の長髪をふわりと揺らす。

「【ファントム】と？　いいえ、さっきのゲームで当たったのが初対面だけれど……本当なら今日中にコンタクトを取るつもりだったのに先を越されちゃったから。それが何？」

「ああ、いや……実は、【ファントム】のやつからお前の名前を聞いてたからさ。お前のことだし、過去にろくでもない因縁でも作ってたんじゃないかって――」

「――なあ。お前、篠原緋呂斗……だったよな？」

と。

その時、俺と彩園寺の会話を遮るような形で不意に誰かが声を掛けてきた。警戒しながらもパッとそちらへ身体を向ければ、視界に映ったのは当の【ファントム】その人だ。

彼は少し離れたところで足を止めると白亜の仮面にそっと手を遣り、仮面越しにしばらく俺たちを見つめてからこんな言葉を口にする。

「良かったら、一つ教えてくれ。お前が喋ってる相手……そいつは、一体何者だ？　お前は、何でそいつを〝彩園寺〟だなんて呼んでるんだ？」

「……は？」

質問の意味がまるで分からず、一瞬思考が止まるのを感じながら眉を顰める俺。唐突に話題を振られた彩園寺が「え、何？　私？」と困惑交じりの声を上げるのを片手で遮りつつ、俺は自分の中の疑問を【ファントム】へとぶつけることにする。

「何でって、こいつがまさに〝彩園寺更紗〟だからだろうが。常勝無敗の《女帝》、桜花のエース、６ツ星の超ＶＩＰ……で？　お前はどうして平然と近付いて来れるんだよ。同じゲームに参加してやがるんだよ。お前、彩園寺が怖いんじゃなかったのか？」

「……？　ああ。確かに、俺は〝彩園寺更紗〟が怖くて堪らないけど……」

状況が呑み込めない、という顔で何とも曖昧な答えを口にする【ファントム】。

そんな不可解な言動に対し、俺と彩園寺は思わず「「？」」と目を見合わせて――次の瞬間、ゾクッと急激に嫌な予感に襲われた。……待て、待て、待ってくれ。もしかして、そういうことか？　【ファントム】は〝彩園寺更紗〟に対して強い恐怖心を抱いているのだという。けれど今、彼は彩園寺(さいおんじ)と対面しても平気な顔をしている。怖がっていたり、あるいは強がっているようにはとても見えない。

「ま、さか……」

ポツリ、と、姫路(ひめじ)が微(かす)かに固い声を零(こぼ)した。

「【ファントム】様が《修学旅行戦(フォルティッシモ)》に参加するようになったのは――ルナ島に滞在するようになったのは三年以上前、すなわち更紗様が桜花学園高等部へ入学されるより前の話です。その上で更紗(さらさ)様のことを知っているのであれば、もしかして……」

「――違う、違うよ。お前じゃない」

そんな姫路の推測を遮るように。

仮面の下の視線をしばし彩園寺に向けた後、【ファントム】は静かに首を横に振った。

「いや……まあ、もしかしたらお前が本物の〝彩園寺更紗〟なのかもしれないけど、少なくとも俺が言ってるのはお前のことじゃない。三年前、夏のイベントに〝彩園寺更紗〟として参加してた女……俺に、身の竦(すく)むような恐怖を植え付けてきたあの女だ」

「ま……待って、待ちなさい【ファントム】。それ、一体どういう――」

「でも、変だな。名前だけじゃなくて、確かにあいつの端末反応があったんだけど……」

――と。

そこまで話した瞬間、【ファントム】の表情がさっと青褪(あおざ)めたのが分かった。いや、もちろん仮面は付けたままだ。顔の大部分が隠れたままで、それでもなお〝明らかに顔色が変わった〟と断言できるくらい劇的な変化があった。よく見れば彼の足は小さく震え、首筋には冷や汗まで掻いている。深弦とすみれの二人じゃなくても一目瞭然だ。彼が抱えているのは大きな恐怖。何か恐ろしいものが近付いてきているという予感。

そして――〝彼女〟は、程なくして俺たちの前に現れた。

「……あら？　もしかして、もうゲームは終わってしまったのですか？」

どこか捉えどころがないような、ふわふわとしていて可愛らしい声。

そんな第一声と共に、穏やかかつ上品な足取りでこちらへ近付いてきたのは一人の見知らぬ少女だった。怪盗めいたデザインの仮面で目元が覆われているためはっきりしたことは言えないが、どう見ても整っているだろうと分かる顔立ち。薄茶色のロングヘアはよく手入れされていて、まるで人形のように愛らしい。楚々と歩く姿やきょろきょろと辺りを見渡す仕草など、どこを切り取っても〝可憐〟という印象が常にある。

「間に合わなかったのですね……残念です。わたしが氷菓の誘惑に負けたばかりに……」

しゅん、と項垂れながら、少しばかり寂しそうな表情で手に持ったアイスキャンディーにちろっと舌を這わせる少女。彼女が着ている制服は、少なくとも学園島では見た記憶のないものだ。拡張現実の視界には【バイオレット】なるプレイヤー名が映り込む。

（こいつが、英明のグループチャットで話題になってた【バイオレット】……？）

静かに思考を巡らせながらそっと右手を口元へ遣る俺。……まあ、だとしたら彼女がここにいるのは不自然なことでもないだろう。チップを稼ぐにも【ブラックリング】を集めるにも、ジャックポットタイムは出来れば参加しておきたいイベントだ。

だから、それは良い――のだが、気がかりなのは俺以外の三人の反応だった。【ファントム】の呼吸が乱れまくっているのは先ほどまでと変わらないが、姫路と彩園寺の様子も明らかにおかしい。彼女の姿を一目見た瞬間から、彩園寺は大きく目を見開き、姫路はポカンと口を半開きにして固まっている。まるで、何か有り得ないものを見たとでもいうような硬直だ。二人とも全く言葉を発せずにいる。

「ぁ……あ……」

そして――直後、そんな二人の内心を代弁するかのように、砂浜の上で後退りする【ファントム】が声を震わせながらもどうにか言葉を絞り出した。

「あいつだ――あいつが、彩園寺更紗だ」

(――――は?)

衝撃的な台詞に俺の思考が完全に止まる中、【ファントム】はぐっと下唇を噛むと、俺たちに背を向けて彼方へ駆け出して行ってしまった。よって、この場に残されたのは俺と姫路と彩園寺……それから、例の少女だけだ。緊張と驚愕とその他諸々の感情でドクンドクンと心臓が跳ねる中、俺はじっとその少女を見つめる。

それと時を同じくして――彼女は、長い髪と一緒にゆっくりと顔を持ち上げた。

「でも、落ち込むことはないような気がします。ゲームには遅れてしまいましたが、大事な方の目的はしっかりと果たせたので……さすがわたし、なのでした」

こちらの動揺などお構いなしの穏やかでマイペースな口調。

仄かで可憐な笑みを湛えたまま、彼女は硬直する俺たちに向き直る――。

「久しぶりですね、雪、莉奈――とても、とっても恋しく思っておりました」


……そう。

もしかしたら、俺は気付いていたのかもしれない――【ファントム】の口から彩園寺の名前が出た時点で、その可能性くらいは確かに脳裏を過っていた。その上で、俺は知らないフリをしていたんだ。気付かないフリをしていた。……けれど、ここまで来たらもう認めるしかないだろう。たとえ〝それ〟が俺たちにとって致命的な威力を持つ爆弾だったとしても、見て見ぬフリをしていられる段階はとうの昔に通り過ぎた。

「っ……」

だって――彼女が、彼女こそが。

正真正銘、本物の〝彩園寺更紗〟だったんだから。

教えて姫路さん

ルナ島ってどんな場所？

ルナ島——通称“カジノ島”は世界有数の観光地です。また、学園島の高校２年生にとっては学年別対抗戦《修学旅行戦》の舞台でもあります。ご主人様の負けられない戦いは続きますが……せっかくの観光地ですので、一緒に楽しい時間を過ごしたいですね。

世界有数の観光地

ルナ島は世界遺産級の大自然と最先端の未来都市とが共存するリゾート地です。絶景も娯楽も食事も何もかも膨大で、１年かかっても楽しみ尽くせないと言われています。また、島内の至るところでカジノゲームに挑めるのも特徴的ですね。所持しているチップの数に応じてより珍しい観光名所のあるエリアへと立ち入ることが出来るようになります。

中央の湖は超レアスポット

ルナ島の中央にある湖——“ハイジ湖”は、１０００万枚という桁違いのチップを所持している方でないと訪れることが出来ない秘境中の秘境です。辿り着ける観光客は数万人に一人、とのことですが、ご主人様ならあるいは……と期待してしまいますね。

お金の力で解決も？

表向きにはもちろん禁止されていることですが、ハイジ湖のような例もありますので、カジノゲームに勝つのではなくディーラーを買収するなどしてチップを集めようとする方もいないわけではないようです。ルナ島の沙汰も金次第、といったところでしょうか。

第三章　〝偽物〟の試験

liar liar

＃

――秋、ルナ島、浜辺にて。

《修学旅行戦》初日のジャックポットタイムが終了し、周囲にカジノゲームの参加者がほとんどいなくなってからも、俺たちはその場から一歩も動けずにいた。

「ふふ……♪」

視線の先で、沈みゆく夕陽を背景に穏やかな笑みを浮かべて佇んでいるのは一人の少女だ。仮面によって目元は覆われているものの、全体的な印象としては〝気品がある〟という評価が最も正しいと言えるだろう。薄茶色の長髪はよく手入れされた人形のようで、身長はやや低め。表情から仕草から、自然と人を惹き付ける魅力に溢れている。

（って、いや……そうじゃないだろ）

危うく見惚れそうになってしまったが、ともかく。

〝彩園寺更紗〟――既にこの場から姿を消している【ファントム】は、彼女を指してそんな言葉を口にした。もちろんそれだけなら誤解や勘違いの可能性だってあるが、彼は〝彩園寺更紗〟に強い恐怖を抱いていたわけだ。そんな根本を間違えるとは考えづらい。

それに、彼の発言が間違っていないことは目の前の少女自身が物語っている。

「嬉しいです。まさか、こんなところで再会できるなんて夢にも思っていませんでしたから。雪とも莉奈とも、きっと卒業するまで会えないものとばかり……ですからわたし、本当に驚いています。もしかして、何かのサプライズだったりするのでしょうか？」

仮面の上からでも分かるくらい幸せそうな笑顔を浮かべ、こてんと首を傾げる少女。

彼女が口にしている〝莉奈〟という名前――それが、大きな問題だ。彩園寺の本名である〝朱羽莉奈〟。姫路の方はともかく、こちらは学園島全土を見渡してもほとんど知られていない情報だ。彩園寺家の関係者でない限り知り得るはずのない名前。

それを知っている島外の人物、となれば、その時点で該当者なんて一人しかいない。

「――久しぶりね、更紗。ううん、今は羽衣紫音……だったかしら」

噛み締めるような声音でそんな言葉を零しながら、俺の隣でじっと黙り込んでいた彩園寺がようやく一歩だけ前に足を踏み出した。

「別にサプライズ、ってわけじゃないわ。あたしだって、まさか紫音がここにいるなんて思わなかった。だから、むしろこっちが訊きたいくらいよ。これって何かのサプライズなの？　あたしとユキを驚かせるための手の込んだ策略だったりするのかしら？」

「いいえ、そういうことではありませんよ？　わたしはどこにでもいる普通の高校生ですから、修学旅行でたまたまこの島を訪れていただけです。学園島のイベントが行われているのを知って、こうして抜け出してきてしまいましたが……友人には言伝をしてありますから、きっと大丈夫だと思います」

「……そっか。そういえば、ルナ島は世界有数の観光地……学園島に限らず、色んな学校の修学旅行先に選ばれてるんだったわね。前にちょっと話してたから修学旅行の期間が被ってるのは知ってたけど、まさか場所も同じになるとは思わなかったわ」

「素晴らしい推理です、莉奈。ご褒美を差し上げましょう」

ふわふわとした笑顔のままそう言って、爪先立ちの要領で彩園寺の頭にそっと手を伸ばす羽衣。「んっ……」と無言でされるがままになっている彩園寺の顔色に目の前の少女と同様の〝友人と再会できて嬉しい〟という感情が窺えないわけではないが、どちらかと言えば他の諸々の方が大きいように感じられる。いわゆるバツの悪さと言うべきものだ。が、まあそれもそのはず。

「…………」

羽衣が姿を現してからずっと黙り込んだままの姫路――その表情はいつも通りの涼しげなものだが、加賀谷さんに開発された仮面が彼女の内心を雄弁に物語っている。ピンっと横に張られた薄桃色の猫ひげ。ジト目と共に彩園寺へと向けられたそれは、何かを問い質すような〝抗議〟の色を含んだものだ。

ともかく、姫路は白銀の髪をさらりと揺らしながら改めて対面の少女に向き直る。

「……更紗様。いえ、今は紫音様とお呼びした方がよろしいでしょうか」

「ふふっ……そうですね。一年半ぶりです、雪。雪は何事もなく息災でしたか？」

「はい。わたし自身は何ともありませんが……その。ご無事だったのですね、紫音様？」

「？　ええ。それはもう、脈々と続く強い血筋ですから。スギ花粉以外には負けません」

羽衣と絶妙に噛み合わない会話を交わした後、ちらりと彩園寺を盗み見る姫路。……まあ、噛み合わないのは当然のことだろう。だって羽衣の境遇は、姫路の知っている事実とは大きく食い違っている。そして、その〝嘘〟の仕掛け人は紛れもなく彩園寺だ。

「……う。分かった、分かったわよ」

そんな姫路の透明な視線から逃れるように豪奢な赤髪をゆるゆると振ってから、彩園寺は諦めたように小さく両手を持ち上げた。容疑は全て認める、と言わんばかりのホールドアップ。眼鏡の奥の瞳を微かに揺らしながら、彼女は少しだけ固い声音で続ける。

「そうよ。ユキの言う通り――いいえ、ユキの思ってる通り、あたしは紫音とユキに対してずっと嘘をついてたわ。紫音は何者かに〝誘拐〟されたって。だから、誘拐犯を誘き出すためにあたしが〝替え玉〟をやることになったんだって」

「誘拐？　……びっくりです。わたしは、今までずっと誘拐されていたのですか？」

「ええ。表向きには……じゃなくて、裏向きにはね。一応、学園島的にはあたしが〝彩園寺更紗〟だってことになってるわ。誘拐云々、っていうのは彩園寺家の人たちを騙すための二つ目の嘘。……要するに、あたしの嘘は二重構造なのよ。そうやって誰にもバレないように気を付けながら紫音を島から連れ出した、ってわけ」

「？　ですが、わたしが本土へ渡ることになったのはお爺様の言いつけだと……」

「そう伝えたのはあたしでしょ？　ごめんね紫音、あれ嘘だから。戸籍を変えたのも、名前を変えたのも、髪型とかメイクを変えてもらったのも、全部あたしの嘘がバレないようにするためよ。彩園寺家は今でも血眼になってあなたのことを探してるわ」

「なんと……世紀の大奇術にでもかかったような心持ちです」

驚きと関心が混じったような声音でそんなことを言う羽衣。……まあ、それはそうだろう。これまで彩園寺は例の嘘をひた隠しにしてきた。一つ目だけならまだしも、二つ目の嘘を知っていたのは俺だけ……それも、ほとんど事故みたいなものだ。姫路にも羽衣自身にも、彼女が二重の嘘をついていることは知られていなかった。

「……つまり、こういうことですか？」

彩園寺の話を咀嚼し終えたのか、身体の前で両手を揃えた姫路が透明な声音で呟く。

「紫音様は、最初から誘拐なんてされていなかった……彩園寺家を巡る陰謀論等は全てデタラメで、実際は何もかもリナに仕組まれていた。紫音様は他でもないリナの企みでこっそり本土へ連れていかれ、偽物の戸籍で高校生活を送っていた……と？」

「う……ま、まあ、そういうことになるわね」

胸元でぎゅっと腕を組みつつ、動揺交じりの声音で姫路の追及に肯定を返す彩園寺。対する姫路は、相変わらず静かな表情を保ったままじっと何かを考え込んでいる。

「あの……すみません、莉奈」

と、そこで、ふわりと人形みたいな髪を揺らした羽衣が再び口を開いた。

「状況はおおよそ理解できたのですが……莉奈は何故そのような嘘をついたのですか？」

「……いいじゃない、理由なんか」

「良くありません。このままでは気になって夜も眠れず、毎日楽しみにしている朝の占いを見逃してしまいます。どうして誘拐などという突飛な行動に出たのですか？　どうして雪にもわたしにも内緒だったのですか？　不思議です、気になります。多分……いつもの莉奈なら、もっと分かりやすく教えてくれると思うのですが」

「うっ……それは、そうなのだけど」

痛いところを突かれた、といった表情で呻く彩園寺。……いつもの、というのは、おそらく中学時代を指しての言葉だろう。本物の〝彩園寺更紗〟は一般的な学校には通っておらず、専属の家庭教師が勉強を教えていたと聞いている。ならば当然、姫路や彩園寺と一緒に授業を受けるような機会もあったはずだ。

（……ちょ、ちょっと篠原！）

と——そんな光景を脳裏に思い浮かべた瞬間、不意に強い力で制服を引っ張られた。同時、ぐいっと整った顔がこちらへ近付いてくる。仄かに色づいた肌に、頬をくすぐる赤の長髪。囁くような吐息に鼓膜を撫でられて思わずドキッとしてしまう。

（って……い、いきなり何だよ彩園寺⁉）

（何だよじゃないわよ……！　い、言い訳！　何か上手い言い訳とかないかしら⁉）

（いや、ここまで来たら言い訳も何もないだろ……もうバレてるんだから）

（そうだけど！　でも、ここで答え方を間違えたら一巻の終わりでしょ⁉　あんたも共犯なんだから一緒に考えなさいよ！　……っていうか、お願いだから考えて！）

（え、ええ……うーん、じゃあ……）

近すぎる距離感に冷静さを失いかけながら、どうにか思い付いた〝理由〟をこそっと彼女に耳打ちする俺。それで初めて距離を自覚したのか「っ⁉」なんて過剰反応をしていた彩園寺だったが、やがて大きな深呼吸を挟んでから目の前の少女に向き直る。

そうして、気取った仕草で赤いフレームの眼鏡を持ち上げながら――一言、

「理由、理由ね。そんなのちょっと考えれば分かることじゃない。紫音の替え玉になるってことは、あたし自身が彩園寺家の長女になれるってことだわ。学園島一のＶＩＰ……そうよ、あたしだってみんなにお嬢様扱いしてもらいたかったんだもの、っ‼」

「………ふふっ」

「！　ちょ、ちょっとユキ、何で笑ってるのよ⁉　結構シリアスな場面じゃない！」

「い、いえ……その、邪魔をするつもりは全くなかったのですが。ただ、リナと〝お嬢様扱い〟という単語があまりにも結び付かなくて……」

「っ……あ、あたしだってそう思ったけど、でも篠原が！」

微かに頬を赤らめながらびしぃっと人差し指を突き付けてくる彩園寺。……まあ、確かに俺にも多少の責任はありそうだが、とはいえ今回は前提からして無理がある。

「しのはら……？」

そんなことを思いながら俺が肩を竦めていると、不思議そうに首を傾げた羽衣が鈴の音のような声で囁いた。そうして彼女は、楚々とした仕草でこちらへ向き直る。

「そういえば、あなたとはまだご挨拶をしていませんでしたね。大切な再会に気を取られて礼儀を欠いてしまいました。改めて、お初にお目に掛かります――わたしはごく普通の高校生、羽衣紫音です。そして……驚愕の事実をお伝えしますが、なんと偽名です」

「……知ってるよ。俺は篠原緋呂斗だ、偽名じゃなくて本名な。本物の〝お嬢様〟のことは話だけ聞いてたけど……何か、アレだな。意外に堅苦しい感じじゃないんだな」

「もちろんです。高飛車な態度など取っていたらすぐに身元が割れてしまいますから。なので、今のわたしはどこにでもいる女子高生。将来の夢はゆーちゅーばーです」

そう言って、嫋やかな手付きでどこぞの配信者の物真似をする羽衣（やたら可愛い）。

「と、それはさておきまして……まだ肝心なことが聞けていません。篠原さん、篠原緋呂斗さん。彩園寺家の従者にそのような方はいなかったと記憶していますが、あなたは一体どちら様ですか？　わたしの敵ですか、それとも味方ですか？」

　少しだけ警戒の混じった声音で投げ掛けられた真っ直ぐな問い掛け。……まあ、彼女の立場からすれば当然出てくる疑問だろう。彩園寺家の元メイドである姫路と、現在進行形で羽衣の替え玉を務めている彩園寺。彼女にとって〝親友〟にあたる二人に囲まれて見知らぬ男が立っていたら、そんなの違和感しか持てないに決まっている。

（全部説明するのは面倒だけど、適当に誤魔化すわけにはいかないし……）

　しばし黙考してみるが、なかなか答えは出てこない。

　するとその時、俺のすぐ隣に控えていた姫路が白銀の髪を揺らしながら口を開いた。

「代わりにわたしがお答えします。ご主人様はわたしのご主人様ですよ、紫音様——現在の学園島で最も高い等級を有し、史上初の8ツ星になるかもしれないお方です」

「！　やつぼし……というお菓子は残念ながら知りませんが、それ以上に驚きの言葉が聞こえてしまいました。雪……今、この方のことを〝ご主人様〟と言いましたか？」

「はい、言いました。それはもう、間違いなく言い切りました」

「な、なんと……」

　くらっと身体をよろめかせるようにして驚愕を露わにする羽衣。……考えてみれば、彼女は姫路の〝元ご主人様〟にあたる存在なわけだ。そういう意味では色々と思うところがあるのかもしれない。

俺の推測を肯定するかのように、羽衣は柔らかそうな頬をぷくっと膨らませる。

「そうですか……雪が今仕えているのは莉奈ではなくてあなたなのですね。毎日のようにご主人様と甘く呼ばれているのですね……」

「甘いかどうかは知らないけど、まあそうだな」

「羨ましいです……雪、以前は確かにわたしのお嫁さんになりたいと言ってくれていたのに。いつの間に反故にされてしまったのでしょう……しくしく」

「……違います、紫音様。あれは単に〝敬愛しています〟くらいの意味ですので……それに、そもそもご主人様という呼び名とお嫁さん云々は全く関係がありません」

「そうなのですか？　ご主人様↓主人↓旦那、というような変換をするものとばかり」

「あの、今後ご主人様をお呼びしづらくなりますので……」

ちらっとこちらに澄んだ碧眼を向けて、少しだけ頬を赤らめたかと思うと直ちに視線を逸らす姫路。あまりにも可愛すぎるその仕草に俺の呼吸がほんの一瞬止まりかける。

「っ……こ、こほん」

その辺りで、当の姫路がわざとらしい咳払いを零して話の流れを断ち切った。

「ともかく、です。随分と話が飛んでしまいましたが……リナが紫音様にも、そしてわたしにも嘘をついていた理由は当然ながら〝お嬢様扱いされたかったから〟などではありません。いくらリナでもさすがにそこまで無鉄砲ではないと思いますので」

「なるほど……では、他にどのような理由が？」

「はい、紫音様。リナが嘘をついていたのは、端的に言ってわたしたちを巻き込まないためです――もちろん推測に過ぎませんが、この嘘は全て〝紫音様を学園島から脱出させること〟が根幹になっているのでしょう。《決闘》で埋め尽くされた学園島での三年間ではなく、ごく普通の高校生活を紫音様にプレゼントすることが」

「え……ですが、わたしがそのような望みを口にしたことなど一度もないはずです。普通の生活に憧れていたことは確かですが、言うとお爺様に叱られますから……なので、莉奈にも雪にも話していません。その推理は矛盾しています」

「紫音様の視点ではそうですね。ただ――怒らないで欲しいのですが――わたしは、紫音様の寝言を毎日のように聞いていました。多くの場合はリナも一緒に、です」

「！　う……雪は、時々とても意地悪です」

右手を頬の辺りに添えながら、恥ずかしそうな声音で囁く羽衣。そんな彼女の姿を見て愛おしそうにふわりと口元を緩めると、姫路は穏やかな口調で言葉を継いだ。

「紫音様の本音を知ったリナは、それを叶えることにしたのだと思います。ですが、彩園寺家の現当主は厳格で知られる政宗様。自らの考えを曲げることなど有り得ません」

「そうですね。お爺様はとっても頑固ですから……」

「はい。そして、紫音様が桜花学園の新入生として星獲りゲームに参戦し、彩園寺家の後継者たる才を示す……というのは、政宗様にとっての既定路線でした。学園島の外に出たいなんて、掛け合ったところで一蹴されるに決まっています。……だから、なのだと思いますよ？　相談しても通らないから、リナは〝誘拐〟を計画したんです」

「？　いえ、それでも……だとしても、せめて雪には計画を伝えておいた方が良いような気がしませんか？　雪は一騎当千の従者でもありますから、協力すれば作戦の成功率は飛躍的に上昇します。それに、肝心のわたしが何も知らされていないのは……？」

「おそらく、ですが。……リナは、最初から嘘がバレた時のことまで考えていたのだと思います。想像してみてください、紫音様。彩園寺家の跡継ぎの座を替え玉という形で奪い取り、紫音様を《決闘》に参加させなかったどころか本土へ追いやった不届き者……間違いなく政宗様の逆鱗に触れるでしょう。それはわたしや紫音様であっても、です。だからリナは、最後まで〝共犯者〟を作らないようにしていたのだと思います」

姫路の澄んだ碧眼と、それから羽衣の窺うような視線が揃って彩園寺に向けられる。

「…………」

対する彩園寺の方はと言えば――おそらく、覚悟を決めたんだろう。一瞬だけ俺の目を見て小さく頷くと、姫路と羽衣の二人に身体を向け直してから堂々と口を開く。

「ええ――そうよ、そういうこと」

少しだけ固い声音で放たれたのは、一切の誤魔化しを捨てた肯定の言葉だ。

「ユキの推測は大体全部合ってるわ。あたしは紫音の本音を知って、一人で勝手に誘拐を計画した。で、そのままじゃいつか見つかっちゃうと思ったから、紫音の捜索を打ち切らせるためにあたし自身が〝替え玉〟として立候補した。全部、全部大正解よ」

「ん……もう、誤魔化さないのですね」

「誤魔化す材料が一つも残ってないんだもの。そんなところで頑張るくらいなら、こっちの方がよっぽど建設的だわ——ねえ、二人とも。ちょっとお願いがあるのだけれど、さっきの話は全部聞かなかったことにしてくれないかしら？」

そっと右手を腰へ遣りつつ、豪奢な赤髪を揺らして静かに告げる彩園寺。

姫路と羽衣が怪訝な顔で首を傾げる中、彼女はあくまでも真剣な口調で告げる。

「もちろん、知らないフリで構わないわ。ユキは今まで通り紫音が誘拐されたままだって信じててくれればいいし、紫音は今まで通り彩園寺家の指示で〝普通の高校生〟をやってるって思っててくれればいい。そうすれば何の問題も起こらないもの」

「……莉奈、それは本気で言っていますか？　理解に苦しみます……そのような選択、莉奈一人に罪を被せているだけではありませんか。非道です、極悪です」

「それでいい、って言ってるのよ。同じ罰を受けるなら三人よりも一人の方がマシでしょう？　っていうか、あたしが勝手にやったことで二人が罰を受ける方がおかしいわ」

「む……今度は理詰めです。莉奈が、わたしを言いくるめようとしてきます」

納得できない、という声を漏らす羽衣と、無言のままではあるが頬の猫ひげをぷいっとそっぽへ向けている姫路。……まあ、無理もない。感情を排して効率を取るなら確かに彩園寺の言う通りかもしれないが、背景やら意図やらを全て知った上で今の提案を呑むのは誰だって抵抗があるだろう。親友同士、という間柄なら尚更だ。

そして——、

「……分かりました」

そのまましばしの時間が経過した頃、右手をそっと頬に当てながら考え込んでいた羽衣が不意にこくりと首を縦に振った。彼女は戸惑う彩園寺を他所に楚々とした足取りで俺たちの方へ近寄ると、ふわりと上品な仕草で白銀の髪の元従者へと手を伸ばす。

「え……し、紫音様？」

「雪、こちらへ来てください。大事な、とても大事な——作戦会議の時間です」

穏やかで清楚な中に、何かを企んでいるような悪戯っぽい笑みをくすりと咲かせて。

羽衣紫音は、姫路の手を引いたままくるりと俺たちに背を向けた。

＃

「はぁ～あ……」

数分後。

岩陰へ向かう二人の背を見送りながら溜め息を吐いたのは、他でもない彩園寺だった。先ほどまでの堂々とした態度はどこへやら、くしゃっと歪んだその表情には隠し切れない弱音が浮かび上がっている。どうやらかなり虚勢を張っていたようだ。

「お疲れ、彩園寺。……まあ、アレだな。どんまい」

「気軽に言わないでよ……ばか」

むっと責めるような声が飛んでくるが、それすらもどこか弱々しい。やがて立っているのも億劫になったのか、彼女は近くにあったベンチにすとんと腰を下ろした。

「最悪ね……まさか、こんな形でバレるだなんて思わなかったわ。せっかく三年間騙し切れそうだったのに……罰を受けるのはあたしと篠原だけで済むと思ってたのに」

「……俺はしれっと頭数に入ったままなんだな」

「！　な、何よ、今さら逃げるっていうの？　そんなことしたらあんたの嘘だって――」

「逃げねえよ。……前にも言っただろ？　お前に嘘はつかないって」

相当にメンタルが弱っているらしく、すぐに狼狽したような様子を見せる彩園寺。そんな彼女を安心させるように断定口調でそう言って、俺も隣に腰掛けることにした。あまり大きなベンチではないせいで、座った拍子に肩と肩が微かに触れ合う。

それを意識の中に入れないようにしながら、俺はゆっくりと言葉を継いだ。

「っていうか、俺だけは自業自得だからな……俺もとんでもない嘘をついてて、それがお前の嘘とたまたまぶつかった。だから、お互いの嘘を守るために〝共犯関係〟を結ぶしかなかったんだ。けど、姫路とあいつ……羽衣か？　あの二人はそうじゃない」

「ええ。だって、あたしが勝手に計画した〝誘拐〟に巻き込まれたってだけだもの。ユキたちがどんなに抗議してきたって意見を変えるつもりはないわ。……でも」

しゅん、と微かに項垂れて、恐る恐るといった口調で言葉を紡ぐ彩園寺。

「怒ってるんじゃないかしら……？」

「怒ってる、って……姫路たちが、か？」

「そうよ。……もちろん、あたしが嘘をついてたのは二人に罪を被せないためだわ。それは心の底から断言できる。でも、そうだとしても騙してたのは確かじゃない。ユキと紫音を一年以上も欺き続けてた事実は変わらないじゃない」

赤の長髪をさらりと揺らしながらそう言って、彩園寺は小さく顔を持ち上げた。眼鏡越しの紅玉の瞳が向けられるのは、姫路と羽衣が消えた岩陰の方角だ。

「別に綺麗事を言ってるわけじゃないわ。だって、ユキは紫音の付き人だったのよ？　十年近く前から一緒に暮らしてて、家族よりも近くて深い仲だった。それを〝誘拐〟だって言っていきなり離れ離れにしたんだから、そんなの酷い話じゃない」

「ん……」

肯定とも否定ともつかない声を零す俺。……あの姫路が彩園寺の思惑に全く気付かないなんてことがあるだろうか、という疑問はあるが、少なくとも彩園寺の意見そのものが間違っているとは思わない。確かに、罪悪感を覚えるのも無理はない状況だ。

「それに、紫音だってそうよ。嘘を成り立たせるためにあたしだけは定期的に連絡してたけど、それ以外は家族とのやり取りも一切なし。雪に会いたい、って何度言われたか分かんないわ。で、その度に思っちゃうのよ。あたしのやってることって本当に意味があるのかな、って。紫音が〝普通の高校生〟に憧れてたのは本当だけど、それってユキと会えなくなってまで望んでたものだったのかなぁって」

膝の上に乗せた両手をぎゅっと握り締めつつ、掠れた声で呟く彩園寺。

その気持ちは理解できる、が……まあ、それも疑問と言えば疑問だろう。箱入りだった彩園寺家のご令嬢がいきなり〝学園島外での生活〟を命じられる、というのがそもそもおかしな状況だし、当日は見送りも何もなかったはずだ。羽衣が何かを悟っていた可能性は充分にある。けれど、残念ながらそれをこの場で確かめる術はない。現時点で分かっているのは、とにもかくにも彩園寺が凹んでいるという事実だけだ。

だから、というわけでもないのだが。

「……何だよ、お前。そんなことで悩んでたのか」

俺は、あえて口元を緩めながらそんな言葉を口にした。瞬間、隣に座る彩園寺が戸惑ったような反応を顔に出し、その後「な、何よそれ――」と噛み付こうとしてくるのが分かったが、構わずに言葉を重ねることにする。

「分かってるよ。その悩みが重大なものだっていうのは俺にも分かってる。でもさ、そんなの今さらだろ？　お前のことだから、どうせ一年半前も同じことでめちゃくちゃ頭を悩ませたんだろうが。どっちの方が羽衣にとって幸せなのかって、どうやったら姫路に辛い思いをさせずに済むのかって、考えて考えて考えまくったんだろうが」

「う……そ、そうよ。すっごく悩んで、いつまで経っても答えが出せなくて、柄にもなく眠れない夜なんか過ごしたりしたわ。多分、一生分は悩んだわね」

「それだけ悩んで出した答えならいいじゃねえか。……別に、どっちが正解とかって話じゃないだろ。確かにお前はあいつらを騙すことになったかもしれないけど、おかげで羽衣は夢だった〝普通の高校生活〟を手に入れた。姫路も、間接的にではあるけど親友の〝願い〟を叶えることが出来た。少なくとも、これはお前が〝誘拐〟を選んでなければ絶対に起こらなかった奇跡だ。多分、他にも色々あると思うぞ？　そうだな、例えば……」

「……へ？」

「ん……例えば、篠原と出会えたり、とか？」

「え？　……って、へあっ!?　な、なしなし！　今のなしっ！　あれだから、単に思い出しちゃっただけ！　色んなことを思い出そうとして、その中にあんたとの出会いがあっただけ！　べ、別に大切な思い出として意識してるわけじゃないんだからっ！」

かぁっと耳まで赤くしてマシンガンの如く否定の言葉を飛ばしてくる彩園寺。その勢いに釣られて俺の方まで照れてしまいそうになるが、どうにか平静を保って続ける。

「ま、まあ確かに、お前がそんな嘘をついてなきゃ俺が〝偽りの7ツ星〟になることもなかったわけだからな。そう考えれば、俺の〝最強〟もお前の嘘の副産物か」

「そ、そうよ。今あんたが学園島中で最強だって持て囃されてるのはあたしのおかげなんだから。感謝して欲しいくらいだわ」

「はいはい」

苦笑交じりにそう言って小さく肩を竦める俺。照れている時の彩園寺は普段とのギャップによる破壊力がありすぎて、話題を変える以外に防御手段がないのが困りものだ。

「まあ、とにかく……要は、今さら悩む必要なんかないってことだよ。そりゃ姫路たちが怒ってる可能性が全くないとは言わないけど……」

「けど、何よ？」

「……その場合は、俺も全力で謝るってことで」

大した打開策も思い浮かばず、頬を掻きながら平凡な答えを口にする俺。また呆れられるかとも思ったが、そんな予想に反して彼女はくすっと柔らかく微笑むと、下から覗き込むような形で紅玉の瞳を俺に向けて――

「ふふっ。……そうね、それならとっても心強いわ」

——珍しいくらい素直な声音で、囁くようにそう言った。

♯

姫路と羽衣の二人が戻ってきたのは、それから十分ほど後のことだった。

ベンチの前に俺と彩園寺、その対面に羽衣、そして審判のような立ち位置に姫路……という変則的な構図で向かい合う。俺と彩園寺が肩を並べること自体があまりなく、姫路が隣にいないタイミングなんかもっと少ないため、何とも違和感のある対面だ。

そんな中、優美な佇まいのまま穏やかに口火を切ったのは羽衣紫音その人だった。

「お待たせしてすみません、莉奈。それから篠原さんも。早速ですが、協議の結果をお伝えしたいと思います——わたしと雪の総意を、お話ししようと思います」

「……ええ、いいわ。聞かせて、紫音」

「はい。まずは、何より先に……莉奈に、たくさんのお礼を言わなくてはなりません」

「え……お礼？」

羽衣の唐突な発言に対し、俺の隣の彩園寺が豪奢な赤髪を揺らして疑問を露わにする。

「どういうこと……？　あたし、てっきり文句を言われるものかと思っていたのだけど」

「文句？　何故、わたしが莉奈に文句を言わなければならないのでしょうか？」

「何故って、そんなの当然じゃない。あたし、ユキのことも紫音のこともこれまでずっと騙してたのよ？　軽蔑されても仕方ないかもって、そう思っていたのだけど……」

「軽蔑、など……有り得ません。全くもって、そのようなことはありません」

静かに首を横に振って、羽衣は穏やかながらはっきりと彩園寺の指摘を否定する。

「何故なら、莉奈のおかげで、わたしは今とても幸せな日々を過ごしていますから。知っていますか、莉奈？　普通の高校生は、大勢で一緒に授業を受けるのです。休み時間にはクラスメイトと他愛のない雑談に興じて、試験で良い点を取るとびっくりするくらい持て囃されて、体育の長距離走では後ろの方を歩いていると怒られて、帰りには洋風の喫茶で友人とお茶を楽しんだりするのです。そのような世界があるということも、それがこれほど楽しいということも、わたしは全く知りませんでした。全て、莉奈が教えてくれたんですよ？　莉奈がわたしの世界を広げてくれたんです」

「っ……」

「……泣き出しそうなところ申し訳ありませんが、リナ。それに関してはわたしも同意します。改めて、紫音様の親友がリナで良かったと心の底から思っています」

「はい。きっと、お爺様の行った最大の功績ですね。……ただ、ですよ？」

もう少しで涙腺が崩壊しそうなほど表情を歪めた彩園寺に対し、羽衣が微かに声を変えてみせた。桜色の唇を笑みの形に緩め、そっと人差し指をあてがった悪戯っぽい笑顔。一目で相手を虜に出来そうなくらい魅力的な表情で、彼女は嫋やかに告げる。

「一つ、懸念があるのです——わたしの代わりに〝彩園寺更紗〟として振る舞ってくれている莉奈と、わたしの代わりに〝7ツ星〟として君臨してくれている篠原さん」

「……いや、別に俺はお前の代わりに7ツ星をやってるわけじゃないんだけど」

「実質、ということですよ。もしもわたしが〝彩園寺更紗〟として桜花学園に入学していたら……お爺様の思惑通りに彩園寺家の跡継ぎとしてお披露目されていたとしたら、きっと7ツ星になっていたはずです。何故ならわたし、とっても強いので」

にっこりと笑う羽衣。冗談めかしているようにも聞こえるし、一から十まで本気で言っているようにも聞こえる。何というか、本当に不思議な少女だ。

とにもかくにも、羽衣は続ける。

「現在も莉奈の嘘が続いているのですから、今のところ上手く行っているのだろうとは思います。ただ、今後もそうなるとは限りません。ですから、試させてほしいのです——莉奈と篠原さんが、本当にわたしの代わりとして相応しいのかどうか。それを確認させてほしいのです。そうでなければわたし、安心して普通の高校生を続けていられません。つまり、これは試験です。決して一年半も会えなかったから寂しくて甘えているだとか、雪を取られて嫉妬しているだとか……そういうことではありませんから」

「……本当に？」

「本当です。わたし、嘘などついたことはありませんよ？」

そこまで言って、羽衣はくすっと口元を緩ませながら人形みたいに長い髪をふわりと揺らしてみせた。派手さはなくとも見る人を惹き付ける上品な所作。目には見えない風格のようなものを漂わせつつ、彼女はふわふわとした口調で言葉を継ぐ。

「ルールはこうです、お二人とも――今からちょうど三日後、そちらの《修学旅行戦》が終わった後すぐに〝ハイジ湖〟まで来てください。この島で最も美しく、最も有名で、最も訪れたい方が多いと言われる風光明媚な湖……出来ることなら雪にも一緒に来て欲しいですが、少なくとも莉奈と篠原さんがこの条件を達成できれば試験は〝合格〟といたしましょう。素敵なプレゼントを用意してお待ちしていますね」

「ハイジ湖、って……本気で言ってるの、紫音？　それって、確かSランクエリアのド真ん中じゃない。1000万枚以上のチップを持ってなきゃ入れない秘境中の秘境だわ」

「はい。ですから、そこを指定しています。辿り着けるのは数万人に一人……ですが、わたしは【バイオレット】として今日だけで200万枚近いチップを稼いでいます。三日後までにはきっとSランクエリアに到達できるでしょう。そして、わたしに出来ることが出来ないなら、お二人をわたしの代役として認めるわけにはいきません。不合格です」

「不合格……だったら、何だっていうのよ？」

「もちろん、その場合はわたしが学園島に戻りますよ？　彩園寺更紗その2として、下剋上の物語を始めます。そして、ついでに雪も返してもらいます」

「って……は、はぁ!? ちょ、何言ってるのよ紫音!?」

「……あの、紫音様。ついでに、の方はわたしも初耳なのですが」

「はい、言っていませんから。……だって雪は、篠原さんが負けるとは少しも思っていないのでしょう? それなら、この条件でもきっと問題ないはずです」

くすっと笑みを浮かべる羽衣に対し、何も言えずに黙り込む俺と姫路と彩園寺。

彼女の示した〝ルール〟とやらをまとめると、つまりこういうことだ——今から丸三日後、《修学旅行戦》の終了後までに、俺と彩園寺が1000万枚のチップを集めてSランクエリアに到達すること。これが達成できなければ試験は〝不合格〟だ。俺たちは羽衣の代役として認められず、彼女が学園島に戻るという。それは、端的に言って、俺と彩園寺の抱えてきた〝嘘〟を一瞬で崩壊させる最悪の行動だ。

「ま……待って、待ちなさい紫音」

だからこそ、豪奢な赤髪を揺らした彩園寺が慌てたように言葉を続ける。

「そんなことしたら今までの全部が台無しになるじゃない。あたしが罰を受けるのはいいとして、紫音だってずっと窮屈で縛られた生活をすることになる……それでいいの!?」

「いいえ? ちっとも良くありません。わたし、今の生活が大好きですから」

「なら——っ」

「ですから、合格して欲しいのです。というか、多分……この条件もクリアできないようだと、バレますよ？　いつか、わたしよりもずっと強い〝敵〟が現れた時に」

彩園寺の反論を華麗に受け流し、仄かな笑みを浮かべる羽衣。相変わらず本気とも冗談ともつかない口振りだが、不思議と筋道が通っているように聞こえてしまう。彼女の持つオーラというか雰囲気のような何かに呑まれて、納得させられてしまう。

　そこで、しばらく黙っていた姫路が嘆息交じりに口を開いた。

「ちなみに……先ほどこの話を聞いた際、わたしはもちろん反対しました。ですが紫音様に懇願され、押し切られてしまったような形です。基本的にはいつも通りご主人様のサポートをいたしますが、紫音様とのホットラインだけは常に繋がせていただければと」

「ホットライン？　それは、つまり雪がわたしに甘えるための回線ということですか？」

「そういうわけではありません。紫音様は確かにお強いですが、放っておくと調子に乗って自滅する危険性がありますので……実を言うと、この試験は紫音様が致命的敗北に陥るのが最悪の結末なのです。仮面が壊れて紫音様の素顔が晒されれば、その時点でほぼゲームオーバーですからね。それだけはわたしの方で阻止させていただきます」

「ふふっ……嬉しいです。雪に力を貸してもらえればわたし、百人力ですよ」

「……ええと、喜んでいる場合ではないのですが」

　困ったように呟く姫路だが、頬に入った猫ひげメイクはほんの少しだけ嬉しそうに揺れている。……まさしく主に振り回されるメイド、といった様相だ。もしかしたら、以前はこういったやり取りが日常の一場面だったのかもしれない。

瞬間——ふわりと人形みたいな髪を揺らして、羽衣は改めて俺と彩園寺に向き直った。

「ともかく……わたしの〝試験〟は先ほどお伝えした通りです。三日後までに1000万枚のチップを集め、ルナ島Sランクエリアにあるハイジ湖を訪れること。もちろん、お二人を呼びつけるのですから、わたしも進入権利を手に入れます。篠原さんには申し訳ありませんが、雪の力を少しだけ借りて……致命的敗北に陥らないように」

「……あたしたちからチップを奪い過ぎないように、って注釈は入らないのかしら？」

「ふふっ……どうでしょう？　わたしはごく普通の高校生ですから、きちんと効率を考えてゲームを進めます。ですから、お二人が〝稼ぎやすい〟相手だと思ったら狙い撃ちにしてしまうかもしれません。……二人とも、頑張ってくださいね？」

言って、くすっと魅惑の笑みを浮かべる羽衣。

対する俺と彩園寺はどちらからともなく目を見合わせるが、どうやらこの決定は覆らないらしい——三日後までに、累計1000万枚のチップを獲得すること。これが出来なければ、俺も彩園寺も途端に破滅だ。羽衣がどこまで本気で言っているのかは不明だが、だからこそ無下には出来ない。俺たちは、昨年トップの【ファントム】すら上回る途方もない量のチップを最終日までに稼ぎ切らなきゃいけない。

（それも、ただでさえ厄介な学園島の二年生連中を相手に、だ――）

……知らず知らずのうちにぎゅっと強く拳を握る俺。

こうして、《修学旅行戦》と並走するもう一つの試験が静かに幕を開けることとなった。

♯

――ルナ島滞在一日目、夜。

羽衣たちと別れた俺と姫路は、英明学園が借り切っているホテルに戻ってきていた。

場所としては、Cランクエリアの中継区画と呼ばれる辺りだ。大きな特徴こそないものの、様々な区画にアクセスしやすい中間点。数千人単位での貸し切りとなると当然ホテル一棟じゃ足りないため、同級生たちは隣接する複数のホテルに散らばっている。

そうして現在は食事を終え、午後十時を回って完全な自由時間に入ったところだ。

「くぁ……」

不意に眠たげな声が室内に響く――そいつを発したのは俺と同室の辻友紀だ。彼はダボっとした黒のスウェットを身に纏い、ベッドのヘッドボード部分に背中を預けて座っている。男女共用の服装だともはや可愛い女の子にしか見えないのが困りどころだ。

「眠そうだな、辻。そろそろ電気消しとくか？」

「ん……そうだね。でも、せっかくだしもうちょっと喋ってたいっていうか……くぁ」

「……そうか。まあ、だったら良いんだけど」

とろんとした目をこちらへ向けながら微妙に呂律の怪しい声でそんなことを言う辻に対し、俺は色々なことを諦めてバフっと背中からベッドへ倒れ込んでしまうことにした。ついでに両目も瞑り、どうにか思考のリソースを確保する。

「ふう……」

正直に言って、考えなければならない課題は山積みだ。《修学旅行戦》の攻略法に【ファントム】の代わりとなる【ストレンジャー】の確保、さらには本物の〝お嬢様〟であるところの羽衣紫音から突き付けられた超高難度の試験。今日は上陸初日ということもあって満足には動けなかったが、明日からは本格的に攻略を進める必要がある。

と――そこまで考えた辺りで、右耳のイヤホンにザッと軽いノイズが走った。

『にっひっひ……その辺のサポートはおねーさんたちに任せてねん、ヒロきゅん。【ブラックリング】の解析は大体終わったし、稼ぎやすいゲームの目星も付いたから』

『うん！　楽しみにしててね、お兄ちゃん。【ブラックリング】を凌駕するくらい最強なわたしの《魔眼》で、お兄ちゃんのチップもあっという間に一億倍！』

耳元で悪そうな笑みを零す加賀谷さんと、旅行先ということもあってか――または極秘任務に当たっているせいもあってか――いつも以上にはしゃいでいる様子の椎名。それに対して俺が何となく微笑ましい感情を抱いていたところ、イヤホンの向こうの加賀谷さんが不意に少しだけ声を潜めて続けた。

『あ、それと……お待たせヒロきゅん、【ファントム】の正体がやっと判明したよん』

『これまでは学園島外の有力者ばっかり調べてたんだけど、ヒロきゅんが良いところに気付いてくれたからねん。元学園島の在籍者……当たってみたら一発だった』

『まず、名前は竜胆戒。竜胆家の長男で、ヒロきゅんたちと同い年だよ。竜胆家、っていうのはいわゆるお金持ちの家だね。現当主は十七番区天音坂学園の学長で、その方針は偏に〝才能重視〟……厳選に厳選を重ねた少数精鋭で戦う、って感じかな』

『で——実は、そこの長男が三年前から行方不明になってるんだよねん。天音坂の中等部から籍が消えて、なのに竜胆家は何の声明も出してない。で、それが【ファントム】の出現時期と完全に一致してる……っていうか、【ファントム】が《修学旅行戦》で手を貸すのはこれまでずっと天音坂だったわけだからね。ほぼ確定でいいはずだよん』

加賀谷さんの説明を咀嚼しながら俺は静かに黙り込む。……なるほど、それは確かに同一人物だと思ってしまって良さそうだ。他学区の学長クラスなら三年前の彩園寺——すなわち羽衣と面識があった可能性もないではないし、条件としては完璧だろう。

（まあ、今となっては正体が分かったところでどうしようもないんだけど……）

もう少し早く気付いておけば、とは思うものの、今さら後悔したって仕方がない。

と、そんな折——

「……ん？」

不意にコンコンっと軽やかな音が響いた気がして、俺は瞼を持ち上げた。半分夢の中にいる辻は気付かなかったようだが、イヤホンからの音がぱたりと消えたところを見るにノックがあったこと自体は確かだろう。静かに身体を起こして玄関へ向かう。

そして、特に心の準備をするでもなくガチャリと扉を開ければ――そこには、

「あ、えっと……こんな時間にごめんね、篠原くん。ちょっとお邪魔してもいいかな？」

「同じく、夜分遅くに失礼いたしますご主人様。二人して押しかけてしまいました」

「――――――」

声を潜めてそんなことを言ってくる二人の少女に、俺の思考が完全に停止する。

いや――いや、何も予想外の来訪者というわけじゃない。目の前にいるのはついさっきまで一緒に食事を取っていた相手で、もっと言えば日常的に顔を合わせている相手で、それなのに反応できなかったのはおそらく普段とのギャップによるものだ。

「って……あれ？　えと、篠原くん？」

まず一人、扉の隙間からそぉっとこちらを覗き込むような格好で立っているのは多々良楓花だ。白のTシャツに青系統のジャージを合わせ、その下にはショートパンツを穿いている。健康的な色香、とでも言うべきものが全身からビシバシと放たれており、露出が少ないため逆に鎖骨やら足やらに視線が吸い寄せられてしまいそうだ。風呂上がりなのか仄

かに良い香りが漂っており、普段より大人っぽく見える。

そして、その後ろからちょこんと顔を出しているのは、銀髪メイド・姫路白雪だ。彼女に関しては、さすがにある程度の耐性は付いているはずだった。何せ、制服どころかメイド服やネグリジェ姿まで毎日のように目撃している。その度に全くドキドキしていないと言えば嘘になるが、ともかくそれを超える衝撃はないと高を括っていた。

「……？」

が、その認識は甘すぎたと言わざるを得ないだろう——何故なら、姫路が着ていたのは事もあろうに浴衣だったからだ。部屋に備え付けられていたのであろう淡く可愛らしいデザインのもの。決して露出が多いわけではないが、代わりに意外と〝油断〟が多い。身体のラインははっきりと出るし、腰紐はすぐに解けてしまいそうだし、とにかく女性らしさが強調されることこの上ない。和装ならではの魅力に脳がくらくらとしてしまう。

「？　ええと、その……ご主人様？　部屋に入れていただくのは難しいでしょうか？」

「っ……！　あ、ああ、悪い。上がってくれ」

しばらく硬直していたところを姫路の一言によって掬い上げられ、俺は小さく首を振りつつそんな言葉を口にした。……危ない、もう少しで意識が飛ぶところだった。

ともかく——部屋に入ってきた姫路と多々良は、きょろきょろと物珍しげに内装を見渡してから二人してベッドの縁に腰を下ろした。姫路には先ほど俺が寝転んでいたベッドを譲り、多々良の方は辻の足元辺りにちょこんと腰掛けているような形だ。

ちなみに、その頃にはさすがに辻も目を覚ましており、

「え……何この状況。もしかして、もう朝とか……？」

——などと、寝惚けた口調で呟いたりしていた。

そんな辻に対するフォローも兼ねてか、姫路が小さく咳払いを挟んで口火を切る。

「こほん。……突然お訪ねしてしまって申し訳ありませんご主人様、そして辻様。食事の際にも少しお話ししましたが、改めて現時点での戦況を整理しておきたいと思いまして」

「そう、そうなんだよ！」

姫路の発言に追随して、胸元にクッションを抱えた多々良が大きく首を縦に振る。

「《修学旅行戦》が本格化するのは明日からだからね。その前にちゃんと英明全体の方針を決めて、それをみんなに伝えなきゃって思ったの。だってわたし、委員長だもん！」

「それで深夜の作戦会議、ってわけ？　元気だね、ほんと……まあいいけど」

億劫そうに言いながらも欠伸交じりに身体を起こす辻。彼は枕元に投げ出していた自身の端末を手繰り寄せると、《決闘》の速報画面を大きく投影しながら続ける。

「とりあえず……今見えてるのが、一日目終了時点の勢力図だね。《修学旅行戦》のルールによれば、学区の総合得点は【《上位五人のチップ所持数》×1＋《チップ所持数の学区平均》×5】で計算される。これを七つの学区で並べると、トップは唯一、初日で100

万枚オーバーを記録した森羅高等学校だ。そこに桜花、聖ロザリア&栗花落連合、それから英明、天音坂、音羽……って続くみたい」

「むむ……厳しい立ち上がりだね。そっか、ちょっと負けてるんだ……」

「そうだね。まあ、港で藤代くんにも言われた通り、問題はやっぱり〝学区平均〟の方かな？　個人のランキングで見れば英明は全然悪くないんだよ。篠原くんは現状三位の稼ぎ頭だし、姫路さんも十位以内に入ってる。本当、頼もしい限りだね」

小さく顔を持ち上げながら、辻は素直な声音で称賛の言葉を口にする。

学年別対抗戦《修学旅行戦》――その初日の概況は、基本的に辻がまとめてくれた通りだ。学区一位が【ファントム】を【ストレンジャー】枠に設定している森羅。この【ストレンジャー】はいつでも変更可能なので確定している数字ではないが、少なくとも暫定的にはこうなっている。二位、三位には複数の6ツ星プレイヤーを抱える学区が順当に並び、英明の順位は現在四位だ。《独占ルーレット》のおかげもあり俺の個人成績はそう悪くないようだが、それだけでは勝てないというのが《修学旅行戦》の難しいところだろう。

「……ただまあ、それにも例外ってもんはあるみたいだけどな」

「そうですね。現在一位の森羅高等学校ですが、学区平均に関しては英明のそれを遥かに下回っています。チップの大半を稼いだのは、たった一人のプレイヤー……最強の【ストレンジャー】こと【ファントム】様です。つまり、少なくとも今この瞬間に関しては、彼が傘下に入っているというだけの理由で森羅がトップに立っています」

「ああ。さすがは《修学旅行戦》のジョーカー、って感じだな」

姫路の説明に同意を示しながら、俺は改めて端末に視線と落とすことにする。……プレイヤー名【ファントム】。矢倉や深弦によれば《修学旅行戦》が始まってしばらくは姿を隠していたらしいから、彼がカジノゲームに参加したのはほんの二、三時間のはずだ。それなのに、彼の稼ぎは70万枚オーバー。仮にBランク以上の高レートゲームに一日中挑まれた場合、この差がどれだけ開くか分かったものではない。

そんな俺の内心を見て取ったのか、姫路が白銀の髪をさらりと揺らして言葉を継いだ。

「はい。ですので、わたしたちも目的は一つです」

「ああ――さっさとチップを稼いで出来るだけ早く上位のエリアに到達する、それに尽きるな。明日の午前中にでもBランクエリアに突入して、高いレートのゲームに挑みまくってAランクエリア到達を狙う……多分、そこが《修学旅行戦》を勝ち抜くための最低条件だ。少なくとも俺と姫路はそっちのステージで戦わなきゃいけない。上位のエリアに入れれば【ファントム】以外にも有力な【ストレンジャー】がいる可能性は高いしな」

「Aランクエリア！　ってことは、チップ100万枚!?　凄い凄い、二人ともさすが英明のエースだね！　わたしも頑張らなきゃだけど……むむ、そこまで行けるかなぁ」

胸元のクッションをぎゅっと抱き締めながら不安そうにそんなことを言う多々良。それを見て、俺と姫路と辻はほんの一瞬だけ視線を交わして頷き合う――考えていることはみんな同じだ。２－Ａのクラス委員長に、沈んだ顔は似合わない。

だから、というだけの話でもないのだが。

「ああ。実力的には多々良も一線級だと思う……けど、今回はどっちかって言うと英明陣営の仕切りを頼みたいんだよな。《修学旅行戦》の肝は間違いなく〝学区平均〟を上げることなんだけど、そこは俺にはどうしようもない部分だ。多々良の方が絶対に向いてる」

「え……」

「わたしもそう思います。自らのチップを増やすのと学区平均を上げるのでは難易度が桁違いですが、楓花さんだけは〝後者の方が得意〟だと自信を持って言い切れますので」

「わ、わわ……」

「……うん、ボクも同意かな。何たって〝委員長〟だよ？　単身で高レートのゲームに突っ込むよりCランクエリアでみんなの指揮を執った方が絶対に良い。で、そういう策ならボクも手伝える――いつまでも篠原くんのワンマンだなんて言わせておけないしね」

「そ、そっか。……うん、ありがとみんな！　わたし、頑張ってみる！」

ぐっと胸元で両の拳を握る多々良に対し、「任せた」と言って頷く俺。

それから、他にも細かい方針やら作戦なんかを話し合うこと一時間弱――ちょうど日付が一つ進んだ辺りで、今度は辻ではなく多々良の方が船を漕ぎ始めた。最初は抵抗しようとしていたものの、やがて「ふにゃ……」と断末魔（？）の声を上げ、こてんと辻に寄りかかって寝てしまう。枕か何かと勘違いしているのか、いかにも心地よさげな表情だ。

「……いや、あのさ多々良さん。それは、さすがに無防備すぎない……？」

困ったような仕草で額に指を当て、微かに溜め息を吐く辻。彼はあくまでも紳士的な所作で多々良の肩を支えると、自らの身体を引き抜くような形で彼女をベッドに寝転がらせた。そうして、薄手のタオルケットを被せてやりながら一言。

「ん……ちょっと休憩にしようか。切り上げるにはまだ早いけど、眠くて頭が回らなくなってきた。一階のロビーでコーヒーでも買ってくるよ。多々良さんの分も一緒にね」

「？　楓花さんは苦いものが不得手だと聞いていますが……？」

「だから眠気覚ましになるんじゃない」

　そう言って、辻は端末を片手にゆっくりと部屋を出て行った。本当にカフェインが欲しかったのか、密着してきた多々良にさすがの辻も照れたのか……彼の真意は不明だが、これで室内には（熟睡中の多々良を除けば）俺と姫路だけが取り残されたことになる。

「あー……その、ちなみにさ、姫路」

　だから俺は、多々良を起こさないよう声を潜めつつ、姫路の目を見て切り出した。

「さっき、彩園寺のやつが羽衣に〝文句はないのか〟って訊いてただろ？　羽衣は否定してたし、姫路もそれに同意するって言ってたけど……あれ、本当にそうなのか？」

「……？　本当に、というのは？」

風呂上がりだからかいつも以上に艶やかな髪を微かに揺らして尋ね返してくる姫路。そんな仕草にドキッと胸を高鳴らせながら、俺は動揺を抑えるように言葉を継ぐ。

「いや……確かに、羽衣が喜ぶのは姫路にとっても本望なんだろうけどさ。でも、姫路はこれまで何も知らされてなかったわけだろ？　ある日突然親友が攫われて、仕えるべき主がいなくなって、何やかんやで彩園寺家を離れて、今では俺のサポートなんかしてくれてる。どう考えてもお前のメリットがなさすぎるだろ」

「そうでしょうか？　ご主人様に出逢えた時点で選択肢としては大正解かと思いますが」

「……茶化してないか、それ？」

「いいえ、全く。……ただ、そうですね。わたしがご主人様をお慕いしていること自体は事実として、それをこの文脈でお伝えするのは少し唐突だったかもしれません」

涼しげな声音で色々とくすぐったい台詞を言い放つ姫路。ルナ島の〝仮面〟は夜になると解除されてしまうのだが、例の猫ひげメイクがなくたって彼女がくすっと柔らかな微笑みを浮かべていることくらい簡単に分かる。

とにもかくにも、姫路は澄んだ碧眼を持ち上げながら静かに言葉を継いだ。

「文句、ですか……繰り返す形になってしまいますが、リナに対してマイナスの感情など一切ありません。純粋な感謝が九割と、残りの一割は謝罪に近い気持ちですね」

「え……謝罪？　それは、一体どういう――」

「そのままの意味ですよ、ご主人様。リナがこれまでずっと嘘をついていたように、わたしにも……そして紫音様にも、一つくらい隠し事はあるということです」

大切な何かを告げるような口調でそう言って、悪戯っぽい笑みを浮かべる姫路。その口振りはどう見ても嘘ではなさそうだが、同時に『詳細は教えられない』と暗に示されているようでもあって、俺としては追及を打ち切るしかない。

そんな俺の内心を見透かしたかのように、姫路はなおも穏やかな口調で続ける。

「ただ――ご主人様とリナが紫音様の〝試験〟に合格された暁には、わたしたちも秘密を明かして謝ろうと思っています。そのためにも、わたしの役目は二つですね。ご主人様の補佐と、それから紫音様の制御……専属メイドにあるまじき不誠実な行為ですが、今回ばかりはどうかお許しください」

「許すも何も、羽衣の暴走を抑えるための監視役ってことだろ？　だったらむしろ望むところだ。あいつ、放置してたらとんでもないことになりそうだしな……」

「そうですね。幼少期より彩園寺家の英才教育を受けておりますので、紫音様の強さは本物ですよ。一度だけ政宗様の目を掻い潜って中等部のイベント戦に参加したこともあるのですが、その際は数万人の参加者を薙ぎ払って優勝していましたから。……ただ」

強烈なエピソードに俺が無言で頬を引き攣らせていると、不意に姫路が涼しげな表情で言葉を切った。そうして彼女は、澄んだ碧眼で俺の目を覗き込みながら続ける。

「ご主人様も、紫音様に負けず劣らずの才能を持っていらっしゃいますよ。それは、一番近くにいるわたしだからこそ断言できます。……というか、そうでなければ困ってしまいます。紫音様に負けてしまったら……紫音様の試験に合格できなかったら、ご主人様は即座に学園島から追放されてしまいますから。もし、もしそうなったら……」

「……なったら？」

「――………どうしましょう。仮の話をしていたはずなのですが、目の前が真っ暗になりかけました。もしかしたら意識が飛んでいたかもしれません……」

「っ〰〰〰〰！」

浴衣の胸元に手を置きながら髪を揺らす姫路にまたしても心臓を掻き乱される俺。

そして、同時に思う――確かに、もしそうなったら俺だって正気を保っていられる自信がない。彩園寺が処罰されて、俺自身も重罪を負わされて、姫路と離れ離れになって、学園島には二度と戻れなくて、多分探し人にも出会えない。それは、そんなのは御免だ。羽衣紫音の吹っ掛けてきた試験……これだけは、絶対に勝たなくてはならない。

だから、

「よし――それじゃあ、姫路。手間かけることになるけど、頼んだぞ」

「はい。ご主人様と、それから紫音様。どちらも間違いなく頼まれました」

俺と姫路は、お互いに口元を小さく緩めながら静かに一つ頷き合った。

【二学期学年別対抗戦《修学旅行戦》——一日目終了】
【〝篠原緋呂斗〟：所持チップ８４０９枚】
【所持ブラックリング：５種
オートパイロット／ダブルアクション／ナンバービルド／マグネット／？？？】
【Ｓランクエリア到達まで：あと９９１５９１枚】

＃

——ルナ島滞在、及び《修学旅行戦》開始二日目。

「いやはや……実に素晴らしいゲーム展開だったぞ、少年」

一本目のゲームに勝った俺は、《鬼神の巫女》こと枢木に熱烈な賛辞を向けられていた。

「どうやったらあれほど勝負強くなれるんだ？　五名以上が【ブラックリング】を使用していたせいで戦況が読みづらくなっていたというのに、そこに追加の指輪を投じることで賭け額を限界まで吊り上げ、最終的に全員降ろしてしまうとは……しかも、私の見間違いでなければ、少年の手札は最弱の【１】だった。うむ、敵ながら興奮してしまったぞ」

「……ま、そういうもんだろ。基本的には〝はったり〟のゲームだからな」

二日目の午前中、Cランクエリアで行われた【フェイクウォー】なる【☆5】のカジノゲーム。そこで俺が選択した勝ち筋──要は単なる〝演技〟だが──を懇切丁寧に解説してくれた枢木は、ポニーテールを揺らしながらほうっと息を吐く。

「いや……そういうもの、とは言うが、並大抵のことではないぞ？　私はまさに〝降ろされた〟側の一人だが、まさか少年の手が最弱とは欠片ほども思わなかった。改めて驚かされたよ、うむ。【ブラックリング】に依存しきるのも考えものだな」

「驚いてるようには見えないけどな……それにお前、ゲーム全体では勝ち組だろうが」

「まあ、そうなのだが……どうしても、先ほどのシーンが印象的でな」

小さくポニーテールを揺らす枢木。稼いだチップの枚数では確かに俺の方が上だが、彼女も間違いなく勝者の側だ。6ツ星の《鬼神の巫女》は、やはり一瞬も侮れない。

が、まあそれはともかく──枢木が言うように、カジノゲーム【フェイクウォー】は俺と姫路の大勝で幕を閉じた。各プレイヤーに【1】から【100】までの数字が一つ書かれたカードが配られ、プレイヤーたちはその手札で勝負に出るか否かを選ぶ……そして勝負に出たプレイヤーの中で最も大きな数字を持っていたやつの勝ち、という非常にシンプルなゲームだ。賭け額が最終決定するまでならいつでも〝降り〟を選べる仕様になっているため、はったりや指輪がひたすら飛び交うことになる。

そんなゲーム故に俺との相性は非常に良く、またリスク評価【☆5】ということで賭け額もそれなりに高かったため、最終的な収支は＋15万3290枚だ。姫路の方も＋12万枚弱となり、二人してようやくBランクエリアの進入権利を獲得する。

そのことを端末情報か何かで知ったらしく、枢木が「ふむ……」と微かな声を零した。

「少年たちはこれでBランクエリアに立ち入れるようになったのか。雫殿もそうだが、少し出遅れてしまっているな……うむ、私ももっと精進しなければ」

そう言って、有言実行とばかりにすぐさま〝次〟のカジノゲームを探し始める枢木。

（ん……？）

と――その時、ポケットに入れていた端末が微かに振動したのが分かった。画面を見れば、通知が来ていたのは英明のグループチャットだ。いくつものグループが並行で動いている中に〝最重要（忙しい人はここだけ見て）！〟なる名前のそれがあり、管理者である多々良と辻が必要に応じて各チャットの情報をここへ移してくれている。

そんなことを思い出しながらチャットを開くと、途端にこんな投稿が目に入った。

『――【バイオレット】がマジでヤバい』

『分かる。あの髪の長い女子だよな？　どこの高校か知らないけど……っていうか学園島の制服じゃない気がするけど、とにかくめちゃくちゃ強い』

『あ、その子ならウチも当たった！　超上品で超可愛い人形みたいな女の子だよね？　確か、昨日は【ブラックリング】をたくさん集めてたような……』

『もう戦力は整った、ってことなんじゃないか？　今日は指輪ってよりガチでチップを稼ぎに来てるぞ、あいつ。俺らもそれなりに指輪は持ってるつもりだったけど、気付いたら手持ちのチップが半分以下になってたよ……惨敗だ、惨敗』

『そうそう。なんか、抵抗しようとも思えなかったっていうか……』

その後も一頻り続く議論を眺めつつ、俺はそっと右手を口元へ遣る。……二日目が始まってからまだ二時間ほどしか経っていないにも関わらず、【バイオレット】は既に三つものゲームに参加しているらしい。そして、そのどれもで圧勝している。昨日の時点で既に強くはあったが、それが〝完成〟したような戦いぶり——もちろん【ブラックリング】も要因の一つではあるだろうが、より大きいのはもう一つの側面だろう。

「俺としては喜んでいいのか微妙なところだけど……順調そうだな、羽衣は」

「はい、そうですね」

俺の言葉にこくりと頷いたのは、他でもない姫路白雪だ。彼女は羽衣と繋がっているらしい端末を取り出すと、いつも通りの透明な声で続ける。

「紫音様——もとい、プレイヤー名【バイオレット】。わたしが行っているのは【ブラックリング】の使用承認と代理使用、それから遠隔での音声サポート等なのですが……やはり肝心なところで少し調子に乗りがちというか、危なっかしい部分はありますね。ただ、それでもこの短時間で三連勝してしまう辺り、適性自体が凄まじいのだと思います」

「……なるほど」

姫路の言葉に小さく頷きを返す俺。……要するに、未完成だった天才プレイヤーに最強の司令官がついてしまったような状況、というわけだ。強力な武器を大量に所有していることもあり、もはや本格的に手が付けられないレベルの強さになっている。

（じゃあ、もし羽衣と当たったら……いや、あいつが他学区に引き抜かれたとしたら？）

そこまで考えた瞬間、俺は微かに背筋が冷えるような感覚を抱いた。

例の試験のことを考えれば、羽衣が俺や彩園寺——英明や桜花に手を貸す可能性は限りなく低いだろう。そして森羅には既に【ファントム】がいる。けれど、例えば聖ロザリアと栗花落の連合なり天音坂なりが【バイオレット】に目を付ける可能性は充分以上にあるだろう。何せ今の彼女は、【ファントム】に次ぐ超強力な【ストレンジャー】だ。

波乱の予兆に小さく顔をしかめながら、俺は小さく息を吐き出した。

#

カジノゲーム【スロットカード】——。

俺がBランクエリアに到達して初めて参加したのは、そんな名前のゲームだった。

『いっえーい、乗ってるかーい!!』

ディーラーを務めるのはやたらとテンションの高いバニー服姿の女性。相当に際どい衣装ではあるが、ノリノリの笑顔とマイクパフォーマンスのおかげで色気よりも茶目っ気の方が前面に押し出されている。そして、参加者は俺を含めて五人だ。

「……乗ってる……でも、まだ眠い。これが、時差ボケ……」

一人目は、狼耳のフードの下でポツリとそんな言葉を零している皆実雫だ。聖ロザリア&栗花落の連合学区を率いるエースの一人。現在の所持チップは25万枚ほどで、枢木よりも一足先にBランクエリアの進入権利を獲得していたらしい。気怠げな青の瞳で一瞬だけ俺を捉えた彼女だったが、眠気に負けたのか「ふぁ……」と小さな欠伸をかます。

そんな彼女に気を取られていると、横合いから別の声が投げ掛けられた。

「ヒロト、ヒロト！　嬉しいわ、また一緒にゲームが出来るのね！」

「皆実さんに篠原くん、か……上位エリアに入ると強い人ばっかりだね、ほんと」

各々の感想を口にしながら姿を現したのは、森羅の双子・深弦とすみれだ。斜めに被ったお揃いの仮面を跳ねさせつつ、まずは長い髪をふわりと広げたすみれがとたたっとこちらへ駆け寄ってくる。そうして彼女は、柔らかな両手で俺の手を包み込んだ。

「素敵だわ。正々堂々ゲームをしましょう？　ヒロトも、そちらのメイドさんも！」

「いえ……参加人数が五名と決まっていましたので、わたしは補助のみです。それと、すみれ様。ご主人様と仲良くしていただけるのは良いのですが、少し距離が近すぎます」

「あら、ダメかしら、ダメかしら？　こうするとお顔がよく見えるのに」

「よく見え過ぎてしまうからです」

俺の手を握りながらこてりと首を傾げるすみれに対し、姫路が微かに息を零しながらそんなことを言う。……まあ、それについては完全に同意だ。すみれの行動が〝異性に対する好意〟ではなく〝懐いている相手への親愛〟から来るものだということは理解していても、瞳のキラキラまで見えてしまうこの距離感は下手な勘違いを生みかねない。

そんな内心を振り払うためにも、俺は深弦の方に話を振ることにした。

「そういえば……お前ら、【ファントム】は一緒じゃないのか？」

「何を言ってるのさ、篠原くん。【ファントム】の所持チップは3億枚以上だよ？　昨日はボクらに合わせてCランクエリアに来てくれてたけど、本来ならBランクエリアでも彼にとっては安すぎる。今頃はAランクエリアで順調に稼いでる……はず、だよ」

「……はず？　何だよ、随分曖昧な言い方するんだな」

「まあね。何せ——どうせそのうちバレるから言っちゃうけど——昨日の夜から連絡が取れてないんだ、彼。ジャックポットタイムが終わった後くらいからメッセージに既読は付かないし通話にも出ない。これは協力解消のサインかな、って戦々恐々としてるんだ」

「協力解消……？」

鸚鵡返しに呟く俺。……昨日の夜から音信不通、となれば、考えられる理由なんか一つしかない。だって彼は、そのタイミングで彼が恐れていた相手と出会っている。詳しい事情は知らないが、本領を発揮できなくなっても無理はない……のかもしれない。

ともかく、小さく肩を竦めた深弦は曖昧な声音で続ける。

「ま、だからボクらは、一応の代替候補として今話題の【ストレンジャー】を勧誘しに来たってわけ。【漆黒の魔王】ってプレイヤーもいいかなと思ったんだけど、ちょっと神出鬼没過ぎてね。実力も指輪も申し分ないのは、やっぱりあの人しかいないでしょ」

言いながら、ちらりと後方に視線を遣る深弦。

そこには——あまり信じたくはなかったが——一人の少女が清楚に佇んでいる。

「ふふ……♪　こんなに早く再会できるとは思いませんでした。きっと、今日のわたしの運勢が大吉だったからに違いありません」

（い、いきなり当たるのかよ、おい……！）

羽衣紫音——もとい、プレイヤー名【バ、イ、オ、レ、ッ、ト】。

そう、五人目の参加者は他でもない羽衣だった。仮面の上からでも分かるくらいニコニコと楽しげな笑みを浮かべており、それ故に警戒心を抱きづらい少女。今のところはどこの学区に協力しているわけでもない野良の【ストレンジャー】だが、昨日からの獲得チップは4、0、0、万、枚、オ、ー、バ、ー、だ。注目されるのも当然の実力と言えるだろう。

と——、

『——はいっ、みんなお待たせ!!　それじゃ、プレイヤーも揃ったことだしそろそろゲームの説明を始めちゃうよー！　準備はいいかー！　いえーい!!』

俺が他参加者とのコンタクトを一通り済ませたのとほぼ同時、中央に立ったディーラーが勢いよく右手を宙に突き上げた。Ｂランクエリアでの初ゲーム。ここからは賭け額が跳ね上がるということもあり、俺は思考を中断してディーラーの方へと身体を向ける。

そうして視線が集まるのを待ってから、ディーラーはご機嫌な口調で続けた。

『おっけーべいべ！　改めて、あたしが管理してるゲームは【スロットカード】!!　スロットとトランプを融合させた、とっても斬新で面白いゲームだよ！』

『まず、参加できるプレイヤーはぴったり五人！　五人より多くても少なくてもダメだから、もし途中で抜ける場合は必ず代役を立てること！』

『でね！　【スロットカード】は、基本的にプレイヤー同士で戦うゲームだよ――ゲームが始まったら、五人のうち誰かが《ジョーカー》になるの。そして《ジョーカー》以外のみんなには、ランダムで《ダイヤ》《ハート》《スペード》《クローバー》のうちどれかが配られる……これが、スロットの各桁に対応してるの！　ほら、普通のスロットだとくるくる回るやつが三つ並んでるでしょ？　あれがこのゲームだと四つになってて、しかもそれぞれがプレイヤーに割り振られてるってこと！　革命的！　いえーい！』

『それでそれで、マークを貰った四人のプレイヤーは自分の桁の数字を自由に決めていいの！　もちろんベースはトランプだから、選べる数字はＡ、２、３……Ｊ、Ｑ、Ｋの13種類。ここはどうせ運だから、迷っちゃったら気分で選んで大丈夫！』

『全員の数字が決まったら、いよいよ《ジョーカー》の賭けタイム！　四つのマークに割り当てられた数字の並びを一つだけ予想して、その上で賭けるチップの枚数をコールするの。ちなみに下限は１０００枚で、上限は１００００枚！』

『で、その後がお楽しみの当たり判定！　あたしのゲームでは、

《Ⅰ：ジョーカーが宣言した数字の並びが各マークの数字と完全に合致していた場合》

《Ⅱ：ジョーカーの宣言した数字に関わらず、各マークの数字が全て同じだった場合》

……のどっちかに当てはまるなら、《ジョーカー》の勝ち！　大フィーバーでチップもたくさんあげちゃうよ！　Ⅱの場合は揃った数字がそのまま倍率で、Ⅰの場合は——それかⅡの場合でも揃った数字が【Ａ】だった時は特別に——なんと20倍！　１００００枚のチップが一瞬で２０万枚になっちゃうの！　もちろん支払いは四人の子で分割だけど、可哀想だからあたしも入って五等分にしてあげる！』

『でも、その代わり《ジョーカー》の予想が外れちゃった時は、賭けられたチップは全部あたしが貰うから。場代ってやつ？　貢ぎたくなったらいっぱい賭けてね！』

『そして、ここまで聞いて〝そんな予想なんか当たるわけないじゃん〟って思った人、大正解！　これだけじゃ【スロットカード】は成立しない。アツくなるように、あたしが管理するに相応しいゲームになるように、ちゃんとギミックは用意してるから！』

『それこそが、永久欠番ルール――！』

『《ジョーカー》になったプレイヤーはね、そのターンの賭け(ベット)を放棄することでAからKまでの数字のうち一つを〝永久欠番〟に指定できるの。これに選ばれた数字は、その後のゲームでもう二度と使えない……要するに、どんどん使える数字が減っていって、当たる確率が上がっちゃう魔性のスロットゲームってこと！』

『ゲームは三周で一セット！　《ジョーカー》も他のマークもずっとランダムで決めるけど、一周で二回以上同じ役割になることはないから安心してね』

『ちなみに、【ブラックリング】の使用は無制限……でもでも、使うタイミングだけは要注意！　【スロットカード】は毎ターン清算が入るから、賭けられたチップと指輪(リング)は賭けが当たってたら《ジョーカー》に、外れてたらディーラー(あたし)に全額移る……要するに、《ジョーカー》以外の人が指輪を使う場合は〝使い捨て〟になる、ってこと！　いえあ！』

……とのことで。

カジノゲーム【スロットカード】――トランプのマークに対応した四人のプレイヤー(子)がそれぞれ自身の数字を選び、それを《ジョーカー》(親)が当てるという変則的なスロットゲーム。四つの数字を全て的中させるか、あるいはそれらが全て同じ数字だった場合しか《ジョーカー》の勝利にはならないが、確率を操作できる仕様として〝永久欠番〟なるルールが用意されている。そして、勝った場合の報酬(リターン)はとても大きい。

「……何というか、他プレイヤーとの駆け引きが非常に難しいゲームですね」

頭の中でルールの整理を終えたのか、ポツリと呟いたのは姫路白雪だ。彼女は対面の羽衣にちらりと視線を向けてから、白銀の髪を揺らすようにしてこちらへ向き直る。

「対戦相手である四名の思考を全て読む、というのは明らかに人間の所業ではありませんので、普通に考えれば最初の数ターンは〝永久欠番〟ルールで数字を絞っていくのが正解です。ただ、それでは序盤が単なる作業になってしまいますし、親番を放棄することで他のプレイヤーを優位に立たせてしまいかねません。つまり、これは……」

「……ああ。【ブラックリング】の使用が前提になってるルール、ってわけだ」

姫路の推測を引き継ぐ形でゆっくりと告げる俺。

おそらく、そういうことだろう——何せ【スロットカード】というゲームは、これまで参加したどのカジノゲームと比べても戦略の幅が狭すぎる。仮に〝永久欠番〟ルールを介さずに賭けをしようと思ったら、四つの数字の組み合わせは13の4乗だから28561通り。このうち〝当たり〟になるのはたった14パターンだけだ。確率を上げるには〝永久欠番〟を積み上げるしかないのだが、それでは戦略も何もない。

ただし、既に体感している通りルナ島カジノには〝普通じゃない〟要素が前提として含まれている。島公認のチート用アイテム【ブラックリング】……要するに、【スロットカード】は参加者たちが指輪を使いこなすことで初めて成立するゲーム、ということだ。

そんなわけで、俺も手持ちの指輪を改めて確認してみることにする。現在の所持指輪のうち、【スロットカード】で使えそうなのはこの三種類といったところか。

【オートパイロット】――ダイスの目を自由に操作できる。

【ナンバービルド】――カードに書かれた数字を最大3まで変化させる。

【ダブルアクション】――ゲーム内で〝一度〟とされている行動を〝二度〟行える。

（うわぁ……）

……思わず顔をしかめたくなるのをどうにか抑える俺。

Bランクエリアに来て初めて痛感したが……俺の手札は、はっきり言って弱すぎる。学園島のアビリティで喩えるなら2ツ星か、せいぜい3ツ星レベルだろう。こんなものを武器に【ブラックリング】を数百、数千と抱える【ファントム】やら【バイオレット】と張り合おうなんて、言っていて恥ずかしくなってくるくらいだが。

『にひひ……ヒロきゅんヒロきゅん、こっちは準備OKだよん』

（……ありがとうございます、加賀谷さん）

トントン、と右耳のイヤホンを叩きつつ胸の内だけで返事をする。

そう――【スロットカード】が指輪の使用を前提としたゲームとはいえ、俺の場合は実際にその指輪を持っている必要はない。これまでと同様、《カンパニー》によるイカサマで強行突破してしまえばいいだけだ。とはいえ、【ブラックリング】は学園島のアビリティと違って〝賭けるモノ〟だから、状況次第では他人に移動しうる――これが問題だ。確実に自分が指輪を回収できる場面で使わないと、一瞬でイカサマがバレてしまう。

（使いどころが難しいけど……まあ、やるしかないよな）

『――おっけ！　そんじゃ、ルールも分かったところで早速ゲームを始めちゃうよー！』

俺が改めて気を引き締める中、バニー服姿のディーラーが元気よくゲームの開始を宣言した。拡張現実のカジノ空間が四方を包み込むと同時、俺たちの目の前に四つのマークとジョーカーからなるルーレット盤が現れ、それが音を立てて回転し始める。

そして……しばし後、各プレイヤーに対応するマークが確定した。俺が《スペード》で皆実が《クローバー》、深弦が《ダイヤ》ですみれが《ハート》。そんなわけで、一ターン目の《ジョーカー》を引き当てたのは羽衣紫音――もとい【バイオレット】だ。

「あら、いきなり《ジョーカー》になってしまいました。どうしましょう、やはり今日はわたしの運勢がとても良い日です。宝くじを買っておかなくてはいけません」

ころころと嬉しそうに微笑む羽衣。ルールを聞く限り初手で《ジョーカー》を引くメリットは薄いはずだが、多分そこまで深い意図はないんだろう。純粋に楽しんでいる姿は無条件に微笑ましく、思わず表情を緩めてしまいそうになる。

けれど直後、羽衣は漆黒の装飾が施された指輪を一つテーブルの上に差し出した。

「では、まずはわたしの賭け……の前に、早速ですが【ブラックリング】を一つ使わせていただきます。名称は【コピーキャット】。効果はこうです——今後、《ジョーカー（親）》となったプレイヤーは、前のプレイヤーが取ったのと同じ行動しか選ぶことが出来ません。それが実行できなくなった場合のみ、この効果は自動的に解除されます」

「長すぎて、理解不能……四行で言って」

「四行でしたよ？　それにわたし、あまり難しいことは言っていません。要するに、前のプレイヤーの真似（まね）をしてくださいね、というだけのことですから」

　皆実の小ボケをさらりと処理しつつ端的にまとめてくれる羽衣。

【コピーキャット】——自身の手番だけでなく、他プレイヤーの行動にまで影響を与える指輪（リング）。その効果が非常に強力なのは一旦置いておくとして、初手から動いてくるというのは微妙に疑問の残るプレイングだ。それに、縛りの内容もよく分からない。

　そんな俺の疑問と同様、少し離れたスペースではすみれが首を傾（かし）げている。

「どういうことかしら、どういうことかしら？　前の人と同じことをしなくてはいけないの？　えっと、えっと……ミツル、それって何が素敵なのかしら？」

「うーん、そうだね……仮に〝宣言する数字〟まで揃（そろ）えなきゃいけないんだとしたら、二人目以降の《ジョーカー（親）》は——子の方が数字をずらせばいいだけだから——絶対に予想を当てられない。一回目でチップを荒稼ぎして、あとは全員外す想定……とか？」

「？　でも、わたくしたちだって【ブラックリング】を使えるわ」

「そうなんだよね。だから、まだ狙いが読めてないんだけど……」

曖昧な表情で頷きながら小さく目を眇める深弦。……すみれの疑問はもっともだ。羽衣以外のプレイヤーだって指輪を使えるんだから、ただ行動を制限するだけじゃ決め手に欠ける。もしかしたら〝指輪の効果を無効にする指輪〟でもあるのかもしれないが、《ジョーカー》でないタイミングで指輪を使い捨てるのはやはり相当に非効率だ。

が——羽衣は、【バイオレット】は、そんな予想とは全く異なる手を打ってきた。

「そして、ここからがわたしの手番です。選択する行動は永久欠番の指定——〝スロット上に残っている数字の中で最も倍率の低い数字〟を封印したいと思います」

羽衣の宣言を聞いて、プレイヤーの間から微かなざわめきが起こるのが分かった。

最も倍率の低い数字を〝永久欠番〟に指定……つまり、今の羽衣の手番では【2】が封印されたということになる。そして、次の《ジョーカー》は〝羽衣と同じ選択〟をしなきゃいけないんだから、【2】の次に倍率が低い【3】が禁止されるのだろう。【コピーキャット】の効果が続いている限り、この流れはひたすら繰り返される。

（でも、それでどうするんだ……？　全員が同じ行動を取り続けるんだからいつまで経ってもゲームは動かない。っていうか、誰も賭けにすら入れないんじゃ…………って）

——そこまで考えたところであることに気付き、俺は微かに目を見開いた。

確かに、【コピーキャット】の縛り効果はそれだけだとほとんど意味がない。ただし件の指輪（リング）には、効果が実行できなくなった場合は破棄されるという〝解除条件〟が設定されている。【スロットカード】は五人参加で、一セットは計三周……つまり最大で十五の数字が永久欠番になるわけだが、トランプにある数字はAからKまでの十三種類。三周目が終わるより先に【コピーキャット】の効果が解除されてしまうことになる。

「……なあ、姫路（ひめじ）」

　嫌な予感を抱きながら、俺は声を潜めて隣の姫路に問いかける。

「これってさ、もし全部の数字が〝永久欠番〟に指定された場合はどうなるんだ？」

「はい。その場合、四人のプレイヤー（子）はいずれの数字も選ぶことが出来ませんので、必然的に無回答となります。そして、この時点で〝四つの回答が揃（そろ）っている〟という判定になり、無条件で《ジョーカー（親）》の勝利となるようですね。ちなみに倍率（レート）は20倍です」

　白銀の髪をさらりと揺らしながら、涼しげな声音で即答する姫路。

　全ての数字が封印されている場合は無条件で《ジョーカー（親）》の勝利となる……だとしたら、先ほどの予想通りにゲームが進行した場合、十四番目と十五番目の《ジョーカー（親）》はほぼ確実に20万枚のチップを獲得できるということだ。俺がこれまでに稼いだ額を一瞬で超えるくらいの大勝。もちろん羽衣が該当の《ジョーカー（親）》になると決まったわけではないが、そんなのは指輪（リング）でいくらでも操作できるだろう。

　そして——この作戦の恐ろしいところは、それだけじゃない。

（偶然なのか狙ってるのかは知らないけど……二人、なんだよな。羽衣の思惑通りに進むならこのゲームの勝者は二人になる。羽衣以外にもう一人分、大勝ちできる枠がある）

……そう。彼女の取った戦略において、最も驚異的な部分はおそらくそこだ。

もしこれが羽衣の一人勝ちになるような一手なら、残りの四人は結託してその作戦を潰すだけで良かった。が、そうではないんだ。大きく稼げるのは一人じゃない。なら、彼女の策を安易に妨害するのではなく、成立させる方向で立ち回れば自分が〝二人目〟になれる可能性が常にある。逆に少しでも妨害すればその蜜は決して啜れなくなるだろう。

「ふふ……どや、とだけ言わせていただきましょう」

──羽衣紫音、もとい【バイオレット】。

彩園寺家の正式な跡継ぎである彼女が今、圧倒的な力を以って君臨しようとしている。

ちなみに、他の三人……皆実と不破兄妹に関しても、羽衣の狙いはある程度読めているようだ。あるいは淡々と、あるいは緊張気味に、あるいは曖昧な表情でテーブルの中央を見つめている。【2】が永久欠番に指定され、盤面から消失した変則スロット。そして、再び回転させられたルーレットの針は皆実雫を次の《ジョーカー》に指定している。

「ん……」

それを見た彼女は、相変わらず眠そうな瞳でちらりと羽衣の様子を確認した。そうしてゆるゆると首を横に振ると、何とも気怠げな仕草で自身の端末を持ち上げる──瞬間、滲み出るようなエフェクトで出現したのは他でもない【ブラックリング】だ。

そいつをコトンとテーブル上に置きながら、皆実は淡々とした口調でこう切り出す。

「いきなり暴れられると、面倒……だから、早めに妨害。わたしが使うのは、【ダブルアクション】の指輪……同じ行動を、二回やる。つまり、一番小さい数字と、その次に小さい数字を二つとも〝永久欠番〟に指定する……【3】と【4】が、ログアウト」

「早くも妨害されてしまいました。しょんぼりです……ただ、早く数字が消えていく分には構いませんよ？　ゲームに勝利できる人数が二人から三人に変わるだけですから」

「普通に考えたら、そう……でも、それは浅はか。【ダブルアクション】は、定番中の定番……使ってくるディーラーも多いから、他の人も持ってるはず。……でしょ？」

言いながら、眠たげな青の瞳をちらりとこちらへ向けてくる皆実。……なるほど、そういう狙いか。仮に皆実を含めて三人が〝一つ余分に〟数字を潰せば、ちょうど二周で全ての数字が〝永久欠番〟になる計算だ。その場合、三周目は20万枚の収入が一回と4万枚の支払いが四回だから、五人仲良く4万枚のプラス収支。傍で見ているディーラーは早くも青い顔をしているが、プレイヤー的には妨害する理由が全くない展開になる。

「……うん。なら、特に迷う必要もないね」

次の《ジョーカー》に選出された深弦も、曖昧な笑みを浮かべながら皆実と同じ【ダブルアクション】を使用した。俺の手番も同様だ。二人合わせて【5】から【8】までの数字を永久欠番とし、皆実の示した〝協調ルート〟への突入条件を達成する。

（このまま行けば、羽衣のやつも4万枚のプラス収支……別に受け入れてもいい結末のはずだ。けど、最初の計画――〝二人勝ち〟が成功してれば16万枚の稼ぎになってたわけだから、もう一回仕掛けてきてもおかしくはないんだよな……）

嫋やかに微笑む羽衣の思考を推測しながらゲームの展開を見据える俺。

そして、それからしばらくは大きな波乱もなく手番が進み、現在は皆実と深弦がそれぞれ二回目となる《ジョーカー》を済ませたところだ。【2】から【11】までの数字が全て封印された状態で、再び羽衣紫音に《ジョーカー》が回る。

と、その瞬間。

「――【ブラックリング：重力場】発動」

羽衣が何かしらの行動を宣言するよりも前、絶妙なタイミングで放たれたのは深弦の声だった。彼は微かに口角を持ち上げながら漆黒の指輪をテーブルに置く。

「【バイオレット】……キミの噂は聞いてるよ。色んなエリアで派手に暴れてる【ストレンジャー】で、大量の指輪を駆使した問答無用の〝制圧〟が特徴。だから、封じさせてもらった。【重力場】――キミは、このゲームであと一つまでしか指輪を使えない」

「なんと……そうでしたか。それは、とても寂しいことをするのですね？」

「ゲームだからね。キミに恨みはないけど、森羅のメンバー以外はみんな敵だよ。だからまあ、もしキミが森羅に手を貸してくれるっていうなら、もちろん話は別だけど？」

「そうね、そうね！　わたくしたちとお友達になって欲しいわ！」

挑発的に交換条件を提示する深弦と、それとは対照的に好意全開のアプローチを掛けるすみれ。けれど羽衣は、見惚れてしまうくらい優美な仕草でふわりと顔を持ち上げて。

「お断りさせていただきます。わたし、そのような告白で靡くほど軽い女ではありませんから。そして――改めて、わたしは【条約破棄】の指輪を使用します。効果は、先ほどの手番でわたしが使用した【コピーキャット】の無効化……ですから、もう何かに縛られる必要はありませんよ？　ご自分の意思で行動を決定してください」

（は……？）

「……意味、不明……」

予想を遥かに超えた宣言に、俺の心の声と皆実の呟きが完全に重なる。

まあ、それもそのはずだろう――このタイミングでの〝縛り解除〟は、どう考えても悪手でしかない。確かに使える数字は【Q】【K】【A】の三種類とかなり少なくなってきているが、それでも賭けの成功確率は4／81。指輪を使用せずに当てられるような数字じゃない。であれば、【重力場】の影響を受けている羽衣が最も不利ということになる。

「あなたが、そんなミスをするとは思えない……妙な、話。何を企んでるの……？」

「秘密です。というか……わたし、そんなに買われていたのですか？」

「それは、そう……だって、可愛い女の子だから。顔も、声も、仕草も……全部、推し」

「なんと、またまた告白されてしまいました。これがモテ期、なのですね……」

淡々と呟く皆実と、仮面の下辺りに両手を添えて照れたような顔をする羽衣。

ともかく、ぐるぐると思考を巡らせる俺を他所に、【スロットカード】はここに来て初めて真っ当な〝賭け〟のフェイズに突入した。四人のプレイヤーが担当するマークの数字を選び、《ジョーカー》がその並びを予想する、というシンプルなルール。予想が的中するか、あるいは四つの数字が全て同じだった場合のみ《ジョーカー》側の勝利となる。

――そして、

「わたしの予想は……そうですね、これで行きましょう。チップは10000枚です」

嫋やかな口調でそう言って、羽衣は自身の前に四枚の札――もちろん現時点では裏向きに並んでいるため書かれた数字は分からない――を展開した。賭けられたチップは10000枚。これは、一度の賭けで突っ込める最大の枚数だ。Cランクエリアでは数十枚やら数百枚の単位で争っていたことを考えれば、文字通り桁が違っている。

「ん……」

同時、俺の手元に表示されたのは三枚の数字パネルだ。背景には俺の担当である《ダイヤ》のマークがあしらわれており、左から【Q】【K】【A】と並んでいる。

(指輪が使えないんだから、羽衣が予想を的中させられるはずはない……けど)

皆実も深弦もすみれも、未だに誰一人として数字を確定させてはいない。

おそらく、この場にいる全員が警戒しているんだろう——賭けを成功させられるはずがない状況なのに平気で最高額のチップを突っ込んできた羽衣に、何かしらの〝意図〟を感じ取っている。何か致命的な〝罠〟があるのではないかと疑っている。

（怪しいのは、やっぱり【条約破棄】を使ったところだ。あそこで指輪を使ってまで【コピーキャット】を無効にしたら、不利になるのは自分自身に決まってる……じゃあ、もしもあれがフェイクだったとしたら？　偽物だったとしたら……？）

そこまで思考を巡らせた辺りで、俺は右手をそっと耳元へ近付けた。……羽衣が【条約破棄】を使用した際、彼女の手元には確かに漆黒の指輪が置かれていた。けれど、それは視覚情報だけだ。その程度なら端末の拡張現実機能でどうにでも再現できてしまう。

だから俺は、対面の羽衣に視線を向けたまま声を潜めて尋ねてみる。

「——加賀谷さん。一つ訊きたいんですけど、さっきの【条約破棄】は本物でしたか？」

『へ!?　本物か、って……分かった、ちょっと調べてみるねん。えーっと……』

『……偽物！　色が変わってただけだよ、お兄ちゃん！』

（くそ……やっぱりか！）

突如カットインしてきた椎名の返答を聞いてぐっと下唇を噛み締める俺。

そう——つまり、そういうことだ。羽衣は、【重力場】の影響を受けてからまだ【ブラックリング】など使っていない。縛りが消えたのはおそらく【コピーキャット】自身の仕様だろう。あの指輪（リング）は、最初から〝一ターン限定で〟効果を及ぼすものだった。そして羽衣（はごろも）は、深弦（みつる）の【重力場】を逆手に取って、今まさに奇襲を行おうとしている。

「――ちょっと待ってくれ」

だから俺は、気取った仕草で漆黒の仮面に手を遣（や）ると、静かな口調で切り出した。

「お前らも疑ってるとは思うけど……さっきの【条約破棄】はフェイクだ。【重力場】の影響を加味しても、【バイオレット】はまだ指輪（リング）を使える」

「……ふうん？　証拠は、あるの……？」

「ないよ。ないから、俺の話を信じられるやつだけ乗ってくれればそれでいい。もし【条約破棄】が偽物（フェイク）なら――【バイオレット（そいつ）】がまだ指輪（リング）を温存してるなら、ここで使われるのは十中八九〝プレイヤーが選んだ数字を覗（のぞ）く〟タイプのものだ。もしくは〝後出し〟とか〝差し替え〟とか……とにかく、確定で予想を当てられる指輪（リング）なら何でもいい」

「ん……つまり、覗き行為。ストーカーさんの、得意なやつ……」

「火のないところに煙を立てるプロかお前は。……で、だ。もし【バイオレット】の作戦が俺の予想した通りなら、理屈上は《ジョーカー（親）》の予想が公開された後に自分の数字を弄（いじ）れる指輪（リング）〟があれば対抗できるはずなんだよ。それも、出来れば二つだ。変更後に後出しされた場合に備えて二つ欲しい。俺が【ナンバービルド】を持ってるから、もう一人似たような効果の指輪を持ってるやつがいれば……」

「【ナンバービルド】？　それって……ミツル、ミツル！」

「うん、分かってるよすみれ。【ナンバービルド】ならボクも持ってる」

と――そこで、小さく肩を竦めながらそんな言葉を口にしたのは森羅の5ツ星・不破深弦だ。彼は右手で端末を弄びながら曖昧な笑みを浮かべてみせる。

「せっかくの勧誘が蹴られちゃったからね。ここは、篠原くんに乗っておこうかな」

「……なんと。びっくりです、今度はいきなり振られてしまいました」

深弦の皮肉めいた言葉を聞いて、羽衣はそっと右手を頬に当てた。人形みたいに長い髪をふわりと揺らした彼女は、仮面越しの視線をじっと深弦に向け直す。

「もう、わたしは要らないのですか？　篠原さんが嘘をついているかもしれないのに」

「まあね。確かに、篠原くんはすみれでも感情が読めない不思議な人だ。でもボク、これでも人を見る目はあるつもりだから。篠原くんが嘘をついているかどうかに関わらず、少なくともキミよりは彼を信じたほうが勝ちやすい――それに、【ファントム】ならここからでも勝つからね。この程度で負けるような【ストレンジャー】なら要らない」

微かに口元を緩めたまま挑発するようにそう言って、いつでも指輪を使えるように端末を構える深弦。対する羽衣は静かな口調で「……そうですか」とだけ呟くと、それ以上何を言うでもなく楚々とした仕草で引き下がる。

とにもかくにも、これによって四つの数字と《ジョーカー》の賭けが確定した――【スロットカード】二周目中盤。ゲーム開始から初めてとなるコールが響き渡る。

『ゲットレディ！　それじゃあ行くよ？　みんな、一斉に数字をオープンして――』

「――いけない、雫殿ッ!!」

と……その時、場違いなくらいの大音声が【スロットカード】の進行を強制的に中断させた。声の主はタタタッと勢いよく風を切りながらこちらへ近付いてくると、ズザアッと靴裏を滑らせながら皆実の前に滑り込み、同時に腰に差していた木刀を抜く。低い姿勢を保った彼女――枢木千梨が睨み付けている先は、どういうわけか羽衣だ。

慣性に従って揺れていたポニーテールがふわりと元に戻る中、枢木は静かに続ける。

「遅れてしまって申し訳ない。が……この女の誘いに乗るのは危険だ、雫殿。【バイオレット】は味方ではない。油断していると私たちも同時に狩られるぞ」

「……あら、随分と物騒なことを言いますね。わたし、何かしましたか？」

「抜かせ。これでもゲームの履歴は全て見てきた――貴様、【重力場】の影響で一つに制限された指輪を使って雫殿とコンタクトを取っていたな？　勝利報酬の半分という対価を示した上で、雫殿の【ブラックリング】を用いて少年の策を潰そうとした」

（なッ――!?）

枢木の指摘に内心で大きく目を見開く俺。

やられた――というのが最も率直な感想だった。【重力場】で一つに制限された【ブラックリング】。故に、こちらが二人以上で徒党を組めば確実に潰せると思っていた。けれど羽衣は、その一つをあろうことか皆実とのコンタクトに使ったのだという。限られたリソースを元手に、無限の可能性を手に入れようとしていたのだという。

確実性はないが、上手くハマれば完璧に刺さる大胆な手。

そんな指摘を受け、片手を上品に口元へ添えた羽衣は嫋やかな笑みを零して頷く。

「ふふっ、バレてしまいましたか。あと少しで上手くいきそうだったのですが……とはいえ、心外です。わたし、協力してくれる方を裏切ったりはしませんよ？」

「そうか？　だが、あの場から貴様が勝つためには雫殿の持つ指輪をいくつも消費することになる。それらは勝者となる貴様の元へ行くわけだが、どう返してもらえるんだ？」

「とても、とっても感謝いたします。さらに、好感度もわずかに上昇します」

「……貴様、なかなか図太いやつだな」

鋭い眼光に低い声、学園島では誰もが恐れる《鬼神の巫女》。そんな彼女の追及を受けても穏やかな態度を一切崩さない羽衣に、枢木はついに呆れたような声を零して臨戦態勢を解除した。木刀を腰に差し直し、ぱっぱと膝を払って皆実の隣に並び立つ。

「ふふっ――――合格、ですね」

そんな二人の姿を見て、羽衣が小さく声を漏らしたのが分かった。そうして彼女は、静かに手元の札をオープンする。【A】【A】【A】【A】……ゾロ目が自動的に〝的中〟扱いとなるこのゲームにおいて最も価値がないと断言できる選択。明らかに指輪を使う前提だったとしか思えない手札を晒した上で、羽衣はにっこりと上品な笑みを浮かべる。

「はい。……見ての通り、このゲームはわたしの負けで構いません。そもそも、そちらの方の協力が得られなければ勝ちようがない状況ですから」

「ん……それは、そう。……それで？」

「皆実雫さん、それから枢木千梨さん。……お二人は、強い【ストレンジャー】をお探しではありませんか？　今ならとってもおきのわたしが立候補いたします。こう見えてもわたし、とっても強いんですよ？　お買い得ですよ？」

「……ふぅん？　強い【ストレンジャー】は、どっちでもいい……けど、可愛い女の子ならいつでも募集中。だから、わたしは大賛成……枢木ちゃんは？」

「うむ……そうだな。敵ならともかく、仲間になってもらえるのであれば歓迎だ。可愛いか否かは重要ではないが、貴様の強さは充分に確認できた」

「なんと、強さも容姿も認められてしまいました。素敵な居場所です……では、短い間ですが、どうかよろしくお願いしますね？」

にこにこと嬉しそうに笑いながら人形みたいな長い髪をふわりと揺らす羽衣。

（お、おいおい……マジかよ、冗談だろ⁉）

対する俺は、心の中で悲鳴を上げるしかない。……【ファントム】に比肩する実力を持ち、凄まじい数の指輪とゲームセンスをもって猛威を振るう【バイオレット】。そんな彼女が【ストレンジャー】として《修学旅行戦》に首を突っ込んできた——だけなら、まだ良かったと言えるだろう。けれど、彼女が手を貸した先が最悪だ。《修学旅行戦》におけるダークホースであり、ずば抜けた高ランカーを複数抱える連合学区。

枢木千梨。皆実雫。それに加えて羽衣紫音。

6ツ星クラス——あるいはそれよりも凶悪な三人が、ここでいきなり手を組んだ。

「……ッ……」

カジノゲーム【スロットカード】はその後もしばらく続いたが……俺は、唐突に起こった非常事態で頭がいっぱいになり、もはやゲームどころではなくなっていた。

【学年別対抗戦《修学旅行戦》・二日目終了時点】
【三位：英明学園——191万枚】
【二位：桜花学園——270万枚】
【一位：聖ロザリア＆栗花落連合——1027万枚】

＃

――ルナ島には数多くの宿泊施設が存在する。

まあ、当然と言えば当然の話だ。ルナ島は世界でも有数の観光地で、常に溢れ返るほどの来島者を抱えている。その受け皿を用意していないはずもないだろう。

けれど、加賀谷さんによれば〝彼〟が滞在しているのはそういったホテルや民宿の類ではないらしい。何しろ彼は、ルナ島の歴史の中でもほとんど前例がない〝永久滞在権〟取得者。賃貸住宅を契約する権利なんかも普通に与えられている。そんな諸々を元に調べてもらったところ、Bランクエリアの住宅区画に彼の住む家はあった。

その玄関前にて。

「ふう……」

静かに一つ息を吐く俺。……《修学旅行戦》三日目の朝。俺と姫路は、とあるプレイヤーを英明の【ストレンジャー】枠として勧誘するためにこの場所を訪れていた。

そのきっかけとなったのは、やはり羽衣紫音の〝試験〟――そして【バイオレット】の、連合加入だ。《修学旅行戦》限定の協力関係を形成していた皆実雫と枢木千梨という超強力な組み合わせに、輪をかけて凶悪な【ストレンジャー】が加わってしまった。結果、二日目途中の段階で連合学区は圧倒的大差のトップに躍り出ており、【バイオレット】に至っては単独のチップ所持数が800万枚を超える勢いとなっている。

　そして、対する俺や彩園寺の所持チップはせいぜい50万枚前後だ。《修学旅行戦》の常識に照らし合わせれば充分高い数値のはずだが、とはいえ1000万には程遠い。このままでは《修学旅行戦》も、そして羽衣の試験も俺たちの負けで終わってしまう。

(それを覆せるのは……もう【ファントム】しかいないよな)

　頭の中で状況を整理しつつ、俺は内心で小さく呟く。

【ファントム】――ルナ島最強の【ストレンジャー】。深弦によれば昨日から音信不通とのことだが、彼ならばあるいは【バイオレット】にも太刀打ちできるだろう。現在は森羅の協力者として登録されているものの、【ストレンジャー】の設定は学区側からでも【ストレンジャー】側からでも変更できる。要は引き抜き可能、というわけだ。

「まあ、もちろんあいつが俺たちの呼び掛けに応じてくれれば、って話だけどな」

「そうですね……【ファントム】様は、紫音様に大きな恐怖を抱いている様子でした。まずはあの方のトラウマをどうにかしなければ協力など到底望めません」

「ああ。で、それには話を聞いてくれなきゃ始まらない――ってわけで姫路、頼んだ」

「かしこまりました、ご主人様」

扉の脇に備え付けられた接触盤——本来なら家主の端末を翳された時だけ電子錠を解除する機器に自身の端末を触れさせ、その状態で何やら操作を始める姫路。直後、カチッと小さな音がして扉の電子錠があっという間に無効化された。……当然のように犯罪行為だが、まあ緊急事態ということで許してもらおう。

とにもかくにも、俺と姫路はそうやって【ファントム】の住居へと上がり込むことに成功する。内装はビジネスホテルのようなそれだ。装飾はほとんどなく、簡素ながらも清潔に整えられている。しばし廊下を進むと突き当たりに扉が待ち構えていた。

小さく息を吸い込みながらそいつを押し開く。

「…………は？」

瞬間——呆気に取られたような声を上げつつこちらを見つめてきたのは、紛れもなくルナ島最強の【ストレンジャー】こと【ファントム】だった。ベッドの上で片膝を抱えるような体勢を取り、どことなくアンニュイな表情で俯いていた少年。仮面を外したところを見るのは初めてだが、襟足の長い黒髪には薄っすらと青系統のメッシュが入っている。色素が薄いというか、透明感のある整った顔立ちだ。

そんな彼は、突然の闖入者である俺たちに対して明らかな困惑を浮かべている。

「いや、えっと……何で勝手に入って来てんの、お前ら。ここ、俺ん家なんだけど……」

「存じております、【ファントム】様。ご懸念の通り、男性のご自宅に足を踏み入れるのは若干の抵抗がありましたが……こうしてご主人様が隣にいてくださるおかげで、今のところは気を失わずに済んでいます。ご主人様に感謝してください」

「ええ……俺、非難される側？　勝手に家に侵入されてるのに？　プライバシーも侵害されてるのに？　っていうか、どうやって扉の電子錠を外したんだよ……？」

「開いていましたよ？　心ここにあらずの様子でしたし、掛け忘れたのでは」

「そんなこと……まあ、ないとは言えないか」

涼しい顔で嘘をつく姫路に対し、【ファントム】はそう言って静かに首を振った。こちらの言い分を信じたというよりは〝追及するほど気力がない〟といった様子だ。昨日のゲームで相対した時と比べても随分と憔悴しているように見える。

「……それで、今さら俺に何の用だ？」

不法侵入の件については特に広げることもなく、彼はふいっと視線を逸らして続ける。

「ゲームに参加してくれ、っていう誘いならもう諦めてくれ。俺は、少なくとも〝彩園寺更紗〟がルナ島を離れるまではカジノに復帰したくない」

「……そうみたいだな」

嘆息と共にそう言って、俺は少しだけ【ファントム】との距離を詰めることにした。姫路と共にリビングの中まで入り込み、手近な壁にトンっと背中を預けて腕を組む。

「事情は何となく知ってるよ。だけど、それだけだといまいち納得できないし、理解できない部分も多い。だから直接話を聞きに来たんだ」

「へえ……俺なんかのために熱心だね」

感心したような口調で呟く【ファントム】。けれど彼は、すぐさま首を横に振る。

「だけど、残念ながら大した話は出来ないよ——事情も何も、俺はただひたすらに〝彩園寺更紗〟が怖いだけなんだから。この三年で少しはマシになってるかと思ったけど、冷静に考えてみればそんな旨い話があるわけない。自分のことながら呆れてくるね」

「……ですから、その認識が間違っていると言っているのです」

と、そこで口を挟んだのは姫路だった。彼女は俺の陰に隠れるような位置取りをキープしながら、警戒を露わにしつつも毅然とした声音で言葉を紡ぐ。

「【ファントム】様。貴方は昨日、ジャックポットタイムに少し遅れて現れた長い髪の少女——【バイオレット】様を見て、真っ青になりながら『あれが彩園寺更紗だ』と口走りました。ですが、そもそもの誤解があります。あの方は……」

「……分かってる、分かってるよ」

ふるふると、抱えた膝に額を軽く押し当てるようにしながら首を振って姫路の説明を遮る【ファントム】。彼はゆっくり溜め息を吐くと、重ためのトーンで話を続ける。

「あの女は〝彩園寺更紗〟じゃない、その名前で呼ばれてるのは桜花の6ツ星だ——って言うんだろ？　不破にも聞いたよ。彩園寺家の長女は間違いなくあいつだって」

「その通りです。……もしや、それが信じられないとでも？」

「まさか。随分前のことだから確証はないけど……多分、俺が何か勘違いしてたんだ。三年前の俺は、とある出来事がきっかけで〝彩園寺更紗〟にトラウマを抱いた。けど、その時に〝彩園寺更紗〟を名乗ってたのが本人じゃなくて【バイオレット】だった可能性は普通にある。それまで一回も顔出ししてなかったはずだし……まあ、そうなると俺は、見ず知らずの誰かにトラウマを抱えて三年間過ごしてきたことになるんだけど」

はぁ、と自嘲めいた吐息を零して小さく首を横に振る【ファントム】。

そんな彼に身体を向けたまま、俺は密かに傍らの姫路と目を見合わせる。……何というか、肩透かしといった印象だ。俺たちからすれば大問題なのだが、彼にとって〝自身のトラウマの対象が本当は誰か〟なんて別に重要なことでもないのだろう。

が、それならそれで構わない。

問題はやはりその先だ——俺たちは、英明学園は、圧倒的な力を見せ始めている【バイオレット】と聖ロザリア&栗花落連合に対抗するためどうにかして【ファントム】を翻意させる必要がある。それが出来なければお終いだ。……だから、

「なあ、【ファントム】——いや、ここは竜胆戒って呼んだ方がいいか」

「……待て。何でお前が知ってるんだよ、それ」

「7ツ星の情報閲覧権限が最高レベルだってことくらい知ってるだろ。……にしても、そ

の反応は当たりみたいだな？　裏取りの手間が省けて助かるよ」

「うわ、典型的なやつだ……しかも俺、ちゃんと引っ掛かってるし……」

片手を顔に当ててどよーんと落ち込む【ファントム】、もとい竜胆戒。

そんな反応には構うことなく、俺は壁に背を預けたまま〝本題〟を口にした。

「なあ竜胆。お前が〝彩園寺更紗〟に……【バイオレット】にトラウマを抱いたきっかけってやつを教えてくれないか？　それが分からなきゃ一向に話が進まない」

「……だろうな。だけど俺は、別に話を進めて欲しくなんかない。俺は基本的にネガティブだけど、だからってわざわざ弱点を晒したいわけじゃないんだよ」

「なるほど。……では、竜胆様。一つお尋ねしたいのですが、貴方は今年の天音坂学園の二年生と会ったことがありますか？」

「天音坂……？　まあ、一応あるよ。なるべく避けてたんだけど、昨日のゲームで派手な青髪のサングラスと鉢合わせた。他にも何人か見かけたかな。……でもあいつら、俺が協力を断って逃げたから怒ってるだろ？　出来れば二度と会いたくない……」

「完璧な回答です。それでは、竜胆様——もし貴方がご主人様の要求に応じないのであれば、わたしは今すぐこの端末に触れようと思います。そして偶然、奇遇なことに、現在わたしの端末に表示されているのは矢倉様の端末ＩＤです。貴方の言う〝派手な青髪サングラス〟のプレイヤー……その方に、ワンタッチで連絡が飛ばせる状況ですね」

「……え。もしかして俺、脅されてる？」

「いいえ、脅しなど滅相もありません。ただほんの少し指を動かすだけですので」

澄ました表情のまま告げる姫路。その声音は、決して冗談を言っている風ではない。

「ここで過去を抉られるか、天音坂の連中に自宅を知られるか……か」

何て二択だ、と肩を落とす竜胆だが、やがて前者の方がまだマシだと腹を括ってくれたらしい。顔を少しだけ俯かせて、そのまましばし黙り込んで……そうして、一言。

「俺はさ、小さい頃からずっと〝彩園寺家の長女〟と比べられ続けてきたんだ――」

自嘲めいた笑みを口元に浮かべながら、竜胆は静かに語り始めた。


――竜胆家は、彩園寺家に勝るとも劣らない力を持つ名家だ。

明確に負けている点があるとすれば歴史くらいのものだが、それは逆説的に竜胆家が彩園寺家よりも遥かに速いスピードで急成長を果たしたことの証明でもある。教育関係で事業を興した三代前の当主から始まり、数十年で日本屈指の名家に仲間入りした。

「そんな竜胆家が学園島に領土を持ったのは十年ちょっと前のことだ。十七番区……置かれた学園の名前は天音坂。学園島にしては珍しく〝少数精鋭〟を掲げる学校だ」

十七番区天音坂学園。……俺はまだ夢野と矢倉くらいしか面識がないが、確かにどちらも変わり者で、それでいて間違いなく〝強い〟という印象がある。

「そもそも、学区全体の方針が才能重視って感じなんだよな。竜胆家のスタンスは、基本的に〝全よりも個〟だ。そこそこ優秀な百人よりも化け物みたいな一人が社会を回せばいいって考え方……だから、学園に入れる人間もひたすら厳選する。過去には新入生が一人もいなかった年だってあったくらいだ。そんな学校で、そんな家なんだよ」

尖ってるだろ、と竜胆は他人事のように笑う。

「それで、俺は……竜胆戒は、そんな竜胆家の長男だ。で、俺からしたら雲泥の差ってやつなんだけど、これって要は〝彩園寺家の跡継ぎ〟——彩園寺更紗と似たような立場なんだよな。だから、いつでも比べられてた。向こうは学校にも通う必要がないくらいの才女だとか、能力判定テストで何点取ったとか、星獲りゲームに参加できるようになったら7ツ星確実だとか……それだけなら良かったのに、ついでに俺が貶められた。要は悪役ってやつだよ。俺、そんな柄じゃないんだけど……」

……人間は、他の何かと比べることでしか物事を評価できない。

まあ、言ってしまえばそういうことなのだろう。〝彩園寺更紗〟の武勇伝を語りたいと思った時、比較する対象がいないと盛り上がらない。その点、竜胆家の長男である彼は都合のいい存在だったはずだ。竜胆戒が〇〇だったのに彩園寺更紗は◇◇だった、という文脈が定型として成立するくらい、彼は顔も知らない少女と比較され続けた。

「それで——なあ篠原、知ってるか？　三年前の《メルテット》」

記憶を辿るように小さく顔を持ち上げながら、竜胆は静かに言葉を継ぐ。

《メルテット》――〝中等部修練試合〟という正式名称を持つそれは、毎年夏に学園島の全中学生を巻き込んで開催される一大イベント、だそうだ。簡単に言えば星獲りゲームの体験版。好成績を残すと大量の島内通貨が手に入る……だけでなく、学校ランキング上位の学園から推薦やら特待生の枠なんかがもらえることもあるのだという。

「その参加予定者の一覧にさ、彩園寺更紗の名前があったんだ。確か中一の時は出てなかったから、初の公式戦ってことになる。……そのことを知って、俺はチャンスだって思ったんだ。もしかしたら今までの噂は全部フェイクで、本物の〝彩園寺更紗〟は全然大したことないやつなんじゃないかって……そんな希望があったからさ。だから俺は、イベントの何ヶ月も前から準備を始めた。本当に、誰にも負けないくらい練習した」

全てを過去形で語る竜胆。……まあ、それもそのはずだろう。彼の努力が正しく報われたなら、トラウマになるほどの恐怖なんて生まれるわけがない。それに、姫路も言っていたはずだ。羽衣紫音は一度だけ、家の監視をすり抜けて大きな《決闘》イベントに参加したことがあると。そこで、数万人の参加者を蹴散らしてトップに立ったと。

「……要するにさ、全部俺の思い上がりだったんだよ」

自嘲気味の声が静かに響く。

「彩園寺更紗は本当に強敵だった……いや、多分俺は最後まで〝敵〟だって認識すらされてなかったと思う。誇張じゃないぜ？　だって俺、途中まで自分が優勢だって思ってたんだ。だけど、後から island tube の映像を確認してみたら、そこには天と地ほどレベルの差がある相手に小細工を弄して得意がってる救えないバカが映ってるだけだった。……衝撃だね、全く。俺の策は通ったんじゃなく、あいつに利用されてただけだったんだ」

ぎゅ、っと右手を押さえるようにして一つ一つの言葉を紡ぎ出す竜胆。

「しかもあの女、俺に向かってこう言ったんだよ――『強いのですね』って。ずっとフードで顔を隠してたんだけどさ、俺が最後の最後に放った悪足掻きの一撃が届いた時、一瞬だけ上品な笑顔を覗かせて俺を褒めやがった。そして、次の瞬間にあっさり俺を倒して優勝したんだ。……そこからの俺の末路たるや、なかなか酷いものだぜ？　〝彩園寺更紗が桜花にいる間は天音坂が躍進することはない〟とか〝跡継ぎの差が歴然だ〟とか……リアルでもSNSでもお構いなしだ。その上、繰り返すようだけど竜胆家の方針は完全に才能重視。彩園寺更紗に勝てないことが分かった時点で、俺の価値はなくなった」

天音坂の学長でもある父親には見限られて、世間には軽々と見捨てられて。

居場所を求めた彼の選択は――逃避、だった。

「……天音坂って、中等部の修学旅行でもルナ島に行くんだ。で、彩園寺更紗にはボロ負けしたけど《メルテット》の順位自体は二位だったから、当時の俺は中学生にしては大量の島内通貨を持ってた。そいつを使って学園島と繋がってるルナ島のディーラーを何人か買収して、ひたすらチップを集めたんだよ。修学旅行の最終日までに〝滞在期間延長〟の権利を買えるくらいには……で、その時になって初めて親父に相談したんだ」

──親父、俺をルナ島に残してくれ。

──俺がルナ島にいれば、高等部の学年別対抗戦で天音坂に貢献できる。

──今年だけじゃない、来年も再来年もだ。《修学旅行戦》で天音坂が負けることはないってくらい全力で稼ぐ。それは、俺にしか出来ないことだ。俺だけの価値だ。才能だ。

──だから、どうか学園島へは連れ戻さないで欲しい。

──俺は彩園寺更紗と戦うのが、怖い。

「情けないだろ？　でも、返事は〝許可〟だった。だから俺はそれからもずっとルナ島にいて、《修学旅行戦》の時期は天音坂にチップを献上し続けてる。そこまでやって初めて俺に価値が出来たんだよ。特定の《決闘》でだけ使えるお助けキャラとしての、さ」

　あえて自身を傷付けるような言い方を選ぶ竜胆。……ただ、事実として天音坂学園は過去三年間で一度も《修学旅行戦》の勝利を譲っていない。去年の学校ランキングで二位にランクインしているのだって、間違いなくその勝利が礎となっているはずだ。

　もちろん、そんなことを言っても竜胆は自身の考えを変えたりしないだろうが。

「まあ……ともかく、事情としてはそんなところだよ。俺は〝彩園寺更紗〟から逃げるためにこの島に引き籠もってる。だから、あいつが二年生になる今年は《修学旅行戦》に参加するつもりなんか全くなかった。なのに天音坂の連中はガンガン電話してくるし、森羅の双子は乗り込んでくるし、それを適当な嘘で追い払おうと思ったら……」

「……すみれに嘘を見抜かれた、と」

「ああそうだよ。あの妹に隠してたことを全部暴かれて、兄の方には細かいところをことごとく喋らされた。その上で、こんな条件を出されたんだ。《修学旅行戦》であいつらに協力すれば、代わりに《アルビオン》に招待するって……そうすれば、たとえどの学園にも所属してなくても、戸籍がないやつでも学園島にいられるって」

「《アルビオン》に……なるほど、非公認の裏組織を隠れ蓑にするってことか」

「ああ。『ボクらははぐれ者の集まりだから、キミみたいな訳ありは大歓迎だ』っていうのが不破の言い分だった。で……やっぱり意思が弱いんだよな、俺。何を言われても説得されないつもりだったのに、気付いたら森羅に手を貸すことになってたんだよ」

　力なく首を横に振る竜胆。

　とにもかくにも、竜胆と不破兄妹はそうやって契約を結んだ。竜胆戒は【ストレンジャー】として《修学旅行戦》に参加し、森羅の勝利に貢献する。ただし〝彩園寺更紗〟のいるゲームからは逃げていいものとする――と、そんな一文を添えて。

「……それなら大丈夫だと思ったんだよ。あいつから逃げてもいいなら、別のところで戦っててていいなら平気だと思った。しっかり貢献して、学園島に帰れると思った」

でもダメだった、と竜胆は諦観交じりの声を零す。

昨日の夜、三年ぶりに彼女の姿を見ただけで足が竦んだ。声が震えた。動悸が激しくなって、何も考えることなんか出来なくなった。耐えられなかった。

「だから……無理だよ、俺はしばらく使い物になりそうもない。何をしててもあいつに負けるシーンだけがフラッシュバックするんだ。学園島最強とか《女帝》とか、そういう才能に溢れた連中とは根本的に違うんだよ。俺は、どうやったってあいつに勝てない」

力なく首を振りながら、吐き出すようにそう言って話を締める竜胆。

彼に根付いた劣敗の精神——それは、相当に心の奥深くまで侵食してしまっているようだ。どう見てもこちらの説得に応じてくれるような雰囲気じゃない。

——けれど、

（要するに、竜胆が戦えないのは羽衣に対するトラウマ……こっぴどく負けた経験のせいだ。なら、それが払拭されればまた戦えるようになるんじゃないか？　最強の【ストレンジャー】として復活してくれるんじゃないか……？）

そんな思考を巡らせる。……いや、じゃないか、なんて言っている場合じゃない。ここまで来たら、もうそちらに賭けるしかないだろう。分が悪かろうが何だろうが、最大のリターンが見込める賭けをするしかない。妥協の選択肢で勝利を掴める段階はとっくの昔に過ぎ去っている。

だから俺は、微かに口角を持ち上げながら静かな声音でこう言った。

「なあ竜胆──俺と、ちょっとしたゲームをしないか？」

♯

「え……ゲーム？」

ルナ島滞在三日目、午前十一時三十分。

《修学旅行戦》もそろそろ終盤に差し掛かろうとしている中で迎えた一つの山場。

現在ルナ島で猛威を振るっている【バイオレット】及び連合学区──それに対抗しうる唯一のプレイヤーこと【ファントム】は、俺の提案に対してぱちくりと目を瞬かせた。

それでも俺は、平然とした顔で言葉を紡ぐ。

「ああ。そうだよ、ゲームだ。ディーラーがいないから正確には〝疑似ゲーム〟みたいなもんだけど、とにかく俺と一対一で戦って欲しい」

「何だよそれ……もしお前が勝ったら協力しろ、とでも言いたいのか？　だとしたら嫌だよ、嫌に決まってる。何が悲しくて一ミリも得がないゲームに乗らなきゃいけないんだ」

「そんなこと言ってないだろ。そうじゃなくて、俺はただ証明したいだけだ」

ポケットから端末を取り出しながら、俺はあくまでも淡々と告げる。

「さっきの話、聞かせてくれてありがとな。んで、お前の事情を知った上でちょっと考えてみたんだけど……お前が感じてる恐怖やら怯(おび)えやらっていうのは、結局のところ〝敗北に対する恐怖〟なんだよな？【バイオレット】本人じゃなくて、あいつにボコボコにされるのが怖い。勝てないのが怖い。ずっと比べられてきたお前だから、あいつと戦ったら無様に負ける結末しかないっていう強烈な刷り込みがある」

「……刷り込み、とかじゃない。実際、俺は【バイオレット】に勝ったことなんか――」

「あるわけないだろ、まだ一戦しかしてないんだから。それに、《メルテット》はもう三年前の《決闘(ゲーム)》……しかも、開催場所はルナ島じゃなくて学園島(アカデミー)だ。お前、この島では最強なんじゃないのかよ？　ここでなら誰にも負けないんじゃないのかよ」

「いいや。……それ、本気で言ってるんだとしたら割と驚愕(きょうがく)なんだけど」

トンっ、と抱えていた足をベッドに投げ出しながら自嘲気味に口角を上げる竜胆(りんどう)。

「確かに俺はこの島じゃ神格化されてる……所持チップの枚数も【ブラックリング】の所持数も、ルナ島の歴史で俺より上はそうそういないと思う。でも当たり前なんだよ、そんなのは。この島に悪徳ディーラーなんかほとんどいないから、長くいればいるだけチップは溜(た)まる。指輪(リング)が集まってくればどんどん勝率も上がってくるしな。《修学旅行戦(フォルティッシモ)》みたいな短期決戦ならともかく、ダラダラ稼ぐだけなら才能なんか必要ない」

「………」

「それに、いくら指輪(リング)があるからって誰にでも勝てるわけじゃない――いるんだよ。この世には、本物の天才ってのが。竜胆家は才能重視の方針だから、俺も小さい頃から〝突き抜けた〟やつを何人も見てきた。大抵はただ頭の回転が早かったり先読みが上手かったりするだけなんだけど、たまに化け物みたいなやつがいるんだ。格が違うやつがいる。そして、そういうやつは決まって7ツ星になる……星獲りゲームの頂点に君臨する」

「……へえ？　じゃあ、【バイオレット】がその〝本物〟なのか？」

「そうだよ、ぶっちぎりで本物だ。で、その手の連中にはいくら指輪で小細工したって勝てないよ。俺に才能なんかないんだから……あいつとの差が埋まることはないんだから」

しきりに〝才能〟という単語を口にしながら力なく首を垂れる【ファントム】。

おそらく、それは彼が竜胆だからだろう——少数精鋭の天音坂を率いる次代のエースとして期待されていた竜胆家の長男。けれど、才能を重視する家の中にあって彼はあくまで凡庸で、逆に彩園寺家の長女は本物の才能を持っていた。二人の間には圧倒的な差があって、それは彼がルナ島で積み上げてきた三年くらいで引っ繰り返せるものではない。

が、それでも。

「なあ竜胆。……それじゃあ、お前に俺はどう見えてる？　お前にとっての【バイオレット】が恐怖とトラウマの対象だとして、俺はどういう印象だ？」

「どういうって……そんなの、さっきも言った通りだろ。お前はどう考えたって〝才能がある〟側の人間だ。7ツ星だし、カジノゲームへの適応も半端じゃないし。多分、俺が自力でBランクエリアまで行こうと思ったら十日はかかる」

「そうか。じゃあ次だ、俺と【バイオレット】ならどっちの方が強いと思う？　お前のトラウマの対象である【バイオレット】と、7ツ星の俺。お前はどっちを上に置く？」

「え……何だよそれ、究極の二択みたいなやつか？」

訝しむようにそう言って、竜胆は小さく肩を竦めてみせる。

「うーん、そうだな……感情だけなら圧倒的に【バイオレット】なんだけど、冷静に考えれば同じくらいなのかもな。正直、俺は〝彩園寺更紗〟が——【バイオレット】が今の7ツ星なんだと思ってたから、だとしたら篠原と同格ってことになる」

「なるほどな。じゃあ、強さは同じくらいなのに俺の方は怖くない、ってことか」

「そりゃまあ……だって俺、お前にトラウマを植え付けられたわけじゃないし」

「なら、俺とのゲームに関しては〝怖くて逃げ出したい〟ってこともないんだな？」

「……そういうことかよ」

　ようやく俺の意図に気が付いた、とでもいうように、竜胆は呆れ交じりの仕草でゆっくりと顔を持ち上げる。その視線から感じ取れるのは抗議と、それから得心だ。

「つまり、お前とのゲームなら怖くないから出来るだろ、って言いたいんだな？　で、お前は【バイオレット】と同じくらい強いんだから、もし俺が篠原に勝てれば【バイオレット】にだって勝てるはず、って……まさか、それを〝証明〟とか言ってるのか？」

「理解が早くて助かるよ」

ニヤリと笑って頷く俺。

そう――俺が彼にゲームを申し出た理由は、要するにそういうことだ。勝ったらどうとか負けたらこうとか、そんな交換条件は必要ない。竜胆戒がカジノゲームから逃げているのは、偏に〝【バイオレット】には勝てない〟という思い込みのせいだ。特殊な才能のない自分自身に対する劣等感と諦観が常に彼の行動を支配している。

だからこそ、まずはそれをぶっ壊さなきゃいけない。

「安心しろよ竜胆、俺の希望はゲームをするってとこまでだ。その上でどうするかはお前が自分で決めればいい。もちろん、俺としては一緒に来て欲しいけど……あくまでもお前の意思で、全員ぶっ倒すくらいの気概で来てもらえなきゃ意味がない」

「……本当に俺に言ってるのかよ。そんな感情、人生で一度も抱いたことないぞ」

「じゃあこれが初めてだな。世界変わるぜ？　自分を騙すだけでも充分に、な」

不敵な笑顔で唆す俺。それに対して竜胆は、無言のままそっと肩を竦める――同意、とみなしていいだろう。まだ英明との協力を受け入れてくれたわけではないが、とりあえず俺とのゲームには乗ってくれた。まずは第一段階クリア、というわけだ。

ちらりと隣の姫路に目を遣ると、彼女は白銀の髪をさらりと揺らして口を開く。

「はい。それでは、わたしがディーラーの代理を務めさせていただきます。参加者はご主人様と竜胆様の二名。正式なゲームではないのでエフェクトは全て代替のものです。そのため、なるべく単純なルールを採用しましょう――ゲーム名は【セレクター】です」

「……どんなゲームだ？」

「基本的には〝コイントス〟ですね。まず、親にあたるプレイヤーがコインを弾き、それを手の甲で受け止めた後にもう片方の手で蓋をします。そして、子にあたるプレイヤーはどちらの面が上になるかを予想し、最大1万枚までチップを賭けてください。ただし、賭けを行えるのは〝親がコインを弾いてから落ちてくるまで〟の間とします」

「…………」

「ちなみに、子の賭け内容は勝敗が確定するまで非公開の情報となります。親がコインを弾く、子が賭けを行う、親がコインを受け止める、答え合わせのために予想と結果を同時に開示……の順でゲームが進行する、というわけですね」

「なるほど……ラウンド数は？」

「十戦です。ただし、親が交代するのは子が賭けを成功させた場合のみとしましょう」

姫路がいつも通りの涼しげな声音で説明を終える。

疑似カジノゲーム【セレクター】――そのルールは、要するに普通のコイントスだ。チップを賭けるタイミングや親の交代云々といった部分に多少の戦略性は加えられているものの、基本的には〝二分の一の確率を当てる〟ゲームでしかない。

だから、というわけではないだろうが。

「……まあ、別にいいよ。それでお前らが納得してくれるなら安いもんだ」

竜胆は、そう言って小さく頷(うなず)いた。同時に右手でさっと端末を撫(な)で、現出させた白亜の仮面を鈍く光らせる。ルナ島最強の【ストレンジャー】こと【ファントム】――竜胆戒(かい)と俺との非公式戦が、今まさに始まろうとしていた。

「そりゃどうも。……んじゃ、最初はお前の親からってことでよろしく」

【ファントム】に倣(なら)って黒の仮面を投影展開させながら、俺は手元に用意していた一枚のコインを――漆黒の指輪を嵌めた指先で――ピンっと彼の方へと弾いてみせた。ルナ島のチップや指輪(リング)は基本的に全て拡張現実(AR)世界の代物(しろもの)だが、これは商業区画で購入した本物のコインだ。片側にだけ複雑な文様が描かれており、そちらを表と定義する。

「へえ……これを弾けばいいってことか。けど、子の賭け(ベット)はどうするんだよ？」

「ああ、こっちも準備は出来てるよ」

そんな返事を終えるか終えないかのうちに、俺の目の前に半透明のパネルが投影展開される――【表】か【裏】を指定する二つのコマンドと、それから賭けるチップの枚数を入力する数字キー(テン)。つい先ほど加賀谷(かがや)さんが組んでくれた即興のシステムだ。竜胆がコインを弾いたら、俺はそれが落ちてくるまでの間に賭け(ベット)内容をここへ入力する必要がある。

と、そこで、手元でコインを弄んでいた竜胆が探るような声音で口を開いた。

「確認なんだけど……篠原が予想を外し続ける限り、俺はずっと親をやってていいんだよな？　で、親は子が外した分のチップをもらえる……それでいいか？」

「はい、その理解で問題ありません。予想が的中した場合は親から子へ、外れた場合は子から親へ、いずれの場合も宣言された額のチップがそのまま移動します。もちろん、疑似ゲームですのでそういう体、というだけですが」

「ん……じゃあ、【ブラックリング】の使用は？　……そもそも、使えるのか？」

「もちろん、可能ですよ。実際に指輪が消費されることはありませんが、選択された指輪の効果に応じて視覚情報が変化する……と思っていただければと。使用できる指輪の数に関しては、ゲームを通して一つだけ、ということにしておきましょうか。それでも充分以上に竜胆様が有利な状況にはなるかと思いますので」

　そりゃそうだ、と竜胆。……ルナ島において指輪とはすなわち手札だ。一つしか使えなかろうが、彼の持つ豊富な指輪は無限の戦略を可能とする。同時、白亜の仮面に覆われた表情が先ほどまでよりも一段階だけ真剣なそれに切り替わって――そして、

「じゃあ、まあそろそろ始めようぜ？　お前が俺の勧誘を諦めるための……ついでに俺が俺自身の才能に諦めを付けるための、そのためだけのゲームをさ」

【ファントム】は、手元のコインをピンッと高く跳ね上げた。

疑似カジノゲーム【セレクター】──その一戦目は、静かに始まった。

俺が選択したのは【裏／1000枚】だ。チップは少額に抑え、表裏に関しても特に作為なくフィーリングで選んだだけ。まあ、様子見としてはこんなものだろう。

「……【ブラックリング：先行開示】発動」

けれど【ファントム】は、一切躊躇することなく初手から武器を抜いてきた──【ブラックリング：先行開示】。これにより俺の【裏／1000枚】なる選択はコインが落ちる前に公開され、【ファントム】の目にも映ることとなる。そして、それを見て手首のスナップを利かせたのかどうかは知らないが、ともかく開かれたコインは【表】だった。

「──残念、外れだな」

結果を誇るでもなく淡々と告げる【ファントム】。

そして、そこから怒涛（どとう）の連勝が幕を開けた──表、裏、裏、表、裏、表、表、表。いずれも1000枚という少額の賭け（ベット）ではあったものの、二戦目から九戦目まで俺の予想はことごとく外れた。もしこれが純粋な運ゲーだとしたら、九連敗する確率は1／512。有り得ないとは言わないが、そう簡単に起こるような奇跡じゃない。

ただ……実を言えば、俺にはそのカラクリが分かっていた。

「パネルの配置……だよな？」

右耳にそっと手を遣（や）りながら、俺は平然とした声音で言葉を紡ぐ。

「お前が最初に指輪（リング）を使って俺の賭け（ベット）を覗（のぞ）いたのは、何も一戦目を確実に取りたかったからってわけじゃない。あれはパネルの配置を覚えるためだ。少なくとも【表】と【裏】さえ分かってれば、お前には二戦目以降も俺がどっちに賭けたか透けて見える」

「……まあ、そうだけど。でもそれ、今さら気付いたって遅いだろ？」

「いや、そんなことはねえよ。だって――」

そこで一旦言葉を切ると、俺はニヤリとした笑みと共に端末を振るって目の前のパネルを消滅させた。遮るものがなくなった視界で改めて【ファントム】と目を合わせる。

「――【セレクター】において、賭け（ベット）に使うパネルは別に本質的な部分じゃない。要は単なる〝演出用〟ってわけだ。これがなくても、端末さえあれば賭け（ベット）は出来る」

「っ……はあ？　じゃあ、何で今の今まで……まさかお前、わざと負けるつもりか？」

「どうだろうな。疑うのは自由だけど、まだ最後の賭け（ベット）が残ってるぜ？」

あくまでも強気かつ余裕の態度を崩さない俺。……まあ、それも当然だ。ルナ島カジノのルールは一律で〝より多く稼いだ方の勝ち〟。確かに俺は九回連続で予想を外しているが、全て少額の賭け（ベット）だったため累計のマイナスは９０００枚。つまり、次で1万枚の賭け（ベット）を成功させればそれだけで勝敗は引っ繰り返る、ということになる。

「ハッ……さっさと弾（はじ）けよ、【ファントム】。俺はもう賭け方を決めてるぜ」

「……くそ」

　結局俺が負けるんじゃないか——とでも言いたげに顔を歪めながら、【ファントム】は勢いよくコインを弾き上げた。くるくると高速で回転し、やがて【ファントム】の手に収まるコイン。裏表なんて確認できるはずもないが、俺は既に賭けを終えている。

　——そして、

「それでは、十戦目の開示を行います。ご主人様の選択は【表／10000枚】。そして上を向いている面は……【裏】、ですね。残念ながら的中ならず、となります」

「……え？」

「これにより、賭けられていたチップが全て【ファントム】様の元へ移動します。累計のチップ増減としては、【ファントム】様が＋19000枚。というわけで——」

「いや……待て、待てって」

　姫路が涼しげな声音で結果を述べようとしたその瞬間、割って入るような形で声を上げたのは【ファントム】だった。より大きく稼いだ側であるはずの彼は、何故か呆けた顔でシーツをぎゅっと握り締めながら仮面越しの視線を向けてくる。

「何だよ、今の。俺の勝ち……？　そんなわけないだろ。ちゃんと説明しろ、篠原」

「説明も何も、最後はただの運ゲーだっただろ？　その上で俺が予想を外しただけだ」

「いいや、運ゲーなんかじゃない。だってお前は、まるで最初から、負けるのが分かってたみたいに平然としてる……運任せだったんならもう少し悔しがるのが普通だろ」

微(かす)かな苛立(いらだ)ちを露(あら)わにしながら疑問を叩(たた)き付ける【ファントム】。

「お前、一体何をしたんだ？　……最終戦、俺はお前の賭け(ベット)が分からなかったからどうにか表情を読もうとしてたけど、やっぱり駄目で諦めた。お前はまだ【ブラックリング】も温存してたし、絶対に負けたと思った……なのに、お前は予想を外した。これを偶然だって言うつもりなら俺は今すぐ不貞寝(ふてね)するぞ。《修学旅行戦(フォルティッシモ)》なんかもう知るか」

「……ま、確かにそうだな。お前の言う通り、最後の負けは偶然ってわけじゃない」

「だよな？　だけど、そんなのどうやって……」

「お前と一緒だよ【ファントム】——要は動きを読んだんだ。お前さ、コインの【表】を上に向けてキャッチする時と【裏】を上に向けてキャッチする時とで左手の引き方が微妙に違うだろ？【裏】の時の方がワンテンポ遅い。お前がパネルの配置から俺の賭け(ベット)を見透かしてたのと同じように、俺もお前の癖をずっと探してたんだ」

渾身(こんしん)のドヤ顔で告げる俺——だが、そんなのはもちろん嘘だ。嘘(うそ)というか、少なくとも気付いたのは俺じゃない。ディーラー役の姫路(ひめじ)が、最初の数戦を使って徹底的に看破してくれたんだ。そうしてそれを、右耳のイヤホン越しに俺へと伝えてくれていた。

「っ……何だよ、それ」

俺の手口を知った【ファントム】は、微かに声を震わせながら乱暴に言葉を継ぐ。

「じゃあ、お前はやっぱりわざと負けたってことだろ？　俺の癖を完全に見抜いてて、その上であえて負けを選んだ。こんな状況で〝俺が7ツ星に勝った〟とか……〝だから【バイオレット】にも勝てるかも〟とか、そんな錯覚に陥るとでも思ってるのか？　悪いけど俺はまあまあネガティブなんだ、そんなのどう考えても有り得ない」

「……そうじゃねえよ、アホ」

　そんな【ファントム】の自虐めいた糾弾に対し、俺はストレートな返答を口にする。

「確かに俺の〝全敗〟にはトリックがあった——九戦目まではわざと当てさせて、十戦目はこっちから当たりに行った。でもさ、それって普通に考えたらおかしいだろ」

「おかしいって……何が？」

「何が、じゃねえよ大天才。そもそも、何がどうなったらこのゲームに〝必勝〟だの何だのって概念が出てくるんだ？　落ちてくるコインの裏表なんて普通は見えないし、どっちの面を上にするかだって自分の意思じゃ選べない。それがどうしてこんな複雑な心理戦になってるのか、って言ったら、そりゃお前のせいだよ【ファントム】。お前のトスが超正確で、百発百中で狙った面を上に向けられるから〝読み合い〟が発生してるんだ」

　そう——本来なら、驚愕を露わにすべきは俺の方だろう。【セレクター】における読み合いの要素なんて普通は指輪くらいのものだ。それなのに、親が【ファントム】だったというだけで状況は一気に複雑化した。運が排除され、別の次元のゲームとなった。

　漆黒の仮面に手を遣りながら、俺は真っ直ぐに【ファントム】を見つめて続ける。

「今だけじゃない。ルーレット盤の操作も山札のカウンティングも、お前より巧くやれるディーラーなんて多分ルナ島中を探したってどこにもいないはずだ。それがお前の武器だろうが。誰にも負けない技術だろうが」

「それは……そう、かもしれないけど。……でも技術なんて、才能に比べたらちっぽけなものだ。頑張れば誰にでも身に付けられるから〝技〟の〝術〟って書くんだろ？　それより、誰にも出来ないことを成し遂げられるやつの方が偉いに決まってる」

「そうかよ。もし本気でそう思ってるなら、それがお前の敗因だ。お前さ、これだけの技術があるのに才能なんて曖昧な言葉に騙されて自分が弱いって勘違いしてたのか？　ふざけんじゃねえ——いいか、【ファントム】。ゲームってのは勝ったやつが勝ちなんだ。その要因が技術だったか才能だったかなんて一ミリも関係ない。お前はどう考えても強いんだよ。少なくとも、俺はここまで上手くコインを弾けるやつを見たことがない」

「……っ……」

俺の話が一段落した辺りで、【ファントム】は無言のまま微かに顔を俯かせる。……おそらくだが、彼は元々かなり真面目な性格だったんだろう。飛び抜けた才能には恵まれなかったものの、努力することはやめなかった。だからこそ〝積み上げる〟のは得意中の得意で、加えて彼には時間があった。この三年間、竜胆戒はルナ島で技術を磨き続けた。

改めて断言するが——やはり、彼こそがルナ島最強の【ストレンジャー】なのだろう。

「……だけど」

と、そこで、【ファントム】が再びポツリと声を零した。先ほどまでのように拒絶に満ちたそれではなく、どちらかと言えば弱々しさを感じさせる声音だ。

「やっぱり、俺が【バイオレット】に勝てるとは思えない……自覚はあるんだ。多分、俺は【ブラックリング】の使い方が上手くない。本当に不正をしてるみたいで何となく抵抗があってさ、さっきみたいに序盤で使い捨てることも多いっていうか……」

「へえ？　じゃあ、そこさえクリアできれば【バイオレット】に勝てるかもしれない？」

「……そこまでは口が裂けても言わないけど。でも、【バイオレット】は指輪をもっと大胆に使う。ああいう風に出来たら、俺もあと少しくらい強くなれるのかもな」

言外に〝自分には無理だ〟という色を滲ませながら首を横に振る【ファントム】。

技術を積み上げた彼の唯一の弱点、それが【ブラックリング】だ。確かに、【バイオレット】は指輪を惜しみなく投入してゲームを〝制圧〟している印象がある。あくまでも自身の技術を活かすための補助として指輪を使う【ファントム】とは対照的だ。チート用アイテムを作戦の主軸に据えるのか、あるいは万能のサポート能力と割り切るのか。そういったスタンスの違いが如実に出ているのだろう。

……そして。

仮に全プレイヤーをそのどちらかに分類するのであれば、俺は確実に前者に当たる。

「なあ竜胆（りんどう）。実は俺、ここに来た時から指輪（リング）を付けてたんだけど……気付いたか？」

「え？　ああ、確かにしてるな。……って、黒の指輪（リング）？　まさか、それ――」

「そうだよ。こいつは本物の指輪（リング）じゃない――拡張現実（AR）の【ブラックリング】だ」

言いながら、俺は静かに右手を掲げてみせた。人差し指に嵌（は）められているのは漆黒の装飾が施された一つの指輪（リング）……それは、紛（まぎ）れもなく【ブラックリング】を表すものだ。

微（かす）かに口角を持ち上げながら、俺は堂々とした口調で続ける。

「お前さ、さっき〝俺が指輪（リング）を温存してる〟みたいな話をしてたよな？　でもそれ、ただの勘違いだ。俺はとっくに――何ならお前より先に【ブラックリング】を使ってる」

「っ……【ブラックリング：状況反転】？　このゲームでは、より多くのチップを対戦相手に支払ったプレイヤーが勝者となる……!?」

――そう、そうだ。

俺が右手に付けていた漆黒の指輪（リング）。それこそが、俺の使用したチート用アイテムそのものだった。効果は勝利条件の反転……否、本当はもっと別の効果を持った俺の切り札なのだが、とにかくこういう使い方も出来る【ブラックリング】だ。

そんな俺の宣言を受けて、姫路（ひめじ）が涼しげな声音で口を開く。

「はい――というわけで、先ほどのわたしの宣言（コール）はこうなります。疑似カジノゲーム【セレクター】の結果は＋19000枚で【ファントム】様の敗北。勝者はご主人様です」

「……ま、そういうわけだ」

予想通りの展開、予定通りの結末。狙い通りに〝逆転勝者〟となってみせた俺は、呆然としている【ファントム】——もとい竜胆戒に向けて不敵な態度で言葉を紡ぐ。

「見ての通り、俺は割と指輪の扱いが上手いみたいだ。……いや、違うな。お前みたいな技術がないから、こっちは頭を使って策を捻り出すしかないんだ。だとしたら、俺たちはかなり相性が良いってことだろ。お前が一緒に来てくれれば、俺は多分誰にも負けない」

「っ……」

「っていうか……そもそもさ、竜胆。話を蒸し返すようで悪いけど、お前は深弦たちに誘われてどう思ったんだ？　学園島に戻れるのはいいとして、どこの学園にも所属しないでひっそり帰るってのはお前にとって合格なのか？　違うだろ、そんなの。お前は《修学旅行戦》で【バイオレット】に大勝利して、トラウマを完璧に克服して、大手を振って学園島に帰るんだよ。んで、その後は天音坂でもどこでも好きな学校に入って——」

「……入って？」

「俺のライバルになってくれよ、竜胆。競い合う相手は何人いたっていいからな」

そう言って静かに話を締める俺。

俺に出来る説得はこれで全部だ——何かしらの対価を払えるわけでもないし、【バイオレット】に対するトラウマを今すぐ解消できるわけでもない。出来るのは方針を示すことだけだ。ルナ島で緻密な技術を積み上げてきた竜胆と、偽りの7ツ星という称号を守るためにイカサマを使い続けてきた俺。俺たちが組めば実質的に最強だから。

そんな提案に対して、彼は。

「…………考えさせてくれ」

しばし黙り込んだ後に、絞り出すような声音でそう言った。

♯

――ルナ島滞在三日目、夕刻。

俺と姫路は、竜胆の返事を待ちながら引き続きチップを稼ぎまくっていた。

ここで、《修学旅行戦》の現状を整理しておこう――【ファントム】が森羅に圧倒的なリードをもたらしていた一日目とは大きく異なり、現在は【バイオレット】を擁する聖ロザリアと栗花落の連合学区がぶっちぎりでトップをひた走る展開となっている。総合得点は驚異の1500万枚オーバーだ。【バイオレット】に引っ張られるような形で皆実も枢木も100万枚を突破しており、既にAランクエリアへと戦場を移している。

逆に、それ以外の学区は拮抗状態と言っていいだろう。連合に次ぐ二位は、彩園寺と藤代のダブルエースが所属する桜花。彩園寺は121万枚とAランクエリアに足を掛け、藤代もそれを猛追している。そして、英明学園は未だに三位だ。俺の所持チップ数は77万枚……悪くはないが、全く足りない。《修学旅行戦(フォルティッシモ)》を勝ち抜くためにも、羽衣紫音(はごろもしおん)の試験(ゲーム)に合格するためにも、今日中にはAランクエリアの進入権利獲得(ライセンス)──すなわち〝所持チップ100万枚〟を達成するのが最低限のミッションだった。

「ふぅ……」

そんなわけで、俺と姫路は現在もとあるカジノゲームに挑戦しているところだ。ゲーム名は【ロックバカラ】──リスク評価【☆2(やや高め)】かつ、加賀谷(かがや)さんが『絶対お勧め！』と太鼓判を押してくれた〝稼ぎやすい〟ゲーム。最初の数戦で勝ち筋を探りつつ、俺はふと気になったことを隣の姫路に訊(き)いてみる。

「そういえば……ジャックポットタイムの方は大丈夫そうか？」

「確かに、そうですね。もうそろそろ始まる時間のはずですが……」

囁(ささや)くようにそう言って、姫路は澄んだ碧眼(へきがん)を端末の画面に落とす。

ジャックポットタイム──初日には俺たちも参加していた高レートゲーム。《修学旅行戦(フォルティッシモ)》を制するには間違いなく重要な要素の一つだが、とはいえBランク以上のエリアに入れるプレイヤーが参加するのはあまり効率のいい行動じゃない。というわけで、俺たちも昨日からは辻(つじ)と多々良(たたら)に運用を任せていた。

そこまで思い返したところで、姫路が白銀の髪をさらりと揺らして小さく頷(うなず)く。

「つい先ほど、定刻通りに始まったようですね。英明学園からの参加者は伺っておりませんが、選定は楓花さんと辻様に託していますので特に問題はないかと。それに……そもそも、いわゆる高ランカーの方々は軒並みＢランク以上のエリアに移っていますので」

「……まあ、そりゃそうか」

姫路の返答に得心しながら、俺は目の前のゲームに意識を戻すことにする。……加賀谷さんにも確認済みだが、【ロックバカラ】は現在Ｂランクエリアで行われているゲームの中では最も高レートのそれだ。ただ、既にＡランクエリアに移っているプレイヤーが複数いることもあり、見知った顔は一組だけとなっている。

「わ、すご……やっぱり篠原くんって強いんだね。でも、藤代く——け、慶也！　慶也も負けてないから！」

「……そんなに呼びづれェなら名字で構わねェぞ」

「ううん、勇気出すって決めたから。わたしの使命は慶也の良さを広めること！」

何やら初々しい会話を交わす桜花の二人——藤代慶也と真野優香。

彼らの言う通り、【ロックバカラ】は今のところ俺と姫路の優勢で進んでいた。七セットを戦って二人とも＋２０万枚以上の稼ぎ。シンプルなトランプゲームであるが故に《カンパニー》の介入がしやすく、俺たちにとっては大当たりのゲームと言っていい。

「っていうか……単純に、高ランカーが少ないってだけで稼ぎやすさがまるで違うんだよな。置いてかれてるってことではあるけど、今はちょっと感謝したい気分だ」

「そうですね。皆実様に枢木様、更紗様に紫音様がAランクエリアへ駒を進めているのに加え、深弦様やすみれ様は他区画のゲームに参加していますので。もし藤代様や真野様もそちらへ移ってくれていれば、今頃は100万枚を突破していたと思うのですが……」

「いや、まあそれはさすがに高望みし過ぎな気がするけど……って、ん？」

姫路の意見に苦笑してから、不意に小さく眉を顰める俺。

そういえば、あいつ——矢倉はどうした？　天音坂のチャラ男にして、高いゲームセンスと勝利に対する貪欲さを併せ持つ5ツ星。あれだけ好戦的だった彼が〝どこのゲームにも参加していない〟なんて、そんなことが有り得るだろうか？

（…………いや）

そこで不意に一つの可能性に思い至って、俺は静かに顔を持ち上げた。現在時刻は午後八時……ジャックポットタイムが始まってから一時間だ。瞬間、嫌な予感に襲われる。彼の言っていた『ワンマン』という煽りが強烈な質感を持って襲い掛かってくる。

「……どうした、篠原？　テメェの手番だぞ」

瞬間、しばらく黙っていた俺に違和感を持ったのか、藤代がいつもながらにドスの利いた声でそんなことを言ってきた。俺はそれに「あ、ああ……」と返しながらも視線を横へ振る。そこにいたのは天音坂の制服を着た見知らぬ少女——プレイヤー名は【西野】だ。

「……なあ。お前さ、天音坂の生徒だよな？」

「？……わたっ、わたしですか!? わたし、食べてもおいしくないんですけど！」

「食わねえよ。そうじゃなくて……お前のところの矢倉(グラサン)、いるだろ。あいつさ、今どこで何をしてるんだ？　てっきりどこかのゲームに参加してると思ってたんだけど……」

「あ、ああ……ほっ、そういうことですか」

すぐに〝本題〟に入った俺に対し、西野(にしの)は得心したようにこくりと首を縦に振る。そうして彼女は、特に隠し立てするようなこともなく、何の気なしにこう言った。

「矢倉(やぐら)くんなら、確かジャックポットタイムを荒らしに行く……って、言ってたような」

……おそらく。

その答えは、俺の想像していた中で〝最悪〟の部類に入るものだった。

♭

「ったく、張り合いがねえなあおい――どいつもこいつもエアプ勢かよ、マジ卍(まんじ)だわ」

――《修学旅行戦(フォルティッシモ)》三日目、ジャックポットタイム【デスセブン】。

学園島(アカデミー)の各学区から最大四人、さらに【ストレンジャー】も交えて合計五十人近い参加者数となったゲームは、たった一人のプレイヤーによって完全に蹂躙されていた。

矢倉隆次(りゅうじ)――派手な青髪とサングラスが特徴的な天音坂(あまねざか)学園の二年生。英明(えいめい)のチャット内では〝ハイリスクハイリターン志向の危険な男〟なる評価を得ているプレイヤーだ。もし失敗すれば即敗北だが上手く行けば莫大な利益が得られる策を好む、らしい。

そしてその性質は、学園島の《決闘》なら一長一短のものだが、少なくともルナ島においては明らかにプラスの方向へと働いていた。何せ、百戦全勝でも一勝九十九敗でも、稼いだチップの額が同じなら戦績としては同等なんだ。加えて〝一か八かの大勝負〟というのは、それを咎める相手のいない環境下では成功率が格段に跳ね上がる。

だから彼は、既にBランクエリアの進入権利を持っているにも関わらず、いわゆる〝強敵〟のいないジャックポットタイムに参戦し――。

全三戦のうちここまでの二戦を、ほとんど彼の思い通りにコントロールしてみせた。

（全く……どうなってるんだよ、これ）

まるで死刑宣告を受けた犯罪者みたいな空気で沈み込む英明陣営の中で、辻友紀は冷静さを取り戻すためにもこれまでの流れを振り返ってみることにする。

カジノゲーム【デスセブン】――やけに物騒な名前を付けられたこのゲームは、トランプの〝七並べ〟をベースにしたものだ。場にあるカードの両隣に置けるものを順に出していき、手札がなくなったら勝ち……という定番ゲームの拡張版。五十人近いプレイヤーが一斉に行動を選択し、【キル】によって他人のカードを全て〝死に札〟にするか、あるいは【プレイ】で自身の手札を正しく消費しきることを目的とする。

そして――いや、細かいルールや仕様を思い返したところで意味などない。

結論から言えば、辻たちは指輪の効果でも何でもなくただただ心理的な裏を突かれ、矢倉の不意打ちめいた【キル】により一ターン目で半分以上のカードを潰された。

「………」

そこから先の展開は目も当てられない、という感じだ。計画を大きく崩されたプレイヤーたちは二ターン目以降でどうにか挽回しようとし、無闇な【キル】を連発。行動失敗で逆に手札全てが〝死に札〟となったプレイヤーが続出し、一戦目はそのまま終結した。

そして、【デスセブン】では自身の〝死に札〟の数だけ支払うチップが増加する……そのため、一戦目の敗者となった数十人が抱えた負債は軒並み50000枚以上。多くのプレイヤーにとって致命的敗北のラインを割る数字だ。このままゲームが終わって清算を迎えると詰んでしまうため、二戦目は誰もが慎重に挑んだのだが……。

(まあ……完全に、踊らされてるってやつだよね)

――二戦目の彼は、【キル】も【プレイ】も行わず、ひたすらに自身の手番をパスするだけだった。当然ながら敗北となったが、とはいえ〝死に札〟がほとんど発生していないため被害としては微々たるもの。一戦目の負債を返すには程遠い。

くぁ、と欠伸なんかかましながら、矢倉は退屈そうにピアスを弄んでいる。

「あーもう、さすがにレベチ過ぎて草って感じだわ。楽に稼げてラッキー……だけど、なんつーか罪悪感？　圧勝すぎると楽しくないんだよな。英明のやつらがいたからちょっとは期待したけど、やっぱ篠原のワンマンでしかなかったっつーか」

「……っ……」

「ま、ここさえ耐えりゃ明日はお楽しみのAランクエリア……どうにか辛抱するかね」

煽りではなく、単なる事実としてそんなことを言う矢倉。チャラい見た目でサングラスを光らせる彼に誰もが強い敵意を向けるが、それでも矢倉は意にも介さない。だって、そんなもの気にする必要がないからだ。同じ次元にいないからだ。矢倉隆次という5ツ星にとって、今ここにいる誰一人として敵なんかじゃないからだ。

全体に諦めムードが漂い始めて。

相手が悪かったと、仕方ないと、お互いの傷を嘗め合うような言葉が聞こえてきて。

——そんな時のことだった。

「っ……ごめん、なさい」

ふらりと、辻の隣に立っていたポニーテールの少女が足を縺れさせるようにバランスを崩した。辻が支えに入ったため地面に崩れ落ちるのは避けられたが、彼女——多々良楓花の様子は明らかにおかしい。とっくに諦めている周りの連中とは対照的に、涙でぐちゃぐちゃになった表情を隠すようにぎゅっと辻の制服を握っている。

「ごめんっ……ごめんね、みんな。ホントに、ホントにごめんね……ごめんなさいっ」

「……いやいや、何で多々良さんが謝るの。まさかあの人と内通でもしてるわけ？」

「そんなこと、してない……文通なんて、してないけど」

「文通じゃなくて内通ね。スパイみたいなやつのこと」

「ううん。そんな格好いいこともしてない、けど……でも、謝らなきゃだよ」

辻の制服に顔を押し付けたまま、多々良楓花は震える声でそんなことを言う。辻が反論しようとするのを制して、途切れ途切れに言葉を続ける。

「だって、だってわたしが、委員長なのに……わたしが、みんなを引っ張っていかなきゃいけなかったのに。ちゃんと勝たなきゃいけなかったのに。せっかく、篠原くんに『任せた』って言ってもらえたのに……それなのに、何も出来なかった」

「……それは」

「本当だよ!? みんな、あんなにいっぱいチップを持ってたのに、わたしが委員長だから信じてって言って、だから信じて預けてくれたのに、わたしはそんな信頼も守れなかったんだから! もうやだよ……委員長なのに、委員長は強くなきゃいけないのにっ」

ぶんぶんとポニーテールを強く振る多々良。

「………」

対する辻からしてみれば、そんなのは彼女が気に病むことではないというのが正直なところだ。辻も、ここにいる二人のクラスメイトも、高レート戦には高レート戦なりの危険があるというのは最初から分かっている。それに、言ってしまえばたかがゲームだ。辻たち四人が致命的敗北(クリティカルロス)に陥れば英明(えいめい)は多少の痛手を負うかもしれないが、とはいえ英明には篠原緋呂斗(ひろと)がいる。易々(やすやす)と負けるようなことはないだろう。

「……わたし、向いてないのかなぁ」

それでも――頭の中の冷静な部分ではそう理解できていても、泣いている彼女の姿を見ると、胸の内に沸々と何かの感情が浮かんでくるのは確かで。

これまでどんな《決闘(ゲーム)》でも本気を出したことなどなかった少年の心に苛立(いらだ)ちにも似た激しいざわめきが起こっているのは、きっと疑いようもないことで。

「みんなに頼ってもらえる、みんなに好きになってもらえる、強くて格好いい委員長になりたかったんだけど……もしかしたら、わたしじゃダメなの――むぎゅっ？」

「…………ちょっと黙ってようか、多々良さん」

だから辻は、この世で最も尊敬している少女から最も聞きたくなかった言葉が紡がれるのを阻止するために彼女の頭を一瞬だけ胸元に引き寄せると、それからとんっと優しい力で肩を押した。真っ赤に泣き腫らした目の多々良は、困惑したような視線で辻を見る。

それに対して無言で微笑を返すと、辻はくるりと彼女に背を向けて――

「お？」

――カツンっ、と、退屈そうな顔をした矢倉(やぐら)の前に漆黒の指輪(リング)を現出させた。それに気付いた彼は、チャラい青髪を弄(いじ)りながら剣呑(けんのん)な視線を辻へと向ける。

「んだよこれ……【ブラックリング】か？　投げ銭（スパチャ）を解禁した覚えはないんだけどな」

「別にあげるなんて言ってないよ。それは、最後の一戦でボクが使うつもりだった逆転のための指輪（リング）だ。それをキミに預ける——つまり、使えないように封印する。だからそっちも乗ってくれない？　お互いに命綱を差し出そうよ」

「おいおいアンタ、大規模イベントに出たこともねえ無名プレイヤーの割には吹っ掛けてくるじゃねえか。オレに何のメリットがあるのか140字以内で説明しろや」

「メリットも何も、乗らなきゃキミって死ぬほどダサいよ？　小学生の野球ごっこに金属バットを持って乱入したろくでもない高校生、っていうのが今のキミの立場だから。それでいて相手の譲歩にも聞く耳持たず、ってなると本格的にどうしようもない」

「あーあー口が回るねえ。面白い勝負なら乗ってやっても構わねえけど……そもそも、アンタは何をそんなに怒ってんだよ？　こっちは一応ルールに則ってやってるぞ。ちょっと力の差があり過ぎたくらいでそこまで悪辣に言われる筋合いはねえ」

「分かってるよ。……っていうかボク、そんなに怒ってるように見える？」

「誰がどう見たってそうだろうが。バカにしてんのかおい」

呆（あき）れたような矢倉（やぐら）の返答に、辻（つじ）はそっと自身の頬（ほお）に手を遣（や）ってみる。態度には出さないようにしていたつもりだが、まだまだ鍛錬が足りないみたいだ。

「……ボクってさ、割と気が長い方だと思うんだよね。日常生活の中で誰かに怒ったりしたことなんかほとんどないし、そもそも自分以外のことにそれほど興味がない。怒りっていうのは、例えば自分にとって大切な何かが壊されたり傷付けられたり貶されたり……そういう時の感情でしょ？　残念なことに、大切なモノなんてあんまりないから」

「ほおん？　……それで？」

「でも、今のボクは間違いなく怒ってるよ。大抵のことは呑み込めると思うけど、多分これは呑み込んじゃいけないやつだ。この感情は、きっとボクが戦う理由になる」

微かに口角を持ち上げながら辻はゆっくりと言葉を叩き付ける。

……辻友紀という人間は、基本的に省エネ体質だ。

大抵のことは人より上手くこなせるから、本気で何かに打ち込むことがあまりない。勉強だって、《決闘》だってそうだ。時間と労力を注げばもう少しくらいは〝上〟を目指せるのかもしれないが、どうせ6ツ星や7ツ星といった高みには届かない。だったら最初から手を抜いて、適当な位置に収まる方がずっといい。

けれど――いや、だからこそ辻にとって、何事にも全力な多々良楓花は眩しくて。

彼女の夢が断たれるのは、彼自身も信じられないくらいに耐え難い苦痛だった。

「全く……篠原くんも篠原くんだよ。あんな簡単に、当たり前みたいに〝任せた〟なんて言ってくれちゃってさ。学園島最強に頼まれる身にもなって欲しいよね」

だって、それが懇願だとしたら頑張りたくなるし、信頼だとしたら少しむず痒いから。

「まあ、ただ――」

そこまで言って、辻はちらりと後ろを向いた。そこには瞳を真っ赤に充血させた多々良と、その肩を支えている眼鏡少女の三隅と、覚悟を決めた勇ましい雰囲気の殿村が立っている。英明学園高等部2－Aのクラスメイト……きっと学園島の99％以上が知らないだろうメンバーだ。物語で言うなら限りなくモブに近い存在。それでも今は、一様に多々良の信頼と気概に応えようとしている。辻同様に――端的に言って、キレている。

だから、

「――英明の二年は篠原くん以外ザコだなんて、二度と言えないようにしてあげるけど」

辻は、手品のように取り出した端末を矢倉に突き付けて、低い声音でそう言った。

＃

「……あれ？　そんなに急いでどうしたの、篠原くん？」

ルナ島滞在三日目、午後九時ジャスト。

【ロックバカラ】を早々に切り上げてジャックポットタイムの開催場所へ向かった俺と姫路を迎えたのは、何でもないような顔で飄々と笑っている辻友紀と、それからやけにいい笑顔を浮かべたクラスメイトたちだった。

「「……？」」

予想とは大きく異なる光景に思わず隣の姫路と目を見合わせる俺。二人の疑問を代表して、白銀の髪をさらりと揺らした姫路が窺うように言葉を紡ぐ。

「いえ……実は、天音坂の矢倉様がこちらのゲームに参加している、という話を伺ったものので。万が一のことがないかと戻ってきたのですが……」

「ふぅん？　ってことはやっぱり、ボクたちのこと信用してくれてなかったんだ？」

「——もう、何でそんな意地悪な言い方するの辻くん！」

悪戯っぽい笑みを湛えながら問い返してくる辻に続いて大きな声を上げたのは、彼のすぐ隣に立つ多々良だった。うさ耳カチューシャが原因……ではないだろうが微かに目を赤くした彼女は、それでも満面の笑みでこちらを向く。

「来てくれてありがとう、二人とも！　白雪ちゃんの言う通り、矢倉くんとはさっきまで同じゲームで戦ってたよ。すっごく強くて、もう負けそうって思ってたんだけど……」

「けど？」

「大逆転、したんだよ！　みんな凄くて、辻くんも三隅ちゃんも殿村くんも最高で！」

「……ええと、多々良さん？　誇張もいいけど、そのくらいで——」

「ダメ！　辻くん、凄くすっごく格好良かったんだから！　宇宙一、だったんだから！」

多々良の評価に一瞬だけ声を詰まらせて、それから「……そう」とだけ呟く辻。

が、まあそれはともかく——多々良の話を聞いているうちに、だんだんと状況が掴めてきた。圧倒的なセンスをもってゲームを支配していた矢倉隆次。そんな彼を挑発して指輪を封じた辻は、その後すぐに〝徒党を組む〟という策に出た。人をまとめるのが誰より上手い多々良を旗頭とし、そこにいた五十人全員を味方につけたんだ。

そうして彼は、三十種類以上の指輪を用いて全てを〝なかったこと〟にした——。

……簡単に言えば、パズルのようなものだ。他人の指輪を無効にする、一ターン前に遡る、次の行動を指定する、チップの枚数を揃える、等々。無数の【ブラックリング】を緻密に重ね合わせることで辻は二戦目までの勝負を実質的にリセットし、さらに三戦目は矢倉以外の全員が〝手札一枚〟かつ〝賭け額最大〟という圧倒的有利な状況から始まるように細工した。これにより、矢倉は致命的敗北の寸前まで追い込まれたという。

（マジかよ……それを辻がやったのか）

その事実に少なからず驚く俺。……【ブラックリング】の連携、というのは特に不思議でもない手段だが、それを三十種類も重ねるというのは処理能力としてえげつない。それに、味方でも何でもないプレイヤーたちをまとめ上げた多々良の手腕にも目を瞠るものがある。あるいは他学区の連中に煽られたことで覚醒した、ということだろうか。

（いや……違うな、目立つ機会がなかっただけでこの二人は最初から強かったんだ。俺よりずっと適性があるし、場慣れもしてるし覚悟もある。……英明のプレイヤー層が薄いってのは、もしかしたら盛大な勘違いだったのかもしれないな）

そうやって、俺が微かに気を緩めた……瞬間だった。

『――緊急連絡、緊急連絡！』

痛烈に鼓膜を叩いた大音声に、俺と姫路は揃って表情を強張らせた。辻たちが目の前にいるため緊張を表に出したりはしないが、それでも全神経を聴覚に集中させる。

『こちら、加賀谷のおねーさん！【バイオレット】たんが参加してるゲームのログを追ってたんだけど、とんでもない事件が大発生だよん！』

『ゲーム名【チキンレース】――Aランクエリアで行われてた対ディーラーのカジノゲーム。プレイヤー側は順々に交代していって、一人ずつディーラーとバトルするの。で、その度に〝勝率〟を下げることが出来る……最初は絶対プレイヤー側が勝てるくらいの確率なんだけど、だんだんディーラー側が有利になっていくんだよ。そして、それと連動して賭け額はどんどん上がっていく。ディーラーに負けたら賭け額の分を、降りたらその半分をみんなに払うっていうのがルールだね』

『で！　ゲームの参加者は【バイオレット】たんと皆実ちゃん、枢木ちゃん、彩園寺ちゃん、それから【ストレンジャー】の子が三人くらい……って感じだったんだけど』

『結論から言って――彩園寺ちゃんがボロ負けした』

『……仕方ないよ。ただでさえ連合の三人が揃ってるのに、【チキンレース】は誰か一人に集中砲火を浴びせるゲーム性。一人が劣勢に立ったら乗っかるしかないんだから』

『彩園寺ちゃんも機転を利かせて対応してたけど、致命的敗北を防ぐのが精一杯で』

『最終的な負けは、97万枚。……ここからの挽回は、少し難しいかもしれないねん』

いつもの能天気で明るい雰囲気はどこへやら、何とも神妙な声音で呟く加賀谷さん。

そんなものを遠くで聞きながら、俺はじっとその場に立ち尽くしていた。

#

寄るところがあるから、と言って辻たちと一旦別れ、姫路と二人っきりになった。

「……すみません、ご主人様……」

思い詰めた様子の彼女は微かに下唇を噛んでいて、猫ひげも萎れているように見える。

「わたしのミスです……紫音様にはわたしがついていたのに。それなのに暴走を止められず、リナを脱落寸前まで追い込んでしまいました。致命的敗北に至らなかったのはせめてもの救いですが、このタイミングで100万枚近いマイナスというのは……」

「……まあ、痛くないとは言えないだろうけど。でも、別に姫路が凹むようなことじゃないだろ？　姫路が担当してるのはあくまでも〝調子に乗った羽衣が致命的敗北を起こさないこと〟であって、稼ぎ負けてるのは俺と彩園寺の失態だ。それに、今や羽衣も連合学区の一員だからな。皆実と枢木まで同時に抑えるってのはさすがに無理があるだろ」

「いえ、ですが」

「ですがも何もないって。姫路がいなかったからこの試験(ゲーム)は成り立たない——だから、謝る必要なんかない。それに、《修学旅行戦(フォルティツシモ)》はまだ半日も残ってるしな」

不安そうに碧眼(へきがん)を覗(のぞ)かせる姫路に対し、俺は断言するようにそんなことを言う。

と——ちょうどその時、ポケットに入れていた端末が突如として振動した。ディスプレイを覗き込んでみれば、表示されている名前は彩園寺更紗だ。あまりにもタイムリーな名前に目を見開き、俺はスピーカーモードで通話を開始する。

「——彩園寺か？　大丈夫なのかよ、お前」

『？　大丈夫、って……ああ、なるほど。こっちの状況は把握済み、ってわけね』

いきなり何かと思ったじゃない、と声に笑みを含ませる彩園寺。

彼女は今、正真正銘の崖っぷちに立たされているはずだ。羽衣を筆頭とする連合学区に大敗し、所持チップは致命的敗北(クリティカルロス)の寸前。ほぼ1対6の状況で脱落しなかったのはさすがだが、《修学旅行戦(フォルティツシモ)》における高ランカーの獲得水準である１００万枚には——そして羽衣の試験(ゲーム)を突破するために必要な１０００万枚には絶望的なくらい届いていない。

だというのに、通話口から聞こえる彩園寺の声はそれなりに明るいものだ。

『全く、参っちゃうわよね……あたしだって、あのくらいのターンで仕掛けるつもりだったのだけど。紫音に一ターン分だけ早く動かれて、あっという間に周りも巻き込まれちゃったわ。ああなったら逆転なんて無理だから、守るだけ守って逃げてきちゃった』

「ん……まあ、それで正解だろ。下手に指輪(リング)を使っちまうより、最低限のチップだけ払ってゲームを終わらせる方がよっぽどマシだ」

『……ふぅん？　慰めてくれるのね。あんたのことだから〝その程度の逆境も乗り越えられないやつが《女帝》なら俺は神様か何かだな〟とか言われるのかと思ったわ』

「何だよそれ、俺がいつそんなこと――」

『いつもよ』

「――まあ、確かに言ってるけど。でも、それはほら……アレじゃん……」

学園島(アカデミー)最強と常勝無敗の《女帝》とのバチバチというか、そういうアレだ。あくまでも演出のための煽(あお)りであって、本気で彩園寺(さいおんじ)を侮ったことなど一度もない。

「で。……とにかく、問題はこれからどうするって話だな」

切り替えるように頭を振りながら、俺は静かに言葉を紡ぐ。

「《修学旅行戦(フォルティッシモ)》も羽衣(はごろも)の試験(ゲーム)も、どっちも明日が最終日だ。俺もお前も、あと半日くらいで所持チップを1000万枚の大台に乗せる必要がある」

『そうね。ちなみに、篠原(しのはら)の方は今何枚？』

「俺は……えっと、さっきのゲームで130万枚まで伸びたところだ。で、姫路(ひめじ)の方が108万枚。ギリギリだけど、Aランクエリアの進入権利(ライセンス)はどうにか手に入ったな」

『ふんふん……』

　端末の向こうで緩く腕を組んでいるのが伝わってくるような声で相槌を打つ彩園寺。そうして彼女は、微かな吐息を零してから好戦的な口調で続ける。

『ん、それなら間に合わないってこともなさそうね。聞いた話だけれど、Aランクエリアでは毎日一つだけ【☆5】のゲームが行われるの。そこでは一つのゲームどころか、一つのラウンドで数十万から百万単位のチップが動くらしいわ。もちろん紫音たちも参加してくるとは思うけれど……とにかく、そこで稼ぎ切れれば1000万枚に到達する可能性はあるってこと。だから、不本意だけど協力戦ね。連合学区は一人じゃ勝てないわ』

「え……？　いや、ちょっと待てよ彩園寺。協力云々はともかく、お前の所持チップじゃAランクエリアになんか入れないだろ？　まさか、今から稼ぎ直すつもりじゃ……」

『ふふん——舐めないでよね。あたしは天下の《女帝》よ？』

　俺の懸念を遮って、彩園寺は冗談っぽい声音でそんな言葉を口にする。

『あたしが《修学旅行戦》に持ち込んだ指輪は【進入権利偽装】——これがあれば、一日だけAランクエリアまでの範囲を自由に動けるようになる。たとえ劣勢に追い込まれても絶対に〝一発逆転〟の可能性が残るようにしてるんだから』

「ああ……なるほどな、さすが彩園寺」

『ふふっ、でしょ？　そうでしょ？　遠慮しないで存分に褒めるといいわ！』

　嬉しそうな笑みと吐息が鼓膜をくすぐり、密かにドギマギとしてしまう俺。

が、まあともかく——所持チップ量を無視してAランクまでのエリアに入ることが出来る指輪【進入権利偽装】。それがあれば、確かに彩園寺も明日の朝から最高レートのゲームに参加できる。Sランクエリアに到達できる可能性はわずかにだが残るだろう。

そこまで思考を巡らせてから、俺はこくりと小さく頷く。

「じゃあ、とりあえず《カンパニー》に頼んで【☆5】ゲームってやつの概要だけでも調べてもらうよ。時間的に最低限の打ち合わせしか出来ないけど、やらないよりはマシだ」

『ん、そうね。篠原はともかく、あんたのイカサマチームは信用できるわ』

「だからイカサマチームじゃなくて《カンパニー》だっての。っていうか……お前、やっぱりさっきからやけに明るくないか？　いや、別に凹んどけとは言わないけどさ」

『？　そう？』

言われて初めて気が付いた、といった感じの声を零す彩園寺。端末の向こうの彼女は少しだけ考えるような間を取ってから、やはり深刻さを感じさせない口調で続ける。

『そうね、確かにそうかもしれないわ。だって、チップ周りの状況以外はそこまで悪いものじゃないもの。明日の【☆5】ゲーム——まず、あんたはあたしの味方でしょ？　ユキも味方で、それから紫音……紫音だって、きっとあたしを負かしたいとまでは思ってないはずだわ。あたしと篠原が試験に合格することを望んでると思う。……多分ね』

「そうですね。それは、わたしが保証します」

俺のすぐ近くに顔を寄せて小さく頷いてみせる姫路。……確かにそうだ。理不尽な試験を課してきている羽衣だが、彼女が彩園寺に感謝していること自体は間違いない。二人が親友同士であることもだ。彼女は強大な敵だが、そこに〝悪意〟は存在しない。

端末の向こうの彩園寺はくすっと柔らかな笑みを零す。

『ふふっ……だからね、篠原。明日のゲームは確かに過酷だけど、同じテーブルにこれだけの味方がいるってことなのよ。そんなギャンブル、負ける方が嘘だって思わない？』

「……ん……」

鼓舞するようにそんなことを言う彩園寺に対し、俺はしばし答えを濁らせる。

確かに、彩園寺や《カンパニー》の力を借りれば明日のゲームで〝勝つ〟ことは出来るかもしれない。が、それだけじゃダメなんだ。仮に勝っても、その稼ぎが１０００万に届いていなければ意味がない。《修学旅行戦》は聖ロザリア&栗花落の勝利となり、俺たちは羽衣の試験に合格できず何もかもを失うことになる。

（だから、あと一つだけだ……ここにもう一つだけピースがハマれば、逆転の可能性は残るかもしれない。逆に、それがなかったらもう――）

そんなことを考えながら静かに目を瞑った、瞬間だった。

「なあ――そこの、７ツ星」

「！」

彩園寺と通話していた俺の背中に、ふとそんな短い声が投げ掛けられた。聞き覚えのある声だ。そして、同時に切望していた声でもある。

白亜の仮面を被った少年――竜胆戒、あるいはプレイヤー名【ファントム】。

彼は、静かにこちらへ近付きながら再び口を開く。

「一つ確認させてくれ。昨日の話……俺なら【バイオレット】を倒せるってのは、本心から言ってるのか？　それとも、俺をその気にさせるための適当な嘘か？」

「今さら過ぎる確認だな。そんなの本心に決まってる――っていうか、お前が来てくれなきゃ始まらねえよ。どうにか引き摺っていけないかって考え始めてたところだ」

「いや、原始時代かよ……俺、さすがにそこまで出不精ってわけでもないんだけどな」

冗談めかした俺の発言に少しだけ口角を緩める竜胆。

おそらく隠そうとしてはいるのだろうが……彼の声は、少しばかり震えていた。表情もどこか強張っているし、足取りも平常通りのそれではない。俺の勧誘に応えるか否か悩みに悩んで、葛藤して、それでも彼はここに来た。

「……俺は」

竜胆は噛み締めるように続ける。

「俺には、やっぱり才能なんかないと思う……どんなに想像しても【バイオレット】に勝てる未来には辿り着かなかったし、篠原にだって勝てる気はしない。怠惰にも眠気にもトラウマにも何にも勝てない。負けてばっかりなんだよ、俺は」

「眠気にくらいは勝ってくれよ」

「無理だよ、あいつが一番強いんだから。……でも、そんな風に負けてばっかりの俺だけど、お前のおかげで〝何にもない〟って思い込みだけは晴れた気がするんだ。確かに俺は三年前の《決闘》で【バイオレット】にボロ負けしたし、今でも怖い。だけど――」

「だけど？」

「――この島では、ルナ島では俺の方が〝最強〟だ」

無理やり作ったような笑みを浮かべてそう断言する竜胆。

それを見て――その言葉を聞いて、俺は心の中で思いきり喝采を上げた。そうだ、それが聞きたかった。俺と、姫路と、《カンパニー》と、彩園寺と、羽衣と、それから【ファントム】。これでようやくピースが揃った。逆転のための準備が整った。

だからこそ俺は、竜胆に応えるような形でニヤリと口角を持ち上げてみせる。

「はっ……良い心意気だ。それじゃ、英明に手を貸してくれるってことで良いんだな？」

「……まあ、ここまで来て盤面を引っ繰り返すような真似をするのも無粋だしな。俺は俺で、トラウマ克服のためにお前らを利用させてもらうよ。それでいいだろ？」

「充分すぎる」

静かに頷いて竜胆の申し出を受け入れる俺。……おそらく、今のやり取りは通話の向こうの彩園寺にも伝わったことだろう。そして、端末情報を介する形で《修学旅行戦》の全参加者にも伝わったはずだ。竜胆が——最強の【ストレンジャー】が英明の傘下に加わったことが。【バイオレット】に対抗しうる唯一の存在が再起動を果たしたことが。

（さあ……最終戦だ）

だから俺は、内心でそんなことを考えながら右の拳をぎゅっと握った。

【学年別対抗戦《修学旅行戦》三日目——終了】

【Aランクエリア進入権利所持者】
【英明：篠原緋呂斗／姫路白雪／ファントム】
【桜花：彩園寺更紗／藤代慶也／真野優香】
【森羅：不破深弦／不破すみれ】
【連合：皆実雫／枢木千梨／バイオレット】

【総合得点】
【学区三位——英明：３４２万枚】
【学区二位——桜花：３８７万枚】
【学区一位——聖ロザリア＆栗花落：１８４３万枚】

最終章　悪意なき強敵

liar liar

＃

——二学期学年別対抗戦《修学旅行戦》最終日。

おそらくは最終決戦になるであろうカジノゲームに参加するため、俺たちはルナ島Aランクエリアの中心部にあたる賭博区画を訪れていた。

賭博区画ヘルメス——そこに建っているのは、たった一棟のホテルだ。外観としては大人しく荘厳な佇まいだが、このホテルに宿泊機能は一切なく、中にはただただ煌びやかなカジノスペースが広がっている。拡張現実の類ではない本物のカジノだ。それ故に、この区画で運営されるゲームには一定以上の資格を持ったディーラーのみが派遣される。Aランクエリア【☆5】……理論上、ルナ島内で最高効率となるカジノゲームだ。

（だから……まあ、こうなるよな）

そんなことを脳裏に思い浮かべながら、俺は静かに辺りを見渡してみる。……《修学旅行戦》最終日、最も大きな稼ぎを狙える【☆5】ゲーム。となれば当然、各学区のエース級がここに集わない理由は一つもない。

「——凄いわ、凄いわ！　みんな集まっているわ！　何だかお祭りみたいね、ミツル！」

「そうだねすみれ。……本当なら、【ファントム】もボクらの側にいたはずなんだけど」

まずは、七番区森羅高等学校――真っ先に【ファントム】の勧誘を成功させ、彼が機能しなくなってからもトップ二人の活躍で戦線を維持している学区だ。総合得点は290万枚。学区順位は四位に留まっているが、だからといって侮れるものでは全くない。

手を振ってきたすみれにお辞儀を返してから、姫路が白銀の髪を揺らして告げる。

「実際、【ファントム】様が本領を発揮していれば今でも森羅がトップだった可能性は非常に高いですからね。……ちなみに、例年【ファントム】様の力添えを受けて学区一位となっていた天音坂学園ですが、今年の現在順位は最下位と低迷しています」

「最下位？　確かに、矢倉は辻にしてやられてたけど……他の連中はどうしたんだ？」

「ええと、何というか……喩えるなら、去年までの榎本様と浅宮様のような争いが頻発しているようなイメージでしょうか。個々の実力は高いのですが、何故か学区内で足を引っ張り合っています。100万枚以上のチップを持っている方は一人もいませんね」

「……あー、なるほど」

矢倉の性格を思い出しながら何となく得心する俺。……とにもかくにも、天音坂のプレイヤーはここには来ない、という理解で良さそうだ。そして、久我崎晴嵐という圧倒的エースを欠く音羽学園もまた、Aランクエリアには誰も駒を進められていない。

「そして――あちらにいるのが、桜花学園の皆さまです」

俺がそこまで思考を巡らせた辺りで、姫路がそっと囁くように告げる。

彼女が澄んだ碧眼を向けた先、煌びやかなカジノスペースの一角には、三番区桜花学園の制服を纏うプレイヤーが三人並んで立っていた。相変わらずの金髪で周囲を威圧している藤代慶也と、彼の隣で物珍しげに辺りを見渡している真野優香。そして、そんな二人の後ろで腕を組み、精神を集中させているのは桜花の《女帝》――彩園寺更紗だ。

彼女は俺たちの視線に気付くと、赤の眼鏡をくいっと押し上げながら不敵に口を開く。

「ふふっ……どうやら逆転しようって意思はちゃんとあるみたいね、篠原。せっかくの最終ゲームだもの、無様な姿だけは晒さないで欲しいものだわ」

「……こっちの台詞だよ、それは。せいぜい脱落しないように気を付けろよ《女帝》」

いつも通りに煽り合う俺と彩園寺。……だが、今回はほとんど言葉通りの意味だ。所属学区こそ違うが、俺と彩園寺は味方同士。強大な敵を倒すため密かに手を組んでいる。

そして、その〝敵〟というのは……もちろん、彼女たちのことに相違ない。

「む……ストーカーさんは、どこにでもいる。神出鬼没……わたしのことが、好きすぎ」

「ふむ。確かにそうだが、雫殿。そう邪険にするものでもないぞ？　彼はああ見えて悪くない少年だ。何故ならスイーツに理解があるからな」

「枢木ちゃんは、悪い男に騙されそう……わたしが、守ってあげる」

仲睦まじく（？）会話を交わす二人の少女、皆実雫と枢木千梨。

《修学旅行戦》が始まる前から予想できていたことではあるが……やはり、彼女たちは大きな脅威となった。気怠げな青い瞳で――狼耳のフードを被りつつ――ジトっとこちらを見ている皆実は既に300万枚の大台を突破しており、忍者の黒布で口元を覆う枢木も200万枚オーバー。6ツ星ランカーとして申し分ない活躍を見せている。

けれど、聖ロザリア&栗花落の恐ろしいところは、彼女たちをしてもトップじゃないということだろう。話をしている二人のすぐ隣、そこに圧倒的な存在感を放つ一人の少女が佇んでいる。楚々とした立ち振る舞いで穏やかな笑みを浮かべ、人形みたいな長い髪をふわりと揺らした羽衣紫音――もとい、【バイオレット】。

「あら……ふふ、ごきげんよう。今日はよろしくお願いしますね？」

こちらの視線に気付いた彼女は、仮面の下の表情を緩めてにこりと会釈する。……今回の《修学旅行戦》で完全なダークホースとなった【ストレンジャー】。彼女がこの三日間で稼いだチップは実に1200万枚以上だ。去年の天音坂が総合1800万枚で学区一位に輝いたことを考えれば、その枚数がいかに飛び抜けているかよく分かる。

そうして一通りの学区に視線を遣ってから、姫路はくるりと俺に身体を向け直した。

「集まっている参加者は以上のようですね。ちなみにわたしたち英明学園は、総合得点で第三位……二位の桜花学園とはほとんど差がありませんが、逆に一位の連合学区からは五倍以上の差を付けられています。それでも、勝機がないわけではありません――何せ、わたしたちはルナ島最強の【ストレンジャー】を引き抜くことに成功いたしましたので」

「……ああ」

ルナ島最強の【ストレンジャー】――竜胆戒(りんどうかい)、もとい【ファントム】。

彼のデータは、はっきり言って圧倒的だ。《修学旅行戦(フォルティッシモ)》の期間中に稼いだチップこそ80万枚程度だが、所持チップの総量で言えば3億5798万枚。断トツというか何というか、桁がいくつか違っている。間違いなく島内で最大の戦力を持つプレイヤーだろう。

そんな彼が、今どうしているのかと言えば――

「うわ……帰りたい……怖い、無理……え、マジで嫌なんだけど……お腹(なか)痛い……」

――白亜の仮面を両手で覆いながら、俺たちの後ろで永遠に呪詛(じゅそ)を吐き続けていた。

（ま、そりゃそうだよな……）

ちらりと視線を向けつつそんなことを考える。……羽衣紫音(バイオレット)を恐れてルナ島に引き籠もり続けている彼。姿を見るだけで足が竦(すく)むくらいなのに、同じゲームに参加するとあっては震えが止まるはずもないだろう。それは俺も、竜胆自身も分かっていたことだ。

けれどそれでも、勝つためにはこうするしかないから。

「「――！」」

と……その時、端末の時計がぴったり九時を示すと共にロビーの扉が開かれた。参加者たちが一斉にそちらへ視線を向ける中、姿を現したのはタキシード服を着こなした長髪の

女性だ。彼女は扉が閉まったタイミングで微かに笑みを浮かべて一礼すると、そのまま静かに足を進める。そうして辿り着いたのはディーラー台だ。彼女が手元の装置に端末を触れさせた瞬間、俺たちの頭上に大きな大きな投影画面が展開される。

その冒頭に記されたゲーム名は――【ドミネートポーカー】。

『――それでは、ルールの説明を開始いたします』

ディーラーの静謐な声と共に。

《修学旅行戦》の最後を飾る超高レートのカジノゲームが幕を開けた――。

＃

【カジノゲーム〝ドミネートポーカー〟――ルール説明】

【このゲームは、各カードに特殊効果が加えられたチーム戦のポーカーゲームである。参加者は最大三名のチームを組み、手札を共有して〝役〟を作ることを目的とする】

【ここで、ポーカーとしての採用役は強さの順に記述して以下の通りである。《ロイヤルフラッシュ》《ストレートフラッシュ》《フォーカード》《フルハウス》《フラッシュ》《ストレート》《スリーカード》。これよりも弱い役では上がれないものとする】

【一戦目の開始時、全てのチームにはランダムかつ公開状態で三枚のトランプカードが配られる。ここで配られなかったカードは山札として裏向きにセットされ、この山札から十枚のカードを表向きに場にセットする。これでフィールドの設営は完了となる】

【〝ドミネートポーカー〟はチームごとのターン制で行われる。ターンの進行順は各ゲームの開始時にランダムで決められ、また各ターンの操作（プレイ）はそのチームに属するいずれかのプレイヤーが順番に担当する。この順番は、ターンの進行順と同じくゲーム開始時にランダムで決定される。また、ゲーム内での各種リソースは全てチーム内で共有される（ただしチップや指輪（リング）はプレイヤー個人に依存する）】

【〝ドミネートポーカー〟では、トランプのマークに応じて各カードに特殊効果が付随している。ここで、マークごとの効果は以下の通りである】

【スペード（♠）――いずれかのチームの手札にあるカードのうち、自身より小さい数字のカードを捨て札にすることが出来る。
ダイヤ（◆）――表向きで場に置かれているカードのうち、自身より小さい数字のカードを獲得することが出来る。

ハート（♥）――スペードによる攻撃を受けた際に任意で使用できる。相手の数字を自身の数字の分だけ減少させる。

クローバー（♣）――ゲーム勝利時、手役の中にクローバーが含まれていた場合、その数字の合計に応じて獲得チップを増額する（～15：二倍／16～29：三倍／30～：五倍）】

【各ターンにおいて、プレイヤーが山札からカードを引いたりチップを賭けたりするようなことはない。代わりに、以下の四つのアクションを自由に選択して実行できる】

【《購入》――表向きで場に出ているカード一枚か、あるいは〝【ブラックリング】の使用権利（＝《回数券》）〟を一つ購入することが出来る。このゲームでは誰でも任意のタイミングで指輪（リング）を使用できるが、その際には《回数券》を消費しなければならない。カードの金額はマークを問わず〝数字×1万〟チップで、《回数券》は一つ10万チップ。ただし《購入》アクションは1ターンに一度しか行えない】

【《行動》――各カードの特殊効果を発動することが出来る。《行動》で使用したカードは使い切りで、効果適用後に捨て札へ移行する。カードがある限り何度でも実行可能】

【《技化》――《購入》金額と同額のチップを支払うことで、手札のカード一枚を〝技カード〟に変換することが出来る。技カードとなったカードは手役として使うことが出来なくなるが、代わりに《行動》で使用しても捨て札にならず（ただし使用は1ターンに一度まで）、またスペードの効果対象にもならない。ここで、技カードの所持は各チームで一枚までとする（二枚目の《技化》を行った場合は一枚目が捨て札となる）】

【《宣言》――手札にあるカードのうち任意の五枚でポーカーの役が作れる場合、それらを提示して《宣言》を行うことが出来る。いずれかのチームがこれを実行した場合、他のチームが一巡以内に〝それよりも強い役〟で《宣言》を返せなければ勝利条件達成。逆に新たな《宣言》が行われた場合は、そのチームを起点として改めて一巡をカウントする】

【〝ドミネートポーカー〟の各ゲームが終了する条件は、この《宣言》が達成された場合のみである。仮に山札が切れた場合でも、捨て札を切り直してゲームを続行する】

【《宣言》を成功させたチームが現れた場合、つまり勝利チームが決まった場合、それまでの《購入》で支払われたチップ全額が報酬となってチーム内で山分けされる。ゲーム内で使用された【ブラックリング】についても同様に分配されるが、獲得および選択する順番は《購入》での消費チップ数が最も多いプレイヤーからとする】

【《継承》ルール――〝ドミネートポーカー〟は、いわゆる連戦形式のゲームである。一戦単位の勝利条件は〝《宣言》を成功させること〟だが、プレイヤーの意思が続く限りは閉会せず、そのまま次のゲームへと移行する。このタイミングで各チームの手札、及び《回数券》は全てリセットされるが、各プレイヤーはチームの手札から一枚を選んで次のゲームへ《継承》する権利を持つ。二戦目以降は引き継がれたカードが〝初期手札〟となり、それが三枚に満たないチームのみ差分を山札から引くものとする。また、《継承》カードの選択順は、同じく《購入》での消費チップ数が多いプレイヤーからとする】

【《チーム変更》ルール――チーム変更はゲーム切り替えのタイミングで常に可能とする】

「……なるほど」

投影画面いっぱいに表示されたルール文章（テキスト）と、それを丁寧になぞってくれたディーラーの説明。それらを頭の中で咀嚼（そしゃく）しながら、俺は小さく頷（うなず）いた。昨夜の打ち合わせで最低限の概要は確認しているが、時間が限られていたこともあり、相談できたのは大筋の〝攻略ルート〟だけだ。細かいルールや仕様もきちんと把握しておく必要がある。

【ドミネートポーカー】――《修学旅行戦(フォルティッシモ)》のラストを飾るAランクエリア【☆5】のカジノゲーム。そのルールは、カジノの王道であるポーカーにいくつかの変則ルールを盛り込んだものだ。山札からカードを引く代わりに場に出ているカードのうちから欲しいものを《購入》し、最終的に手役の完成を目指す。また、全てのカードには〝特殊効果〟が付随しているため、迂回(うかい)して手札の強化を行うというのも非常に有用な戦略だ。

　右手をそっと口元へ遣(や)りながら、俺はルールと睨(にら)めっこする。

「スペード、ダイヤ、ハート、クローバー……四つのマークがそれぞれ特殊効果に対応してるんだな。スペードが妨害で、ダイヤがカードの追加獲得。ハートはスペードの攻撃を軽減できて、クローバーは最後の手役に入ってるとボーナスがもらえる」

「はい。スペードとダイヤの効果が特に強力に思えますね。これらは《行動》として使ってしまうと捨て札になってしまいますが、各チームで一枚だけ、《技化》のアクションを実行することで半永久的に使える〝技カード〟とすることも可能です」

「ああ、それを上手(うま)く使うのが重要そうだな。どこかのチームが《宣言》を成功させるまで終わらないんだから一戦一戦はそこそこ長くなりそうだし、《継承》みたいなルールもある。《♠K》とか《◆K》が手に入ったら真っ先に《技化》したいところだ」

「ですね。……ただ、《回数券》さえ購入しておけば指輪(リング)はいつでも使えますので、強力な技カードは奪われたり捨てさせられたりする可能性が高いです。防御手段と一緒に持っておくか、あるいは囮に使うようなイメージでしょうか」

「だな……そうやって妨害し合いながら手札を充実させていって、最終的には手役を作って《宣言》するわけか。……難しいな。強いカードを確保したり《回数券》で指輪を構えておくのも重要だけど、悠長にやってたらあっさり《宣言》されて負けそうだ」

いずれかのチームが《宣言》を行った場合、そこからの一巡で〝より強い手役〟が《宣言》されない限りゲームは終わる。要は、どんなに強力なカードを集めても最終的に役が作れなければ意味がないわけだ。その辺りのバランスが肝になってくるのだろう。

そこまで思考を巡らせてから、俺は小さく顔を持ち上げた。目の前の姫路と、それから近くで俯いている【ファントム】を順に見つめて静かに口を開く。

「とりあえず、昨日も話したけどチームはこの三人で行こうと思う。問題ないよな？」

「もちろんです。最後までお供いたしますのでご安心ください、ご主人様」

「……じゃあ、代わりに俺は帰ってもいいか？　やっぱ動悸がヤバいっていうか……俺なんかがここにいても、勝負になる気がしないんだけど」

「いいえ、そのようなことはありません【ファントム】様。何故なら貴方は、他でもないご主人様が選んだ最強の〝相棒〟ですので。むしろ、胸を張って構いませんよ？」

白銀の髪を揺らして告げる姫路に対し、【ファントム】は力なく項垂れる。……さっきから俺を盾にして【バイオレット】から身を隠している彼だが、それでも逃げ帰らないだけありがたい話か。俺たちの作戦を完遂させるためには彼の協力が絶対的に不可欠だ。

　俺がそんなことを考えたのと同時、当の【ファントム】が嘆息交じりに言葉を継いだ。

「じゃあ……篠原、一応確認してもいいか？　このゲームを勝ち抜くための——じゃなくて、今日中にお前がSランクエリアの進入権利を獲得するための方法について。昨日も一通り聞かされたけど、ちゃんと理解できてる気がしないんだ」

　要は復習だよ、と呟く【ファントム】。……おそらく〝喋っていた方が気が紛れる〟というのもあるのだろう。俺が頷いたのを見て、彼は手元の端末に視線を落とす。

「篠原たちが《修学旅行戦》に参加したのは三日前の午後二時過ぎ……【ドミネートポーカー】そのものに終了条件はないから、単純にこれがタイムリミットだ。今からだと五時間ちょっと、ってところだな。で、今のルールを聞く限り、このゲームの〝一戦〟は短くても二十分くらいになると思う。出来るのは十戦か、多くても十五戦くらいか」

「ああ、そうだな」

「ん。で、次は一戦あたりの獲得チップについて……各チームが《購入》アクションで消費したチップが勝利チームの総取りになる、っていうのが【ドミネートポーカー】の基本ルールだ。それがクローバーの合計数に応じて嵩増しされる……けど、その報酬はチームの三人で山分けだ。一人あたり１００万チップがせいぜいだと思う」

「100万チップ、か。さすがは【☆5】の高レートゲームって感じだけど……」

言いながら静かに辺りを見渡す俺。……【ドミネートポーカー】の参加者たちは、既に四つのチームに分かれている。基本的には同学区のプレイヤーが組めばいいだけだから特に駆け引きが発生するようなこともなく、順当な流れでこうなった。

【チーム英明：篠原緋呂斗／姫路白雪／ファントム（竜胆戒）】

【チーム桜花：彩園寺更紗／藤代慶也／真野優香】

【チーム森羅：不破深弦／不破すみれ】

【チーム連合：皆実雫／枢木千梨／バイオレット（羽衣紫音）】

……見れば見るほど強力なプレイヤー揃いで眩暈がしそうだが、とにかく一つ確かなことは、報酬を得られるのは毎回この四チームのうちどこか一つだけだということだ。連勝も圧勝もそうは望めない。基本は〝取って取られて〟のシーソーゲームになる。

だから、俺たちの用意した作戦というのは偏にこういうことだった。

「とにもかくにも、勝負は最後の一戦……って話に尽きると思うんだよな。四回に一回くらいしか取れない〝勝ち〟を多少増やせたところで1000万に届くとは思えない」

「はい。そのため、どこかで一度だけ大勝負に出るということですね。【ドミネートポーカー】のルールと指輪を活用して……ただ、普通に進めようとしてもそう都合よくはいきません。例えば《回数券》をいくつも買い込んでいたりすれば他のチームに警戒されるのは当然ですし、早めの《宣言》でゲームを流される可能性も高くなります」

「ああ、だから最後なんだよ。一戦の中で出来る準備には限界があるから、【ドミネートポーカー】ってゲーム全体で仕掛ける。何戦もかけて逆転の札を仕込んでおくんだ」

「何戦もかけて……そう、そこだ。そこがよく分からない。昨日は〝そういうもんか〟って流してたけど、そんなこと本当に可能なのか？　プレイヤーが《継承》できるカードは一枚だけだ。それ以外の要素は全部リセットされる、って書いてある」

「まあ、普通にやったらそうだな。けど……」

言いながら、俺は静かに端末の画面を開いてみせた。そこには、一つの指輪（リング）が——俺が、アビリティの変換として持ち込んだ【ブラックリング】が表示されている。

「【加筆修正】。……ちょっと前にやった《決闘（SFIA）》の勝利報酬で手に入れた〝橙（だいだい）の星〟の特殊アビリティ、そのルナ島バージョンだ。ゲームに登場する何かに〝加筆〟での修正を加える効果——要するに、ルールでも効果でも、何でも〝書き加える〟ことが出来る。元々ある文章は消せないし追加できる文字数も限られてるけど、色付きだけあって強力な指輪（リング）だ。ちなみに、お前との【セレクター】で使った【状況反転】も実はこの指輪（リング）だぜ？　あの時は疑似ゲームだったから必要な部分以外は伏せてたけどな」

「……待て。何だそれ、冗談だろ？　何に何を書き加える気なのか知らないけど、【ドミネートポーカー】では指輪（リング）を使う度に《回数券》が必要だ。その時点で10万チップの消費は確定だし、使えば《回数券》がなくなるからこっそりとは使えない……それに、【ブラックリング】を使ったゲームで勝てなければその指輪は奪われる。いくら便利な指輪（リング）でも一回きりだ。ゲーム全体を通して仕掛ける、って話はどこに行ったんだよ？」

「ん……ああ、そのことか」

得心して小さく頷（うなず）く俺。……【ファントム】の懸念はもっともだ。【ブラックリング】は学園島（アカデミー）のアビリティと違い、ゲームに負ければその時点で奪われてしまう——が。

「大丈夫だよ、それをどうにかするための打ち合わせは済ませてある。んで……先に言っておくぞ、【ファントム】。俺たちが今からやろうとしてるのは、はっきり言ってズルい方法だ。反則スレスレっていうか、あんまり行儀の良くないやり方だ」

「……まあ、昨日の話を聞いてたら何となくそんな感じはしたけどさ」

「だろ？　でもな、もうそんなこと言ってる場合じゃないんだよ——【ドミネートポーカー】は確かに稼げるゲームだけど、《修学旅行戦（フォルティッシモ）》を引っ繰り返そうと思ったらただ勝つだけじゃ全然足りない。【バイオレット】にも連合学区にも絶対に届かない。だから、ここだけは俺のやり方でやらせてもらう。何が何でも繋（つな）がせてもらう。で、その辺の仕込みが全部終わったら……【ファントム】、お前の出番ってわけだ」

「うっ……いや、まあ善処はするけどさ……胃が痛い……」

憂鬱そうな顔でそう言って、ぎゅっと自らの腕を押さえる【ファントム】。

とにもかくにも、これで準備は整った――カジノゲーム【ドミネートポーカー】。《修学旅行戦（フォルティツシモ）》の終了までエンドレスで続く〝稼ぎ合い〟のゲーム。タイムリミットまでは残り五時間弱で、俺と彩園寺（さいおんじ）が稼がなきゃいけないチップの枚数は、参加者のうち数万人に一人しか到達できないとされる桁違いの１０００万枚。

（見せてやるよ、【バイオレット】――俺が〝偽りの7ツ星〟だって所以をな）

清楚（せいそ）に佇（たたず）む強敵を視界の隅に捉えながら、俺はニヤリと不敵な笑みを浮かべた。

＃

【二学期学年別対抗戦《修学旅行戦（フォルティツシモ）》最終日】

【カジノゲーム〝ドミネートポーカー〟――ゲーム開始（スタート）】

――ルナ島Ａランクエリア・賭博区画ヘルメス。絢爛（けんらん）豪華なロビーラウンジ。

その中央に据えられた楕円（だえん）形のカジノテーブルにて、運命を分ける大一番が始まった。

【ドミネートポーカー】――チーム戦で行われる変則ポーカー。このゲームでは最初に各チームへ三枚のカードが配られ、その後十枚のカードが場に置かれる。プレイヤーたちはそれらの状況を注視しつつ、妨害やら何やらを駆使して上がりに近付くことになる。

一戦目の開始手は、ターン順に並べるとこんな感じだ。

【チーム森羅（しんら）：《◆2》《◆J》《♥5》】

【チーム桜花：《♠9》《♥9》《♣A》】

【チーム英明：《♠5》《♦7》《♥10》】

【チーム連合：《♠7》《♣4》《♣K》】

【場：《♠A》《♠Q》《♦4》《♦8》《♦K》《♥A》《♥7》《♥J》《♣2》《♣9》】

……手元のカードと各チームの手札を見比べながらそっと右手を口元へ遣る俺。

俺たちに配られた初期カードは《♠5》《♦7》《♥10》の三枚だ。マークも数字もバラバラだが、例えば場にある《♦8》《♣9》《♥J》辺りを集められればその時点で《ストレート》が完成する。ドローの代わりに《購入》が出来るルールに加えて〝相手に使われているカード〟も見えるため、方針はかなり立てやすいと言っていいだろう。

そして、

「――素敵だわ、素敵だわ！　わたくし、一番乗りね！」

【ドミネートポーカー】一戦目。このゲームではチームプレイヤーのうち一人が代表してターンを実行するのだが、その最初の最初を引き当てたのは森羅のすみれだった。彼女はわくわくとした顔で盤面を見渡し、やがてベージュの髪を揺らして大きく頷く。

「節約も大事だけど、初期投資はきっと何よりも大切よね。決めたわ、決めたわ！　わたくしは《♦K》を《購入》するわ！　そして、すぐに《技化》のアクションを実行！　合計２６万チップを消費して、とっても強い〝追加獲得券〟を手に入れるわ！」

（うわ……いきなりかよ、おい）

狙われることは分かり切っていたが、それでも顔をしかめてしまう。……《◆K》。【ドミネートポーカー】において、ダイヤは〝場に出ているカードのうち自身より数字の小さいものを一枚獲得する〟という効果を持つ札だ。後になって欲しいカードと交換できるため普通に《行動》で使うだけでも充分に強力なのだが、《技化》を施せば〝使い捨て〟ですらなくなるため、毎ターン任意のカードを獲得できる最強の一枚へと進化する。

《◆K》の枠に《♣3》が捲られるのを見つつ、すみれは楽しげにプレイを続ける。

「順調ね、順調ね！　それじゃあ、早速この《◆K（技化）》で《◆8》を獲得して……これで、わたくしのターンは終了ね！　そちらの素敵な金髪の方、どうぞ？」

「……チッ」

弾むような声音でターンを渡したすみれと、それとは対照的に顔をしかめた藤代。彼は気を取り直すように小さく首を横に振ると、ドスの利いた低い声音で言葉を紡ぐ。

「一ターン目から随分と派手に動いてくれやがったな、テメェ……《◆K（技化）》に加えて《◆2》《◆8》《◆J》だァ？　あと二枚で《フラッシュ》の完成じゃねェか」

「いけないかしら、いけないかしら？　でも、ポーカーってそういうものだわ」

「だから文句を言ってんだろォが。……テメェのやった通り、このゲームの序盤で理想的な手はダイヤの技カードを作ることだ。仮に弱い数字でも《技化》したダイヤがあるだけで手札の枚数が変わってくる。だから、オレの定石は絶対に《◆4》だ――が」

「……違うのかしら？」

「テメェに好き勝手させるわけにもいかねェからな。……いいか、オレが《購入》するのは《♠Q》だ。で、こいつを即座に《技化》して《行動》実行――スペードは、他チームの手札から自身より小さい数字のカードを一枚選んで捨て札にする。対象は不破妹、テメエら森羅の《◆J》だ」

「！　ひどいわ、ひどいわ。素敵な方だと思っていたのに……不良、だったわ！」

「放っとけ。とにかく、これでオレのターンは終了だ。ンで……」

言いながら、藤代は身の竦むような鋭い視線をこちらへ向ける。

「――テメェの番だぜ、最強？」

「ハッ……そう急かすなよ」

真正面から煽ってきた藤代に不敵な笑みを返しつつ、俺は自身の仮面に手を遣った。チーム英明、最初のプレイヤーは俺だ。改めて手元のカードに視線を落とす。

【チーム英明：《♠5》《◆7》《♥10》】

【場：《♠A》《♠3》《◆4》《◆9》《♥A》《♥7》《♥J》《♣2》《♣3》《♣9》】

「ん……」

すみれと藤代が獲得した枠には山札からカードが補充され、再び十枚が並んだ場。

（最速で役を作るなら《ストレート》狙い……だけど、《◆8》を取られたから場に出てるカードだけじゃ揃わなくなった。やっぱり短期決戦は厳しいな）

静かに思考を巡らせる。……《継承》が発生する二戦目以降ならともかく、一戦目で速攻を決めるのは至難の業だ。すみれや藤代もそうしているように、まずは〝強力な技カードを作成する〟ことが第一の目標だろう。《◆K（技化）》や《♠Q（技化）》といった強カードはそのゲームを有利にするだけでなく、《継承》の筆頭候補にもなる――が、

「……いかがなさいますか、ご主人様？」

すぐ隣から困ったような声音で囁いてきたのは、他でもない姫路白雪だ。

「場に残っているのは《♠3》に《◆9》……不要とは言いませんが、武器としては少々力不足に思えます。とはいえ、真っ直ぐ手役を狙うには遠すぎますし……」

「まあな、先手を取られたせいでそこそこ不利な状況になってる。ただ……正直、一戦目は別に取れなくてもいいんだよ。例の仕込みを始めるためにいくつか確認しなきゃいけないことがあるから、今回は三人分の《継承》カードが用意できれば充分だ」

「なるほど。ちなみに、狙いのカードは？」

「ああ――こいつだよ」

微かに口角を吊り上げながらそう言って、俺はすっと右手を横へ動かした。同時、テーブル上に置かれたカードの上に鮮やかな黄色のエフェクトが発生する。――《購入》アク

ション発動、対象は《♥J》だ。

「……ふぅん？」

そんな俺の行動に対し、真っ先に反応を返してきたのは彩園寺だった。豪奢な赤髪をさらりと払ってから、胸の下辺りで腕を組んだ彼女は微かに口元を緩めて告げる。

「ダイヤでもスペードでもなく《♥J》なのね。意外にもメルヘンチックなのかしら？」

「そうじゃねえよ、彩園寺。確かに効率を取るならダイヤだし、妨害を優先するならスペードだけど、盤石さを取るならハートの《技化》は全然アリだろ。毎ターン使える防御壁だぞ？　こいつがあるのとないのじゃ手役の作りやすさが違いすぎる」

「まあ、それはそうなのだけれど……貴方に説明されるとちょっとムカつくわね」

小さく肩を竦める彩園寺。

スペードによる攻撃を受けた際、その数字を自身の数字分だけ軽減する――つまり、相手側により大きな数字を要求する〝盾〟の効果を持つのがハートだ。《♥J（技化）》があれば、仮に桜花の《♠Q（技化）》を向けられても実質《♠A》と同等の効果にまで弱体化させることが出来る。これを毎ターン使えるなら頼もしいことこの上ない。

（《購入》費用と《技化》費用のチップ22万枚は普通に痛いけど……）

それでも、この状況で出来る最善の手は打ったはずだ。

ともかく――ここまでで三つのチームが一ターン目を終え、俺が購入した《♥J》の枠には新たに《♣J》が捲られた。数字としては大きいが、四つのマークのうちクローバーだけは〝勝利後のボーナス要素〟ということで、戦略的な価値はやや下がる。

……そして、

「ふふっ……それでは、わたしの手番ですね。何だかドキドキしてしまいます」

嫋やかな手付きで目元の仮面に触れてから小さく一歩テーブルに近付いたのは、羽衣紫音――もとい、【バイオレット】だ。彼女はやけに嬉しそうな仕草で周りの参加者をぐるりと見渡すと、それからじっとテーブルに視線を下ろす。……現在、連合チームの手持ちは《♠7》《♣4》《♣K》だ。森羅の《フラッシュ》が藤代によって妨害された今、おそらく最も〝上がり〟に近い……が、これもやはり先ほどのすみれと同じことだろう。桜花が《♠Q（技化）》の〝剣〟を構えている限り、最速の勝利など目指せない。

「時に、篠原さん」

と――俺がそんなことを考えていると、上品に髪を揺らした【バイオレット】が不意にこちらへ話を振ってきた。怪訝に思いながらも、俺は思考を止めて顔を上げる。

「俺か？　何だよ、【バイオレット】。英明に寝返りたくなったってんなら大歓迎だぜ」

「いいえ。残念ながらわたし、寝相はとても良い方ですから。そうではなくて、わたしが訊きたかったのはこれだけです――あなたなら、この場面でどう動きますか？」

「……？　何が言いたい？」

「ふふっ、そのままの意味ですよ。学園島の７ツ星ならどんな手を繰り出すのか、それを知りたかっただけです。わたしの策が正しいのか確信が持てなかったものですから」

　そう言ってにこっと可憐な笑みを零す【バイオレット】。特に答えを期待していたものではなかったのか、彼女はすっと俺から視線を切ると穏やかな声音で言い放つ。

「わたしが《購入》するのは【ブラックリング】の使用権、です――そして、即座に指輪を使用したいと思います。使うのは【横取り】の指輪、効果は〝他プレイヤーの持つカード一枚を自分のものに出来る〟というものです。これで……」

「……ひゃわっ⁉ 何かしら、何かしら。そんなに見つめられるとドキドキするわ！」

「すみません、不躾に眺めてしまって。ともかく、対象はそちらの方……すみれさんたちの《◆K》です。《技化》まで済ませていただいて……嬉しいです、大切にしますね？」

「あっ……」

　にこにこと穏やかな笑顔を浮かべながら森羅の《◆K》を強奪し、そのまま《行動》アクションで場の《♣J》を獲得する【バイオレット】。これで三枚目のクローバーだ。俺が想定していたのとほとんど同じ状況を、それよりも遥かに良い形で実現してきた。

「――どうでしょうか、篠原さん？　わたしは、合格ですか？」

「ん……良いんじゃないか？《回数券》を持ってるチームがなかったから、指輪での妨害は起こらない。それに、もし指輪を介した殴り合いが始まるんだとしても」

「はい。大抵の方には勝てると思います——何故ならわたし、とても強いので」

そう言ってふわりと微笑む【バイオレット】。……まあ、確かにその通りだ。彼女がこの三日間で集めた指輪は実に数百種類。取り得る選択肢の数が戦力に比例するなら、彼女はここにいる誰より——【ファントム】を除く誰よりも——強い。

が……とにもかくにも、そんなロケットスタートを決められたこともあって、各チームの警戒はこぞって連合へと向けられた。二ターン目となる森羅からは深弦が出陣し、新たに捲られた《♠10》を《購入》&《行動》して連合の《♣4》を捨て札に。そして続く桜花のターンでは、彩園寺が《♠Q（技化）》で連合の《♣J》を潰しつつ今度こそ《◆4》のカードを《購入》する。その後、英明からは姫路が《回数券》の確保を選ぶ中、連合の二ターン目——枢木千梨が《購入》したのは同じく《回数券》だ。

そして、

「【バイオレット】ばかり注目されては困る。【ブラックリング：一網打尽】発動——!!」

——場のカードを三枚まで同時に《購入》できる、なるチート指輪を使用され、ついでに《◆K（技化）》の獲得効果で一気に手札を整えられた。手役に使えない技カードを除いても《◆10》《♠J》《♥Q》《♣K》……《ストレート》のリーチ。さらに《♥Q》は牽制や防御にも使えてしまうため、崩そうにもなかなか崩せない。だとしたら、無理に対抗するよりも次のゲームへの《継承》候補を作っておいた方がよっぽどいい。

おそらく、全チームがそんな思考に落ち着いたのだろう――三ターン目に皆実が《ストレート》を完成させても阻止に向かうチームは現れず、一戦目は連合の勝利と相成った。

【〝ドミネートポーカー〟一戦目――勝者：皆実雫／枢木千梨／バイオレット】

【獲得チップ：＋290万枚】

「ん……」

勝者が確定すると同時、目の前に現れたメッセージを眺めつつ思考を巡らせる。……獲得チップの枚数に関しては、それなりに妥当といったところか。各ターンでプレイヤーが消費するチップは平均で10万枚を超えるため、四ターン目の勝利であればざっくり150万枚。ここに《♣K》の効果で約二倍のボーナスが入っている。【ファントム】の予想通り、一人あたりの獲得チップは約100万枚というわけだ。

（かかった時間は二十分……いや、次のゲームへの切り替えも考えれば二十五分か。ってことは、やっぱり【ドミネートポーカー】は多めに見積もっても十二戦くらいで終わっちまう。まともにやってたらどうやったって1000万には届かない……と）

そんなことを再確認しながら、改めて手元のカードに視線を落とす俺。

チーム英明の一戦目――連合学区が勝利を決めるまでに三人が一度ずつ手番を行った結果、最終的な手札は《♠5》《◆7》《♥10》《♣9》《♥J（技化）》だ。ここから各プレイヤーが《継承》したいカードを選び、その他の要素をリセットして二戦目へ移る。

そして……しばし後、各チームが《継承》するカードが一覧で公開された。

【チーム英明：篠原緋呂斗／姫路白雪／ファントム：《♥J（技化）》《◆7》《♥10》】
【チーム桜花：彩園寺更紗／藤代慶也／真野優香：《♠Q（技化）》《◆3》《♥9》】
【チーム連合：皆実雫／枢木千梨／バイオレット：《◆K（技化）》《♠J》《♥Q》】
【チーム森羅：不破深弦／不破すみれ：《♠10（技化）》《◆8》】

「……よし」

表示された情報の中で〝あること〟を確認し、静かに拳を握る俺。と、それに気付いたのか、傍らの【ファントム】が小さく顔を持ち上げた。

「よし、って……何がだよ？　スペードもダイヤも高めの数字は取られてる。俺たちが一番厳しい状況なんじゃないか……？」

「手札の強さに関してはその通りですね。ですが、ご覧ください【ファントム】様。どのチームもクローバーを《継承》カードに選んでいません――ご主人様の睨んだ通りに」

「……？　いや、それは当然だろ？」

姫路の発言に対し、【ファントム】は意味が分からないとでも言いたげに首を捻る。

「だって、クローバーの効果は〝上がった時のボーナス〟だけだ。勝ちやすさには影響しない……軽視っていうより、ゲームが始まってから集めればいいってことだよな？」

「ああそうだ。けどな、そうやってクローバーから注目が離れてくれるのはありがたい話なんだよ。何せ、ゲーム中の効果がないってことは《行動》で使われることもないってことと……つまり、クローバーになら新しい効果を書き込んでもバレない、ってわけだ」

「───ぁ」

言いながらニヤリと口角を上げた俺に対し、【ファントム】は呆気に取られたようにポカンと小さく口を開ける。……【ブラックリング：加筆修正】。既存のルールに加筆する形で十文字までの新ルールを追加できる効果。

不敵な笑みを浮かべたまま、俺は落ち着いた声音で解説を続ける。

「【ドミネートポーカー】で次のゲームに《継承》できるカードは一人一枚、チームでも最大三枚だ。その他のカードはリセットされて山札に戻る……そう、一応これも確認しておきたかったんだ。《継承》されなかったカードはディーラーが山札に戻す。別に毎回新しいカードを使うってわけじゃなくて、単純にシャッフルされて引き直しになる」

「…………」

「ってことは、カードそのものに何かしらの効果を仕込んでおければ、それが山札に戻って勝手に次のゲームに繰り越されるってことだろ？《継承》しなくてもゲームに残り続けてくれる。ただ、ダイヤとかスペードじゃダメだ。誰かが《行動》で使おうとした瞬間に別の効果も発動して、結果的に俺の仕込みがバレちまう」

「……だからクローバー、なのか。クローバーなら《行動》で使われることはないから」

「ああ。でも、それを何度もやるのは本来不可能だ。指輪を使えば《回数券》が消費されるし、勝たなきゃ指輪は戻ってこない。さっきお前が不安がってたところだな」

「あ、ああ……そうだよ。お前の仕込みってのはクローバー一枚じゃ足りないんだろ？」

「まあ、そうだな。確実に勝つってことを考えたら、五枚……いや、少なくとも四枚くらいは仕込んでおきたい。……で、ちょっとこいつを見てみろよ【ファントム】」

言いながら、俺は既に二戦目のセッティングが始まっているカジノテーブルへと身体を向け直した。手札や技カードが置かれ、さらには指輪の使用権である《回数券》が表示されていたプレイスペース……そこには現在、俺たちが《継承》した三枚のカードしか置かれていない。姫路が《購入》していた《回数券》はリセットされてしまっている。

それを見て、猫ひげをピンと立たせた姫路が涼しげな声音でこう言った。

「【ドミネートポーカー】において、指輪は〝《回数券》があればいつでも使用できる〟と明言されています。《回数券》は各ゲームが終わると消えてしまいますが、各種リソースがリセットされるのは《継承》カードの選択後。多少の猶予が発生するのです。このタイミングで指輪を使用しても、《回数券》の消費がバレることは有り得ません」

「……それは、まあ。どうせ消えるんだから違和感も何もないよな」

「はい。そして、例えば次の一戦――仮に桜花学園の皆さまが勝利したとして、中でも連合学区を打倒すべくご主人様と手を組んでいる《女帝》様がチーム内で最も多くのチップを消費していたとして。《継承》カードの選択タイミングでご主人様が【加筆修正】を使用した場合、その指輪(リング)を手に入れるのはどなたになると思いますか？」

「？　ゲームの切り替え前なんだから、そんなの《女帝(あいつ)》に決まって……って、あ」

「――はい、そういうことです」

ようやく作戦の全貌を理解したらしく仮面越しの目を大きく見開く【ファントム】に対し、姫路(ひめじ)は白銀の髪をさらりと揺らしながら静かに頷(うなず)く。

そう――【ドミネートポーカー】において、ゲームが次の一戦へと切り替わるタイミング。この瞬間だけは、《回数券》を消費してもそれが誰かに伝わることはない。もちろん使った指輪(リング)は勝利チームの報酬に加えられてしまうが、それが俺の〝仲間〟なら……つまりチーム桜花に属する彩園寺であれば何ら問題はないということだ。俺と彩園寺で【加筆修正】をパスし合えば、クローバーの仕込みは充分間に合う計算になる。

「いや、でもそれ……マジかよ」

半信半疑という口調でそう言って、ほんの一瞬だけ桜花(おうか)の一角を見遣(みや)る【ファントム】。

「そうなると、《女帝(あいつ)》に求められる技量がエグいだろ。だって……」

「そうだな。指輪(リング)で進入権利(ライセンス)を偽装してるだけだから、彩園寺(さいおんじ)の所持チップは40万もないはずだ。それでも、桜花が勝つタイミングであいつが〝チーム内で一番チップを消費して〟くれてないと指輪(リング)をパスできない。正直めちゃくちゃ難しいけど……」

「はい、心配することはありません。何しろ、あの方は〝彩園寺更紗様〟ですので」

姫路の言い分にこくりと静かに息を呑む【ファントム】。

そうして全ての懸念が解消されたところで、俺は再びニヤリと笑ってこう言った――。

「じゃあ……始めようぜ？　最高の大逆転に繋がる地味で地道な〝種蒔き〟の時間だ」

＃＃

【――〝ドミネートポーカー〟：途中経過】
【勝利チーム推移：連合／桜花／連合／英明／森羅／連合／連合／桜花／英明／連合】
【各プレイヤー総合収支――】
【篠原緋呂斗：＋21万枚／姫路白雪：＋41万枚／ファントム：＋42万枚】
【彩園寺更紗：＋12万枚／藤代慶也：＋32万枚／真野優香：＋24万枚】
【不破深弦：－12万枚／不破すみれ：－20万枚】
【皆実雫：＋278万枚／枢木千梨：＋302万枚／バイオレット：＋343万枚】

【ドミネートポーカー】十一戦目。《修学旅行戦》終了まで、残り二十五分弱。

大方の予想通り、ゲームは連合学区のやや優勢――といった様相を呈し続けていた。

半ば手探り状態だった一戦目とは大きく異なり、二戦目以降は一気に駆け引きが加速した。《継承》カードという要素があるため《◆K》やら《♠Q》が初手から乱れ飛び、さらには《購入》の権利を《回数券》へ回す余裕が生まれたことで、【バイオレット】や枢木(くるるぎ)以外の面々も指輪(リング)を使用し始めている。優勢なのは明らかに連合だが、それでも連勝はほぼ起こっていない。俺たち英明(えいめい)も二回ほど勝利を掴(つか)むことが出来ていた。

(っていっても、枚数差はかなり厳しいな……)

そんなことを考えながら【ドミネートポーカー】におけるチップの総合収支を睨(にら)み付ける俺。……トップを走る【バイオレット】が+343万枚。対する俺は+21万枚にしかなっていない。学区単位で見ても、圧倒的にプラスを重ねているのは聖(せい)ロザリアと栗花落(つゆり)の連合だ。《修学旅行戦(フォルティッシモ)》の総合得点は昨日よりもさらに差が付いてしまっている。

(……けど)

それでも俺は、不安を打ち払うように首を振る。

現在の時刻は午後二時十五分――《修学旅行戦(フォルティッシモ)》は間もなくタイムアップだ。参加途中だったゲームは〝次の清算タイミングまで〟の収支を総合得点に反映してくれるそうだから、正真正銘、次の十二戦目が《修学旅行戦》のラストゲームということになる。

そして、肝心の【加筆修正】……二戦目から行っていた俺の〝仕込み〟に関しては、概ね完了したと言っていいだろう。英明と桜花(おうか)の勝利が二回ずつ、計四枚のクローバーに隠し効果を潜ませることに成功している。この十一戦目はおそらくチーム連合――【バイオレット】たちが勝利するだろうが、ともかく最低限の準備は完了だ。

（まあ、もちろん最終的には【ファントム】の協力が不可欠なんだけど……）

そんなことを考えながらちらりと後ろに視線を向ける俺。……【ファントム】、もとい竜胆戒。最強の【ストレンジャー】であるはずの彼は、ここまでほとんど機能していなかった。自分の手番が来たらとりあえず大きな数字を《購入》して即座にターンを終わらせるだけ。指輪を使用したことなど一度もなく、ただただ身体の震えを抑えている。

そして、そんな彼とは対照的に。

「──《宣言》成功、ですね。やはりハートの《フラッシュ》はとても強い手です」

【バイオレット】はくすっと柔らかな笑みを浮かべて言い放つ。……《宣言》の成功。これにより、十戦目に続いて十一戦目の勝者もまたチーム連合に決定した。

人形みたいに長い髪を上品に揺らしながら、【バイオレット】が楚々と微笑む。

「これで、わたしのチップは＋452万枚……連合学区としての総合得点は3500万枚に届く頃でしょうか。皆さんのお時間を考えれば次が最後のゲームになってしまいそうですね。わたし、悲しいです。もう少し皆さんと遊んでいたかったのですが……」

「……へえ？　そうかよ。なら楽しみにしててくれ、次が一番面白いゲームになるから」

「あら、そうなのですか？　それは、篠原さんの負け惜しみというわけではなく？」

「負けてもいないのに惜しまなきゃいけない理由なんか一つもないからな」

煽るような俺の台詞にしばし口を噤む【バイオレット】。彼女はやがてにっこりと笑みを浮かべると、誰をも魅了するような仕草で嫋やかに小首を傾げて——

「分かりました。では、わたしが〝理由〟を作って差し上げますね？」

——挑発返し、とも受け取れる声音でそんなことを言ってくる。

まあ……とにもかくにも、【ドミネートポーカー】の十一戦目はこれにて終了だ。ここからは、十二戦目に向けての《継承》カードを選択するフェイズとなる。

そうして俺は、このタイミングで二つの〝条件〟をクリアしておく必要があった。

「——なあ。ちょっといいか、彩園寺」

気取った仕草で仮面に手を遣りながら、俺は赤髪の〝共犯者〟へと向き直る。対する彼女はいつも通りに胸の下辺りで腕を組むと、紅玉の瞳でこちらを見つめ返してきた。

「何よ、篠原。……もしかして、今さら共闘でも申し出ようっていうのかしら？」

「へえ？　さすがだな、彩園寺。ご明察だ——俺たちは、ラストゲームで大勝負に出ようと思ってる。けど、それには絶対的な防御の札が必要だ。お前の持ってる《♥K》……そいつを持ってチーム英明に来てくれりゃ、お前にも分け前をくれてやるよ」

「お願いする立場にしては随分な言い草ね。というか、貴方たちは最初から三人チームじゃない。私の入る隙があるとは思えないのだけど？」

「【ブラックリング：ナンバービルド】——ルナ島で一番メジャーな指輪だ。《回数券》を消費してこいつを使う……要するに、チーム上限を三人から四人に変更する」

「……ふぅん？　なるほどね、そんな使い方も出来るの」

微かに感心したような声音で呟く彩園寺。そうして彼女は、眼鏡の奥の瞳をすっと細めながら俺たちチーム英明のメンバーを順に見つめる。

「でも、それは重要なことじゃないわ。貴方たちの手札と戦いぶりを見る限り、次で盤面を引っ繰り返せるようにはとても思えないのだけれど……勝算はあるのかしら？」

「はっ……なかったらお前を誘おうなんて思うはずないだろ、《女帝》」

対する俺は、微かに口角を持ち上げながら迎え撃つ。ちなみにこれは、昨日の夜から決まっていたやり取りだ。彩園寺が俺に乗る〝言い訳〟を作るためだけの口論。

「このゲームは、見た目に反して持ってる指輪の強さが露骨に出る――一戦目の【バイオレット】と枢木がそうしてたみたいに、状況を整えてから指輪を使えば大抵の場合は無理やり勝ちをもぎ取れるんだよ。ただ普通はそんなに強力な指輪なんて持ってないし、選択肢の豊富さで【バイオレット】に対抗できるとは思えない。……けど」

「けど？」

「知ってるだろ？　俺たちのチームメイトは――【ファントム】は、千種類近い指輪を持つルナ島最強の【ストレンジャー】だ。最後の一戦を勝ち切るくらい訳もない」

「……ふぅん。確かに、言われてみれば貴方が何の勝算もなく【ファントム】をここに連れてくるはずがないものね。ルナ島最強の【ストレンジャー】……か」

　そこまで言って、彩園寺は豪奢な赤髪を揺らしながら自身の背後に視線を遣る。

　当然、そこに立っているのは彼女のチームメイトである藤代と真野だ。無言の問い掛けに真野は困ったように隣の藤代を見上げたが、逆に藤代の方は何の躊躇もなく頷く。

「あァ……オレの意見は常に同じだ。それが桜花の利益になるなら止めねェ」

「そう？　じゃあ、お言葉に甘えてちょっと出張してくるわ。絶対に損はさせないから」

「当たり前だ。その言葉が嘘ならテメェは桜花の《女帝》でも何でもねェよ」

　あえて突き放すような藤代の返答にくすっと口元を緩ませてから、彩園寺は堂々とした足取りで俺たちの方へ歩み寄ってきた。チーム英明への移籍完了――これで、前振りはほとんど済んだ。残る一つの〝条件〟とは、どちらかと言えば精神的なモノである。

「――……何で、だよ」

　ポツリ、と。

　彩園寺を迎え入れてそっと息を吐こうとした俺の耳に、ふと弱気な声が届いた。声の主は【ファントム】だ。煌びやかな装飾の柱に背中を預けて俯いた彼は、白亜の仮面を微かに持ち上げて俺と姫路と彩園寺の顔を順番に見遣る。

　その表情に浮かぶのは大きな怯えと、それから震えるような疑問の色だ。

「何で、こんな重要な場面で俺なんだ……ここまでの十一戦を全部前振りにして仕込みを入れて、【バイオレット】に喧嘩を売って、桜花のエースまで引き抜いて……そんな大作戦の肝がどうして俺なんだよ。どうして俺なんかを信用できるんだよ、お前は」

「……どうしてって言われてもな」

そんな【ファントム】の問いに小さく首を捻る俺。

「単純に、お前にしか出来ないからだよ。……言っただろ？　俺はお前が身に着けた最強の〝技術〟を買ってるんだ。お前以外には真似できないんだよ。だからお前なんだ」

「っ……」

「んで、信用云々って話に関しては……ま、お前が自分から来てくれたからだな。昨日の夜も今日の朝も、お前が来てくれなかったら話はそこで終わりだった。作戦を立てるまでもなく負けが確定してた。でも、お前はここにいる。……だったら、信じるも信じないもないだろ。お前を勧誘したからには、俺にはお前と一緒に勝つ義務がある」

「……クソ、格好いいこと言いやがって……」

くしゃっと前髪に手を遣りつつ静かに首を横に振る【ファントム】。……もう一歩、なのかもしれない。彼の背中を押すには、もう一歩分だけ決定的な〝何か〟が足りない。

微かな焦りを覚えながら俺が右手を口元へ遣ろうとした――そんな時、だった。

「――ダメですよ、三人とも？」

背後から突然聞こえた、嗜めるような穏やかな声。敵意なんて一切感じ取れない上品でお淑やかなその声は、他でもない【バイオレット】が発したものだ。いつの間に近付いてきていたのか、彼女は俺たちの前でふわりと立ち止まる。

「事情は分かりませんが、一人を三人で取り囲むなんていけないことです。ほら、怯えて足が震えてしまっていますよ？　【ファントム】さん、可哀想に……」

「……いや、あのな【バイオレット】。こいつが怯えてるのは俺たちじゃなくて――」

「って……あら？」

と、その時、【ファントム】の方に身体を向けた【バイオレット】が不意に小さく首を傾げた。直後、彼女はととっと軽やかな足取りで【ファントム】に詰め寄り、仮面を被ったその顔をじぃっと見つめる。対する【ファントム】がダラダラと冷や汗を流す中、彼女はしばらくそのまま静止して……やがて、ふるふると首を横に振った。

「気のせい、でした。……すみません【ファントム】さん。あなたに似ている人を一人知っていて、思わず確かめてしまいました。でも、よく考えたら人違いですね。あの人は学園島のプレイヤー……【ストレンジャー】ではないはずです」

得心したように頷いて意味深な言葉を口にする【バイオレット】。単なる昔話のようにも聞こえたが、どこか引っ掛かりを覚えた俺は目を眇めて尋ねてみることにする。

「……何の話だ、それ？」

「気になりますか？　実はわたし、三年前にとある《決闘》に出たことがあるんです。そこで、一人のプレイヤーから予想外の一撃を貰ってしまって……衝撃、でした」

「へえ？　じゃあ、もしかしてお前が負けたのか？」

「いえ、勝ちましたよ？　ですが、あの時のわたしはたくさんのサポートを受けていましたから……もし一対一で戦っていれば、きっと負けていたと思います。ですから、密かに尊敬していて……そのせいで早とちりをしてしまいました、すみません」

「ッ…………」

照れたように頭を下げる【バイオレット】と、微かに目を見開く【ファントム】。

彼女の告げた事実は、【ファントム】にとって衝撃的だったことだろう——【バイオレット】は人違いだと思っているようだが、彼女が言っているのは明らかに三年前の《メルテット》だ。明らかに【ファントム】のことだ。【バイオレット】は、【ファントム】が思っているよりもずっとずっと彼のことを認めていた——本当に脅威だと思っていた。それなのに見た目の差があまりにも大きすぎたから、彼の方が自信を失ってしまったんだ。

「……そう、だったのか……」

呆然とした呟きが耳朶を打つ。……白亜の仮面を付けているから、【ファントム】の表情はよく分からない。ただ、その声音はどこか吹っ切れているようにも聞こえて。

「……あら？　【ファントム】さん、少し顔色が良くなりましたか？」

それを察知したのか、【バイオレット】がふわりと長い髪を揺らした。トラウマの元凶である少女の問い掛け――けれど【ファントム】は、ゆっくりと口を開いてみせる。

「ああ……ありがとな。お前のおかげで震えがちょっとだけ収まったかもしれない」

「震え？　では、もしかしてお風邪でも引いていたのですか？」

「まあ、そんなところだ。三年くらい拗らせてた頭痛と腹痛がようやくマシになった」

「なんと……わたし、お医者様の素養があるのでしょうか」

片手を頬に添えてそんなことを言う【バイオレット】に真っ直ぐ視線を向けつつ、【ファントム】は「そうかもな」と微かに笑う。その笑みはまだ少し硬いが、それでも。

「待たせたな、篠原――やっと、やっと気合いが入ったよ」

「……遅いんだよ、ったく」

自身の端末を軽く掲げる【ファントム】に対し、俺はそっと安堵の笑みを浮かべた。

＃＃

学年別対抗戦《修学旅行戦》ラストゲーム――【ドミネートポーカー】。

その十二戦目は、既に開始から五十分近くが経過し、現在九巡目を迎えていた。

「……どういうことだ、少年？」

そこで、痺れを切らしたように疑問の声を発したのはチーム連合の枢木だ。

「この最終戦が始まる前、大口を叩いて《女帝》を引き抜いていたはずだが……蓋を開けてみれば、ろくに勝負にも出はしない。むしろ拮抗状態ではないか」

忍者のような黒布を揺らして微かに嘆息を零す枢木。

まあ、基本的には彼女の言う通りだ——カジノゲーム【ドミネートポーカー】。このゲームが九巡目まで縺れ込むのは十二戦目にして初めてのことだ。既に《修学旅行戦》はタイムリミットを迎えているため、このゲームが終わればすぐにでも総合得点の集計が行われる……が、俺たち英明だけでなく、どのチームの手札も役を作るには程遠い。

【チーム英明：《♥J（技化）》《♠3》《◆A》《◆9》《♥K》《♣7》《♣9》《回数券：3》】

【チーム桜花：《♠K（技化）》《◆7》《◆J》《♥7》《♥10》《♣4》《回数券：2》】

【チーム森羅：《◆Q（技化）》《♠Q》《◆8》《◆10》《♥6》《♥Q》《回数券：1》】

【チーム連合：《◆K（技化）》《♠5》《♠J》《♥4》《♣K》《回数券：1》】

——そんな状況を眺めてから、枢木は黒のポニーテールをゆっくりと左右に振る。

「ほらな。どのチームも、手役を作るのに最低でもあと二ターンはかかる。それに、各チームの手札がこれだけ強力になっているんだ。誰かが動いても容易に妨害される」

「そう……つまり、ストーカーさんが何を企んでても、無駄。《♥J》と《♥K》があっても、それだけじゃ守り切れない……紙装甲」

「……へえ？　今回はやけに突っかかってくるな、皆実」

「《SFIA》では、ちゃんと戦えなかったから……今回は、本気。絶対、負けない……」

「ふふ、楽しそうですね。ちょっと羨ましいです……わたしも混ざっていいですか？」

「？　混ざるも、何も……【バイオレット】ちゃんは、最初から主役。……違う？」

「なんと……大役をいただいてしまいました。これは、頑張らなくてはいけません」

俺と枢木と皆実の会話に口を挟み、冗談っぽくそんなことを言う【バイオレット】。彼女たちの手札も勝利に近いとは言えないが、やはり相当に余裕が感じられる。

が、まあそれはともかく。

『——山札が切れました。再セットします』

十巡目となる英明のターンが始まる寸前、ディーラーがそう言ってゲームを止めた。山札切れ——この十二戦目では二回目となる現象だ。【ドミネートポーカー】は一組五十二枚のトランプを用いて行われるのだが、ダイヤによる追加獲得やスペードによる妨害が繰り返し起こるため、場のカードが尽きてしまうことが稀にある。その場合、ディーラーが捨て札を全て切り直して新たな山札を作ってくれるわけだ。

そうして誰もが緊張の糸を緩め、ゲームが再開するまで静かに待機していた頃。

「…………………」

ただ一人——【ファントム】だけは、呼吸を止めんばかりの凄まじい集中力でディーラーの手元を見つめていた。鬼気迫る表情。白亜の仮面に軽く手を添えた彼は、じっと射るような視線をディーラーとカードに送り続ける。……そして、

『──お待たせいたしました。では、新たに場のカードを配置し……』

「いや。……ちょっと待ってくれ、ディーラー」

少しだけ躊躇うように放たれた制止の声。それを発した男──【ファントム】は、拡張現実技術で投影された漆黒の指輪をテーブルの上に放りながら静かに俺の隣へ進み出た。

「【ブラックリング：追加シャッフル】発動。……せっかく準備してくれたところ悪いんだけど。その山札、俺にもカットさせてくれないか」

『【追加シャッフル】……名前の通り〝山札をカットする〟効果の指輪、ですね。承知いたしました。ただ、表面を見ることは叶いませんが、それでもよろしいですか？』

「別にいいよ、そんなに大層な指輪じゃないから」

言いながら静かに歩を進め、やがてディーラーの元へと辿り着く【ファントム】。そうして彼は、ロビーに集う全参加者に注目されながら山札のシャッフルを開始した。現在は各チームの手札に六枚ほどのカードが残っているため、山札といってもせいぜい三十枚程度の薄い束だ。軽やかな手付きでカードが混ぜられ、何度となく順番が入れ替わる。

最後に山札をトンっとテーブルに置いて、【ファントム】は微かに笑って俺を見た。

「終わりだ。──あとは頼むぜ、大将」

「ああ、頼まれた」

そんな言葉を受けてニヤリと口角を上げる俺。……どう見ても意味深なやり取りと不可解な指輪(リング)の使い方に周囲が警戒を深めているのが分かったが、残念ながらこれで全ての準備は完了だ。あとは、ただ逆転するだけでいい。

――そっと仮面に手を添える。

「【ドミネートポーカー】十巡目……技カードを除けば、英明(えいめい)の手札は《♠3》《♦A》《♦9》《♥K》《♣7》《♣9》の六枚だ。さっき枢木(くるるぎ)も言ってた通り、ここから手役を作ろうと思ったらダイヤを絡めても二ターンはかかる。普通は、な」

「……どういうことかしら、どういうことかしら？　ヒロトは普通ではないの？」

「違うよ。普通じゃないのは手札の方だ」

すみれの問いに小さく首を振りながら、俺は手札から二枚のカードを選び取る。《♣7》と《♣9》……いずれも比較的〝価値が低い〟と考えられているクローバーだ。

二枚をテーブル上に並べながら続ける。

「多分、誰にも気付かれてなかったと思うけど――俺はこのゲームを通して一つの〝仕込み〟をしてたんだ。ああ、このゲームってのは十二戦目って意味じゃないぜ？　【ドミネートポーカー】全体……正確には二ゲーム目からだ。ずっと、あることを狙ってた」

「…………一つ、気になってたことならあるよ」

と、そこで口を開いたのは深弦(みつる)だった。彼は曖昧な表情を持ち上げながら続ける。

「篠原(しのはら)くんのチームは……あと《女帝》さんのチームもそうなんだけど、《回数券》を持つたままゲームを終える展開がやけに多かった気がするんだよね。指輪（リング）が使えるなら粘れそうなゲームもあったのに、篠原くんはそれよりも何かを優先した。違うかな？」

「正解。……目敏（めざと）すぎるだろ、お前」

　深弦の指摘に思わず苦笑する俺。まさか気付かれているとは思わなかったが。

「ともかく――あれは別に抱え落ちしてたってわけじゃなくて、ちゃんと毎回使ってたんだ。ゲームが切り替わるタイミング……《回数券》がリセットされる直前でな」

「おお……さすが、ストーカーさん。プロの、犯行……」

「一言多いんだよお前は。……そのタイミングなら、俺が指輪（リング）を使っても誰かにバレることはない。ついでに言えば、それをやったのは彩園寺（さいおんじ）が勝った時だけだ。んで、彩園寺は彩園寺で俺が勝った時に同じことをする……こうすれば、指輪（リング）は消費されない」

「……待て。では、少年と《女帝》殿はこの十二戦目からではなく、最初から手を組んでいたのか……？　何故（なぜ）、貴様らがそのようなことを？」

「馬鹿ね、そんなの貴女（あなた）たちが強すぎるからに決まっているじゃない。雫（しずく）に千梨（せんり）、それから【バイオレット】も加わった連合学区。昨日あれだけ削られたばかりなのに何の対策もしないでのこのこ出てくるわけがないでしょう？　それに、私と篠原が――これだけ仲の悪いプレイヤー同士が組むなんて、誰にも予想されないと思うし」

「そういうことだ。俺だって、こんな状況じゃなきゃわざわざ彩園寺（こいつ）と組んだりしない」

煽るように言い合いながら不敵に視線を交わす俺と彩園寺。

「……仲が悪い、ですか？　とてもそうは見えませんが……」

それを見て、【バイオレット】が微かに口元を緩ませる。彼女にとっては歓迎できない状況のはずだが、その表情や声音はあくまでも楽しげだ。俺と彩園寺が繰り出す手を待ち詫びているかのように、にこにことした笑顔のまま尋ねてくる。

「それで、です。篠原さんの使った指輪というのはどのような効果だったのですか？　人知れず何度も使っていた、とのことですが……先ほど並べていた二枚に関係が？」

妥当な推理を披露する【バイオレット】に、俺は「ああ」と小さく一つ頷いてみせる。

【加筆修正】――俺が使ったのはそんな指輪だ。効果は文字通り〝加筆〟……ゲームのルールなり、カードなりに任意の一文を加えることが出来る。ただし書けるのは十文字までだ。元々ある文章は消せないし、矛盾が起こってもいけない。橙の星の特殊効果だな」

「《SFIA》の報酬……ストーカーさんらしい、横暴な効果。でも……それが、何？」

「何って、そんなの決まってるだろ？　俺たちはゲームが終わる度に刻んでたんだ。元々ゲーム中の効果がないクローバーのカード……こいつに、新たな効果をな」

「…………え」

気怠げな青の瞳に微かな驚きを灯らせる皆実。

それを見ながら、俺は自身の端末をそっと手元の《♣7》に触れさせた。瞬間、テーブルの上空に投影展開されたのはカードの効果文だ。クローバーの持つ本来の〝ボーナス効果〟とは別に、その末尾にはこんな条項が書き加えられている。

【数値変動：数字分まで】

「……文字数の制限があるから相当シンプルな表現になってるけど、要は【ブラックリング・ナンバービルド】と似たような効果だよ。自身の数字分まで対象カードの数字を上か下に変動する……そんな効果を、出来るだけ多くのクローバーに仕込んでおいた」

「なっ……しかし、そのような仕掛けがあれば気付くはずだが？」

「そうか？　カードの効果文はこうでもしなきゃポップアップしないし、それにクローバーが《行動》で使われることはない。気付く機会なんか全くないぜ？」

平然とした顔で言い放つ俺。……本当は、仮に効果文を見られてもバレないよう《カンパニー》に暗転処理を掛けてもらっていたのだが、そこまで話す必要はないだろう。

「〝自身の数字分までカードの数字を調整できる〟——これで、該当のクローバーは一気に強力なカードに化ける。例えば英明の手持ちは《♠3》《◆A》《◆9》《♥K》《♣7》《♣9》……だから、《♠3》に《♣7》を作用させて《♠♣10》に、《◆9》の効果で獲得した《♥5》に《♣7》を作用させて《♥♣Q》に変換すれば、その時点で《♠♣10》《♥♣Q》《♥K》《◆A》が揃うわけだ」

「……ええと、これはツッコミ待ち、というやつなのでしょうか？　篠原さん、それでは何も揃っていませんよ？　《ストレート》を作るにはJが必要です」

「知ってるよ。けど、それは《購入》で手に入れればいいだけだ」

　言って、静かにテーブルを見下ろす俺。

　そこには、実はまだカードが配置されていない——何となれば、俺がディーラーの動きを遮って〝種明かし〟を始めたからだ。会話の流れを汲み取ってくれたのか、傍らに控えていたディーラーがそっと山札に手を添える。

『十枚、場にセットします——』

　慣れた手付きで一枚ずつ捲られていくカード。ここで、《♦J》《♥J》《♠J》は既に何らかの形で所持されているため、当たりとなるのは《♣J》だけだ。山札の枚数が三十枚ほどであることを考えれば、《♣J》が出る確率は五分よりも少し低い。……けれど、

「別に、祈る必要すらないんだよな——だって、《♣J》は八枚目だ」

「——!?」

【バイオレット】が仮面の奥の瞳を微かに見開くのと同時、ディーラーが都合八枚目のカードを表向きにした。そこに刻まれていた数字は紛れもなく《♣J》。チーム英明が《ストレート》を完成させるのに必要な最後の一枚だ。

「ま、さか……」

　上品な仕草で口元に手を添えつつ、【バイオレット】は小さく身体の向きを変える。彼

女が見つめた先にいるのは、他でもない【ファントム】だ。

「あなた、なのですか？　先ほどのシャッフルで、《♣J》の位置を入れ替えた……？」

「……いいや、それはちょっと違う」

対する【ファントム】は、微かに声を裏返らせながらも毅然と返答を口にする。

「俺が入れ替えたのは《♣J》だけじゃない……全部、だよ。ディーラーのシャッフルを見ながら順番を覚えて、そいつを篠原に頼まれた通りの順番に入れ替えた。だから、全員覚悟してててくれ。俺たちの《宣言》が通ったら、他のチームが欲しいカードは絶対に出ない……《ストレート》に勝てる手は、どう頑張っても作れない」

「なんと……びっくり、です。わたし、本当の本当に驚きました」

さすがに衝撃的だったようで、素直にそんな言葉を口にする【バイオレット】。【ファントム】の積み上げてきた最強の〝技術〟が、三年間の努力の結晶が彼女を追い詰める。

「……でも。そう簡単には、勝たせない……負けたくない、から」

と——その時、静かに口を挟んできたのは《凪の蒼炎》こと皆実雫だ。もはや眠気など吹き飛んだ青の瞳を持ち上げて、彼女は《回数券》を消費して指輪の使用を宣言する。

「【スティール】発動……ストーカーさんの手札を、丸ごと貰う。問答無用で、大勝——」

「——な、わけがないでしょう？　篠原が誰とチームを組んでると思ってるのよ、雫。《回数券》を消費して【絶対防御】の指輪を発動するわ。《SFIA》の時は真っ赤な嘘だったけれど……私、緊急回避手段はいつでも持つようにしてるから」

「！　……不覚」

む、と唸（うな）ってさらりと青の髪を揺らす皆実（みなみ）。それ以上の妨害はこのタイミングでは発生せず、俺は11万チップを消費して《♣J》を《購入》すると、そのまま《♠♣10》《♣J》《♥♣Q》《♥K》《♦A》の《ストレート》で《宣言》を行った。最終戦の勝利に向けて、俺の手元に五枚のカードがずらりと並ぶ。

「……言っとくが、オレは降りだ。桜花の《女帝（エース）》を妨害する理由が一つもねェ」

「うーん、ボクもそうなるかな。一矢報いたかったけど、この手札じゃちょっと厳しい」

続く桜花（おうか）、森羅（しんら）のターンプレイヤーである藤代（ふじしろ）と深弦（みつる）は、それぞれの事情で静かに手を伏せた。藤代の方は当然として、深弦に関しても懸命な判断だ。【ファントム】が山札を弄（いじ）っているため、順当にプレイして《ストレート》より強い手が作れる可能性はない。状況を引っ繰り返せるとしたら、あとはもう【ブラックリング】だけだろう。

そして、だとすれば——当然、最後の壁は彼女になる。

「わたしの手番、ですね。……ふふっ、確かにとても楽しくなってきました」

嫋（たお）やかに笑みを零（こぼ）しながら弾むような声音で告げる【バイオレット】。

そう——そうだ、彼女だけはこの状況を覆し得る。数百の指輪（リング）を持つとされる彼女が何も手立てを持っていないなんて、そんな都合のいい奇跡など起こるはずがない。

長い髪を揺らして《回数券》を《購入》しながら、【バイオレット】は穏やかに続ける。

「篠原(しのはら)さん。わたし、あなたにはたくさん驚かされました。正直、ここまで追い詰められるなんて思っていませんでしたから。ただ、それでもゲームは強い方が勝つんです――わたし、この状況をどうにか出来る指輪(リング)ならいくつも持っていますよ？　相手の行動をキャンセルする指輪(リング)、稼ぎを吸収する指輪(リング)、ゲームを強制終了する指輪(リング)……など、です」

「……へえ、そりゃ確かに暴力的な指輪(リング)ばっかりだな。けど、忘れてないか？　こっちにもまだ一つ《回数券》が残ってる――下手に動けばカウンターされてお終(しま)いだぜ？」

「む……ですが、それでは永遠に睨(にら)み合い状態になってしまいます。いいのですか？」

「いや、そんなのは願い下げだ。……だから、一つ勝負をしようぜ【バイオレット】」

そう言って、俺は一つの指輪(リング)を現出させた。同時に不敵な視線を持ち上げる。

「ここに、一つの【ブラックリング】を用意した。効果はまだ教えない――けど、特定の状況にだけピンポイントでぶっ刺さる指輪だ。お前の行動を予測して、お前が無数の選択肢から何を選ぶかを予想して、そいつに対する最適解を用意した」

「なんと……篠原さんは予知能力者でしたか」

「そうじゃねえよ。でも、絶対に当たってる自信はある――何せ、お前のことを一番よく知ってるやつらから太鼓判を貰ってるからな」

微(かす)かに口角を上げて言い放つ俺。……この場で口にすることは出来ないが、当然ながらそれは姫路と彩園寺のことだ。【バイオレット】こと羽衣紫音の親友である二人。彼女の方もそれには気付いたのか、どこか得心したような表情を浮かべている。

そんな彼女を見遣りながら、俺は静かに言葉を継いだ。

「さあ、あとはお前が何を選ぶかだけだ【バイオレット】――真っ直ぐ来てもいいし、迂回してもいい。お前の好むやり方で来てもいいし、あえてそいつを裏切ってもいい。ルナ島らしく、最後は一か八かのギャンブルと洒落込もうぜ？」

「…………」

俺の挑発に対してしばし黙り込む【バイオレット】。

そうして、彼女はやがて覚悟を決めたのだろう――にっこりと嫋やかな笑みを浮かべると、仮面越しの視線を真っ直ぐ俺に向け直す。

「いいでしょう。では、わたしの選択は……こうです」

すっ、と繊細な指先が彼女の手元に置かれたカードをなぞる。

と――その瞬間、【バイオレット】に触れられたカードが軒並み変容し始めた。元のマークが失われ、数字も失われ、代わりに《JOKER》の紋様がじわりと浮かび上がる。

「【ブラックリング：死神創生】――わたしの手札を全て《JOKER》にします。ポーカーにおいて、《JOKER》はあらゆるカードに代用できる特殊なカード……そして、代用先は以下の通りです。《♠10》《♠J》《♠Q》《♠K》《♠A》――いわゆる《ロイヤルフラッシュ》の完成、ですね。もちろん《ストレート》より遥かに強い手です。……いかがですか、篠原さん？　この未来は予知できていましたか？」

楽しげな笑みを浮かべながらふわりと首を傾げる【バイオレット】。

想像を絶するくらい凶悪な指輪を切ってきた彼女と真っ直ぐ相対しながら、俺は——

『——最後の挑発、ですか？　はい、紫音様は真っ直ぐ乗ってくると思います。意外とプライドの高い方ですので……勝負を避けて勝つ、というのは好みではないかと』

『そうね。ちゃんと篠原の手を上回って勝とうとしてくると思うわ。それも、一番目立つ大技で。そういうところが不器用っていうか……まあ、あたしは大好きなんだけれど』

——昨日の夜に交わした会話を思い出しながら、そっと安堵の息を吐いた。

「ま、そうだな……完全に読み通りだよ」

ぴくっと眉を動かす【バイオレット】だが、これ以上詳しい説明をしてやるつもりはない。俺は不敵な笑顔を浮かべると、伏せていた指輪の効果を開示する。

「俺の選択はこうだ——【状況反転】。このターン中のみ役の強さを反転させる。……お前が最強の手を作ってくるのは目に見えてたからな。【状況反転】が決まった以上、序列は完全に裏返る。《ロイヤルフラッシュ》じゃ《ストレート》には勝てねえよ」

「――――――」

【ファントム】との勝負を決めたのと同じ指輪(リング)――要は【加筆修正】のルール変更効果を意図的に狭めたものだ――を使った俺に対し、【バイオレット】は仮面の奥の瞳を小さく見開いた。俺が宣言したピンポイントのカウンター。それは、確かに決まっている。

彼女は静かに姫路(ひめじ)を見て、彩園寺(さいおんじ)を見て、それから最後に俺を見て、

「分かり、ました。…………わたしの、負けですね」

――やがて、微(かす)かに嬉(うれ)しそうな色を含ませながらそんな言葉を口にする。

これにより、ターンが一巡回ってチーム英明(えいめい)の《宣言》が成立した――長引きに長引いた十二戦目、その勝者は俺たち四人だ。累計十一順で費やされたチップの枚数は800万枚近くに上り、加えて俺たちの手役は《♠♣10》《♣J》《♥♣Q》《♥K》《◆A》……クローバーの合計数は【33】。ボーナスは、最大値である五倍となる。

しめて、十一戦目のチーム収支は+4000万枚弱。

それが四人の間で山分けされ――《修学旅行戦(フォルティッシモ)》は、集計を残すのみとなった。

【二学期学年別対抗戦《修学旅行戦(フォルティッシモ)》――期間満了】

【順位：計測中……】

加賀谷：やー、これで今回も無事にミッションコンプリート！

加賀谷：勝てて良かったけど、相変わらずヒロきゅんは人使いが荒いねん

紬：うん！でも、お兄ちゃんのお願いならしょーがないよね！

紬：それにわたし、今回はすっごく楽しかったし！

加賀谷：確かに、ツムツムはおねーさん以上に大活躍だったもんね

加賀谷：イカサマだけじゃなく、漆黒の……っと、これはまだ秘密にしておかなきゃだっけ

加賀谷：それよりツムツム、ご飯食べに行こ！　あと海ね、海！　ルナ島に来てお仕事してるだけなんて超もったいないんだから！ この島、何でもあるんだよ！

紬：ほんと！？わーーーーい！！

紬：じゃあわたし、ドラゴンとか食べてみたい！あと、あと……回復のポーションとか、飲んでみたい！

加賀谷：それはな——いや、あるかも！？

加賀谷：探してみよ、ツムツム！

紬：やったーーーー！お姉ちゃん、大好き！

＃＃＃

ルナ島上陸四日目・夕方――。

俺と姫路は、二人揃ってルナ島Sランクエリアの中枢・ハイジ湖を訪れていた。

来島者のうち数万人に一人しか辿り着けず、秘境中の秘境とされる湖――世界遺産級の区画、などと称されることもあり、その景色は圧巻の一言だ。穏やかな水面が夕焼けをキラキラと照り返し、まるで宝石が敷き詰められたかのような絶景を生み出している。

「綺麗、ですね……さすがに見入ってしまいます」

「……だな」

湖面に臨む姫路の横顔――オレンジ色の輝きにスポットを当てられて思わず息を呑んでしまうくらいの美しさにまで昇華している――を見つめながら、ポツリと呟く俺。……俺だって普段なら感想くらい捻り出すが、これだけ綺麗なものを見せられてしまうと言葉なんか出てこない。ルナ島がSランクに設定するのも頷けるというものだ。

「もし……もし紫音様の試験がなかったら、ご主人様と一緒にここへ来ることもありませんでした。そう考えれば、この三日間の激動も少しは報われるかもしれませんね」

「……まあ、それは確かに」

口元を微かに緩めて呟く姫路に対し、俺は苦笑交じりに同意する。

結局――《修学旅行戦》のタイムリミットを大幅に超えて続行していた【ドミネートポーカー】十二戦目は、俺たちチーム英明の勝利に終わった。獲得チップは四人で約4000万枚……ただ、それはあくまでも最終戦だけの結果であり、加えてゲーム内で消費したチップは考慮していない。さらに、【ファントム】や【バイオレット】に関しては、所持チップではなく《修学旅行戦》の期間内で稼いだチップを反映する必要がある。

そんなこんなで、各学区の上位ランカーが残した記録はこんな感じになった。

【篠原緋呂斗：＋950万枚／姫路白雪：＋929万枚／ファントム：＋919万枚】
【彩園寺更紗：＋1099万枚／藤代慶也：＋220万枚／真野優香：＋112万枚】
【皆実雫：＋621万枚／枢木千梨：＋462万枚／バイオレット：＋1720万枚】
【不破深弦：＋113万枚／不破すみれ：＋120万枚】

……見ての通り、圧倒的大差で個人トップに輝いたのは【バイオレット】だ。最後のゲームでかなり追い縋ることは出来たものの、それでも届くはずはなかった。けれど、学区の総合得点で一位に立ったのは英明学園だ――これに関しては、辻や多々良の活躍が大きかったと言えるだろう。何せ、俺と姫路と【ファントム】の合計獲得チップは連合のそれとほぼ変わらない。断トツだったのは学区平均だけだ。散々侮られ続けてきた鬱憤がついに爆発した、ということなのかもしれない。

　そんなわけで、《修学旅行戦》に関してはどうにか無事に切り抜けられたと思っていいだろう。旅行自体は明後日まで続くため、残りの日程は辻たちと色々な名所を巡ることになっている。後顧の憂いなく遊べるということで、俺としてもかなり楽しみな時間だ。

　——と、

「って……何であんたたちの方が先に来てるのよ」

　その時、不意に聞き覚えのある声が背後から投げ掛けられた。振り返ってみれば、そこにいたのは他でもない彩園寺更紗だ。その頬は、何故か不満げに膨らんでいる。

　豪奢な赤髪をふわりと右手で払いながら、彼女は拗ねたような口調で言葉を継いだ。

「最後のゲームではあんたに良いところを持っていかれちゃったけれど……でも、《修学旅行戦》で１０００万枚以上のチップを稼いでたのはあたしだけでしょ？　篠原もユキも９００万枚ちょっとで終わってたはずだわ。進入権利はどうしたのよ」

「ああ……そのことか」

　疑問が一割、先回りされた悔しさが九割といった問いに対し、俺は小さく肩を竦める。

「実はさ。万が一【ファントム】が勧誘できなかった時のために、ちょっとした知り合いに【ストレンジャー】として動いてもらってたんだ。そいつがこの三日で２００万枚近いチップを稼いでくれてたから、ついさっきＰＶＰ形式のゲームに参加して軽く横流ししてもらった。今の所持チップは1020万枚くらいだよ」

「《修学旅行戦》の後に稼ぎ足した、ってことね……じゃあユキは？　ユキも横流し？」

「いえ、わたしの所持チップは今でも1000万枚に届いていませんよ？　単純なイカサマです――進入権利をでっち上げるというだけの、とても簡単なトリックですね」

「……それ、いいのかしら？」

「はい。紫音様が試験の対象としていたのはリナとご主人様だけでしたので」

しれっとそんなことを言う姫路。……が、まあ彼女の言う通りだ。俺や彩園寺が不正をすれば羽衣の機嫌を損ねる可能性も大いにあるだろうが、姫路に関しては基本的に試験を成立させるためのサポートをしていてくれただけ。邪険にされる謂れは全くない。

それを受けて、彩園寺は胸元で腕を組みながら微かに息を零した。

「まあいいわ。……それで？　肝心の紫音はどこにいるのよ。待ち合わせの時間までは決めていなかったけれど、てっきりあたしたちより先に来てると思って――」

「ここにいますよ？」

「――ひゃあっ⁉　お、脅かさないでよ紫音！　って……紫音⁉」

「はい、紫音です。どこにでもいる普通の高校生、との異名も持っています」

驚愕に満ちた彩園寺の反応に対し、にこにこと笑顔を浮かべる少女――羽衣紫音。

そんな彼女を見て俺たちが言葉を失ってしまったのは、他でもなく彼女が素顔だったたからだ。オレンジ色の大きな双眸に、透き通るような白い肌。大人びているような、それでいて悪戯心を隠し切れていないような、そんな不思議な魅力を湛えている。それに拍車を掛けるのが人形みたいによく手入れされた長い髪だ。ごく普通の高校生、とはいうが、こんな超絶美人が学校にいたら全校生徒が骨抜きにされる。

「……じゃ、なくて。仮面はどうしたんだよ、羽衣？　お前の正体がバレたら――」

「大丈夫ですよ、篠原さん。バレるも何も、ここにはわたしたち四人しかいませんから」

言って、くすっと微笑む羽衣。……なるほど、彼女がSランクエリアへ俺たちを呼び出したのはそういった意図もあったらしい。周りに人がいないここでなら、彼女は羽衣紫音として、あるいは本物の〝彩園寺更紗〟として言葉を紡ぐことができる。

ともかく――長い髪をふわりと揺らしながら、羽衣は嫋やかな笑顔で言葉を継いだ。

「と、いうわけで。……おめでとうございます莉奈、それに篠原さん。お二人は、見事わたしの試験に合格いたしました。わたしの〝替え玉〟として、そしてわたしに替わる〝7ツ星〟としての資格がお二人にはあったと、そう言わざるを得ません」

「……そう、それなら良かったわ。《修学旅行戦》じゃ結局英明に負けちゃったけれど」

「総合得点ではそうだけど、個人の記録ならお前の方が上だろうが。また風見あたりがバチバチに煽るような記事を出してきそうなんだよな……」

「ふふん、それはあんたの稼ぎが少なかったからじゃない。普通に自業自得だわ」

「……ふふ♪　やはり、莉奈と篠原さんはとても仲がよろしいのですね」

「「そうじゃないから」」

口を揃えた俺と彩園寺に対し、上品な仕草でころころと笑う羽衣。

そうして彼女は、可憐な笑みを浮かべたまま桜色の唇にそっと人差し指を触れさせる。

「ともかく、です。わたしの試験に合格したので、莉奈に一つ良いことを教えてあげましょう。これまでひた隠しにされてきた、宇宙の真理……の次に重要なことです」

「何よ。紫音のモーニングルーティンとか？」

「起きてから一時間はぼーっとしていますよ？　わたし、朝は弱いので。……ではなく」

真っ直ぐな視線で彩園寺を見つめながら、羽衣は穏やかな声音で続けた。

「知っていたんです、わたし――莉奈が嘘をついてまでわたしを本土へ逃がしてくれたことを。ずっと前から……それこそ、莉奈に話を聞かされたその日に気付いていました」

「!?　う、そ……何で、分かったの？」

「それほどまでに重要な言伝をお爺様が他人に任せるはずなどありませんから。……などと言えたら説得力もあったのでしょうが、そうではありません。莉奈は、嘘をつく際に少しだけ申し訳なさそうな色が瞳に出るのです。わたしにはお見通しですよ」

「っ……そんな、じゃあ……もしかして」

動揺に声を震わせる彩園寺。紅玉の瞳が次に向けられたのは俺の隣に立つ姫路だ。彼女は一瞬だけ確認するように羽衣の方へ視線を遣ると、それからすぐに小さく頷く。

「はい。わたしも知っていました――というより、リナの〝誘拐〟の後押しをしたのがわたしです。彩園寺家の邸宅には使用人にすら知らされていないセキュリティが存在しているのですが、それを解除していました。もちろん、政宗様には気付かれないように」

「!? セキュリティ……それ、ユキはどうして知ってたのよ?」

「ええと、その。我儘で好奇心旺盛で逃亡癖のあるお方に仕えておりましたので……」

「あら、一体誰のことでしょう。困ってしまいますね」

片手を頬に当ててニコニコと笑みを浮かべる羽衣。上品だけれどもお転婆で、お茶目で悪戯心に満ちたお嬢様……彼女の印象としては、そんな言葉が似合うだろうか。

ともかく、そんな羽衣と肩を並べるようにして、姫路が再び口を開いた。

「だから、リナ。紫音様の〝誘拐〟に関して、リナが一人で何かを抱え込む必要は全くありません。わたしも紫音様も合意しておりましたので、ここにいる誰もが共犯です」

「……っ……」

「むしろ、謝らなければならないのはわたしの方です――例の〝誘拐〟の後、わたしは意図的にリナから距離を取っていました。それは、わたしとリナが繋がっていないことを証明するため。リナがセキュリティシステムのことを知らないままでいてくれれば、政宗様に疑われる可能性は極限まで下がるからです。結果として、それは見事に成功し……紫音様は、こうして一年半もの間、楽しく高校生活を送っています」

「はい。わたし、今とてもとても楽しいですよ？　莉奈と、それから雪のおかげです」

「何よ、もう……二人して」

　きゅっと下唇を噛みながら口籠る彩園寺。そのまま泣き出しそうにも思えたが、寸前で俺の視線に気づいたらしく、慌てたようにそっぽを向いてしまう。

　そこで、羽衣がふわりと髪を揺らすようにして俺の方へと身体を向けた。

「あなたにもお礼を言わなくてはいけませんね、篠原さん。わたしの雪が殿方に取られたと聞いて最初は動揺してしまいましたが……嫉妬も、少しだけしてしまいましたが」

「……少しだけ、じゃなかったけどな。あと、別に取ったつもりもない」

「隠さなくても良いのです。試験を通して悟りました——あなたなら、雪が仕えたくなる気持ちも分かるかもしれません。雪を取られても、許せるかもしれません」

「ん……そう、なのか？」

「はい。……ですが、初夜は初夜です。みだりに手を出さないようお願いしますね？」

「顔色一つ変えずにぶち込んでくるんじゃねえよ」

　穏やかな笑顔のまま爆弾発言を放り投げてきた羽衣に突っ込みを入れつつ、ちらりと姫路の方を見遣る俺。すると、照れたように俯いていたはずの彼女がちらりと視線を上げたところとちょうどぶつかってしまい、二人して真っ赤になる羽目になる。

「——こほんっ！」

と……そんな空気を切り裂くように咳払いをしたのは彩園寺だった。彼女は微かに赤くなった頬を膨らませながら、胸の下辺りでそっと腕を組む。

「もう、油断も隙もないんだから……それで、紫音？　ずっと訊こうと思っていたのだけれど……あなたは、これからどうするつもりなの？」

「？　ええと、莉奈と雪にたくさん構ってもらったら友人の元へ帰りますよ？　何といっても二人は合格ですから。わたしがいなくても大丈夫、ということです」

「ん……それは、そうかもしれないけれど」

羽衣の言葉に同意しつつも微かに口籠る彩園寺。……何となく、言いたいことは分かる気がした。姫路と、彩園寺と、それから羽衣。離れ離れになった現状が一つの〝正解〟であることは確かだが、三人とも何かを妥協している。犠牲にしている。もっと、もっといいやり方は——三人ともが幸せになれる方法は何かないものだろうか？

「……ねえ、篠原。あんたも、ちょっと知恵を貸しなさ——」

——意思の強い紅玉の瞳がちらりと俺に向けられた、その瞬間。

彼女の言葉を遮るような形で、不意に端末の着信音が鳴り響いた。そいつを発しているのはポケットに突っ込んでいた俺の端末だ。ひどくタイミングの悪い闖入者。

楚々とした仕草で俺の目の前に立つ羽衣が、咎めるように小さく頬を膨らませる。

「もう……ダメですよ、篠原さん？　びっくりしてしまうではないですか」

「あ、ああ……そうなんだけど。……悪い三人とも、ちょっと出てくる」

申し訳ない気持ちを抱えながらも、俺は端末を取り出して羽衣に背を向けた。……そもそも、俺の端末は緊急連絡以外で通知が入らない仕様になっている。中でも今このタイミングで連絡を取ってこようとする相手は、俺の認識だと一人しかいない。

「――もしもし、俺だ。どうした先輩？」

『相変わらず敬意の欠片（かけら）もない後輩だな。だが、まあ早さに免じて許してやろう』

通話口から聞こえてくるのは英明（えいめい）学園高等部生徒会長・榎本進司の声。

冷静で不遜で、ただし普段よりも固く感じるその声は、衝撃的な事実を告げる――。

『一言で言おう――今すぐ学園島に戻ってこい、篠原』

『以前に伝えていた通りの状況になった。二学期学年別対抗戦《習熟戦（リフレイン）》――英明学園は現在、他学区からの総攻撃に遭っている』

『立て直しは不可能だ。この僕が不可能だと判断した』

『が、それはまだこちらが切り札を投入していないからだ――』

『故に、繰り返すようだが今すぐ戻ってこい篠原緋呂斗（ひろと）』

『英明学園には、やはり篠原の力が必要だ』

あとがき

こんにちは、もしくはこんばんは。久追遥希(くおうはるき)です。

この度は本作『ライアー・ライアー8 嘘(うそ)つき転校生はごく普通のJKに嫉妬されています。』をお手に取っていただき、誠にありがとうございます！

いかがでしたでしょうか……!? 今回は修学旅行&カジノゲーム&〝例のあの人〟がついに登場！ ということで、一冊に収めるのが大変なくらい嘘もゲームも盛りだくさんの内容になりました。三年生メンバー不在の中、篠原(しのはら)が見出した活路とは……!? めちゃくちゃ張り切って書き上げましたので、ぜひぜひお楽しみいただければ幸いです！

続きまして、謝辞です。

今回も超美麗なイラストで物語を彩ってくれたkonomi（きのこのみ）先生。表紙も口絵も挿絵も何もかもが最高でした！ 新キャラのあの子が特にお気に入りです。

担当編集様、並びにMF文庫J編集部の皆さま。今回も大変お世話になりました。引き続きお手数掛けることになるとは思いますが、どうぞよろしくお願いいたします！

そして最後に、この本を読んでくださった皆様に特大の感謝を。

次巻もめちゃくちゃ頑張りますので、楽しみにお待ちいただければ幸いです！

久追遥希

MF文庫J

ライアー・ライアー8
嘘つき転校生はごく普通のJKに嫉妬されています。

2021年7月25日　初版発行
2022年3月10日　再版発行

著者　久追遥希

発行者　青柳昌行

発行　株式会社 KADOKAWA
〒102-8177 東京都千代田区富士見2-13-3
0570-002-301（ナビダイヤル）

印刷　株式会社広済堂ネクスト

製本　株式会社広済堂ネクスト

Printed in Japan　ISBN 978-4-04-680610-9 C0193

【ファンレター、作品のご感想をお待ちしています】
〒102-0071 東京都千代田区富士見2-13-12
株式会社KADOKAWA　MF文庫J編集部気付「久追遥希先生」係「konomi（きのこのみ）先生」係